목욕하는 남자

목욕하는 남자 민혜숙 단편소설집

초판1쇄발행●2013년 8월 31일
초판2쇄발행●2015년 8월 31일
지은이●민혜숙
펴낸이●박성모
펴낸곳●소명출판
출판등록●제13-522호
주소●서울시 서초구 서초중앙로6길 15, 1층
전화●02-585-7840
팩스●02-585-7848
전자우편●somyong@korea.com

ISBN 978-89-5626-901-6 03810
값 15,000원

목욕하는 남자

민혜숙 단편소설집

소명출판

갈수록 말이 무서워진다. 그런데 무섭다면서 자꾸 말을 하게 된다. 말은 해도 탈이고, 안 해도 탈이다. 말이 모여서 이야기가 되고, 이야기가 모여서 강을 이루고, 강이 흘러서 큰 바다가 되고 마침내 삶이 된다.

말로 다 하지 못한 것들이 글로 남는다. 생각이 죽은 게 말이 되고, 말이 죽은 것이 글이라고 했는데, 과연 말이 제대로 죽었나 싶다. 아니, 생각이 잘 죽었을까.

우리의 삶은 사건의 연속이다. 크고 작은 사건은 곧 크고 작은 이야기가 된다. 우리는 날마다 이야기를 만들고, 또 하루치의 이야기를 지우며 살아간다. 이야깃거리를 장만하고 지워 가는 일이 바로 삶이다. 날로 희미해지는 일상의 망각 속에서 그래도 잊히지 않고 남은 몇 가지 이야기를 추려 보았다.

사는 게 바로 눈물이다. 그래서 나는 매일 운다.

목욕하는
남자

"이 부장 지금 어디 있어? 빨리 들어오라고 해!"

인터폰을 통해 쏟아지는 상무의 고함소리가 송곳처럼 고막을 찌른다. 박 대리는 공연히 움찔해서 전화기를 귓가에서 잠시 떼었다 다시 붙였다.

"네, 알았습니다."

대답을 듣기도 전에 수화기를 내려놓는 소리가 요란한 것으로 보아 상무가 단단히 화가 난 모양이다. 높은 사람들이란 자기들이 할 말을 쏟아내고 나면 그 다음 순서를 기다리지 않는다. 지위가 올라갈수록 성질도 그만큼 급해지는 걸까, 아니면 그게 권위의 과시라고 생각하는 걸까, 잠시 생각에 잠긴다. 어쨌든 직급이 낮은 사람이 먼저 수화기를 내려놓을 수는 없으니까.

'부장님이 지금 어디 있을까?'

생각보다 먼저 손이 반사적으로 휴대폰 액정 화면을 밀어 올린다. 암흑 속에 잠겨 있던 화면이 밝아지면서 아내와 아들이 활짝 웃으며 나타난다. 지난 번 휴가 때 소록도에 갔는데, 그 때 바다를 배경으로 찍은 사진을 바탕화면으로 지정해 놓은 것이다. 추억의 부스러기라도 붙잡아 두고 싶은 심리에서일까, 행복했던 순간이 눈앞에 보이니 아주 잠시 동안 미소가 번진다.

박 대리는 저장된 전화번호 중 이중석 부장님이라고 등록된 번호를 찾아 버튼을 꾸욱 길게 누른다. 화면에 숫자들이 춤추듯이 떠오르면서 휴대폰이 전파를 발송하기 시작한다. 흔하디흔한 비발디의 〈사계〉 중 가을의 멜로디가 귓가에 가득 퍼져온다. 한 소절이 끝나고 잠깐 끊어졌다가 다시 멜로디가 반복되기를 여러 번, 휴대폰의 주인은 응답이 없다.

박 대리는 벽에 걸린 시계를 바라다본다. 오후 4시이고, 이 부장의 스케줄상 밖에 누구를 만나러 나갈 일은 없다. 더구나 외근을 한다고 말한 적도 없었다. 발 달린 짐승이 제멋대로 다니는 것이야 막을 수 없는 일이지만 당장 상무에게 호통을 얻어들을 일이 난감하다.

"알았다고 대답했으면 대답한 놈이 책임을 져야 할 거 아니야? 뭘 믿고 함부로 알았다고 해?"

거기까지만 해도 점잖게 나가는 편이다. 더 화가 치밀면 상무는 말끝마다 '좆같이'를 후렴처럼 붙이는 버릇이 있다. 조금 더 화가 나서 상무 입에서 '쥐좆같이'가 나올 정도가 되면 이유를 막론하고 사정거리 밖으로 대피하는 것이 현명하다. 하여튼 상무는 점잖지 못한 편인데, 그 말이 '젊지 않다'는 데서 유래되었다고 하니 맞는 말이기는 하다. 상무는 우리 회사에서 가장 나이가 많기 때문이다. 허울뿐인 사장 자리를 팔십 노인이 차지하고 있지만 그의 아들이자 실소유자인 상무가 명실상부한 주인이었다.

그는 쓸데없는 경비를 줄인다며 본사 건물을 축소시켜서 이중석 부장이 관할하는 지점 건물의 5층으로 이전해 들어왔다. 각 지점장들은 본사의 서열로는 부장에 해당하는 직급이었다. 형식상 본사와 지점이 분리되어 있음에도 불구하고 상무의 갑작스런 돌입으로 이중석 부장의 지점은 그야말로 상무의 직접 지휘 하에 놓이게 된 것이다. 그동안 성미가 괄괄한 상무에게 혼이 났다는 에피소드만 모아도 책 한 권은 좋이 된다고 한다.

이 부장이 갓 입사한 신입사원 시절의 이야기다. 예전 본사 사옥의 정원수 위로 눈발이 휘날리는 것을 보고 상무가 안쓰럽게 말했다.

"이 나무 올 가을에 옮겨 심은 건데, 아무래도 있던 자리에서 뿌리를 빼서 옮기면 약해지는 법이야. 낯선 땅에 뿌리를 새로 내리려면 배나 힘이 들텐데, 사람이나 나무나 마찬가지 아니겠어?"

상무는 그 대목에서 나무를 인정어린 눈길로 바라보았다.

"어이, 이 나무를 빙 둘러서 비닐을 쳐주라구, 춥지 않게. 사람처럼 나무도 힘이 떨어지면 쉽게 병에 걸리고, 추위도 잘 타니까 말이야."

공교롭게도 그 때 마침 옆에 있다가 눈길이 마주친 신입사원에게 엉뚱한 일이 떨어지게 되었다. 그래서 신입사원은 나무 주위에다 한 뼘쯤 여유를 두고 땅에서 일 미터 정도 높이의 비닐 담을 치게 되었다. 하지만 그게 말처럼 쉬운.일은 아니었다. 각목으로 틀을 세우고 철사를 엮어서 보호막을 쳐야 했는데, 몰아치는 북풍한설에 나무보다 신입사원이 먼저 쓰러질 지경이었다.

문제는 이튿날이었다. 상무는 그 신입사원을 수소문해서 상무실로 불러들였다. 신입사원은 칭찬을 받을 것이라는 기대와 더불어 왠지 모를 불안감으로 조심스럽게 상무실로 들어갔다. 검은 가죽 소파가 양옆으로 길게 위압적으로 놓여 있는 가운데 그는 손을 모으고 서 있었다.

"이리 와서 앉아."

상무의 얼굴은 웃고 있었지만 분위기를 오싹하게 만드는 것이 영락없는 저승사자의 미소였다. 그래서 그는 선뜻 가까이 가지 못하고 주춤주춤 한발씩 다가가다 어떤 힘에 눌렸는지 엉거주춤 하고 있는 판에 상무가 눈을 치켜떴다.

"가까이 와서 앉으래두."

입은 웃고 있는데 눈에서는 살기가 번쩍였다. 말이 끝나자 독사에 쏘인 개구리마냥 그는 소파의 끝자락에 허물에 지듯이 주저앉았다.

"가까이 오라는데, 말을 퍽 안 듣는군."

"그게 아니라……, 여기서도 잘 들립니다. 말씀하십시오."

그는 보호본능이 작동해서인지 절대로 상무 곁에 가까이 가서는 안 되겠다는 생각으로 정신을 바짝 차렸다.

"어제 나무에 비닐 막을 치라고 말했지."

"네, 열심히 쳤습니다."

"내가 반쪽만 치라고 했나? 빙 둘러 치라고 했나?"

"말씀하신 대로 빙 둘러 치고 있는데, 상무님의 친구 분이신 대원조경 사장님께서 마침 지나가시다가 뭐 하느냐고 물으셨습니다. 자초지종을 말씀드렸는데 정 둘러야 한다면 북쪽만 둘러주라고 하셨습니다. 남쪽은 괜찮다고 하시면서……."

"뭐? 너 이제부터 대원조경 사장한테 봉급 달라고 해라, 시키면 시키는 대로 해야지, 어디서 좆같이……."

상무가 크리스털 재떨이에 손을 뻗치는 순간, 신입사원은 재빨리 엎드려서 위기를 모면했다는 이야기였다. 세월이 흐르고 미련스러울 만치 꿋꿋하게 한 자리를 지키다 보니 그 신입사원은 부장이 되었다. 이 부장은 가끔 그 때 일을 떠올린다. 그가 목욕탕에 가기 시작했던 것이 아마 그 때부터였을 것이다. 얼마나 무참하고 억울했던가. 사람보다 나무에게 인정을 쓰던 상무의 양면성에 분개하면서, 나무에 비닐 막을 치고 돌아가던 길에, 꽝꽝 얼어붙은 몸과 마음을 녹이러 목욕탕에 들렀던 것이 차차 취미가 되고 습관이 붙어, 이제는 빼놓을 수 없는 중요한 하루의 일과가 되어버린 것이다.

그런 전설 같은 이야기들은 무궁무진했다. 언젠가 눈이 펄펄 쏟아지는데 상무가 이 부장을 불렀다. 당시 구리시 교문리인가, 교문동 너머인가에 상무의 지인이 상을 당했는데 조의금을 가져다주고 오라는 것이었다. 눈은 쏟아지고 이미 근무시간은 끝난 데다 날씨마저 어두워져서 정말 내키지 않는 일이었다.

"내가 직접 가야 하는데 오늘따라 긴한 사정이 있으니까 자네가 내 대신 상주를 찾아가서 인사를 드리고 직접 전달하도록 해. 부의함에다 그냥 집어넣지 말고."

부의금을 받아들고 마땅치 않은 기분으로 돌아 나오는 이 부장에게 상무는 직접을 여러 번 강조했다.

와이퍼를 아무리 작동시켜도 앞 유리에 달라붙는 눈송이들을 깨끗하게 제거하기에는 역부족이었다. 옆으로 밀쳐낸 눈들이 회색의 셔벗처럼 흘러내리고 있었다. 상무는 심부름을 시킬 때조차도 최소한의 예의와 절차를 무시했다. 적어도 오늘 저녁 약속이 있는지, 다른 계획이 있는지 정도는 물어봐야 하는 것 아닌가, 불편한 심기가 이 부장의 목울대를 타고 넘실거렸다.

망우리 고개를 넘어 교문리를 지나는 데만도 시간이 꽤 지체되었다. 상무가 일러준 남양주 장례식장으로 가는 도중에 그만 이 부장은 앞에 무엇인가 장애물을 발견하고 급하게 브레이크를 밟았다. 눈 오는 날 브레이크를 쓰면 안 된다고 알고 있었지만 생각은 그저 생각일 뿐, 발이 먼저 브레이크 위에 얹힌 후였다. 차가 썰매를 타듯 휙 돌았고, 순간 바깥쪽으로 핸들을 돌린다는 것이 좀 세게 틀었던지 차는 길가의 고랑으로 미끄러져 처박히고 말았다. 워낙 순식간의 일이었지만 막상 당하고 보니 허탈했다. 차는 45도 각도로 박혔고 운전석의 바퀴가 공중에서 헛돌았다. 이 부장은 조수석에다 머리를 찧은 것 같았다. 날씨는 춥고 화가 머리끝까지 치미는데, 머리 뚜껑이 열린다는 말의 의미를 분명히 알게 되었다. 게다가 자기 성질에 못 이겨 자폭하는 사람의 기분을 이해할 것도 같았다. 결국 이 부장은 보험회사의 긴급 서비스의 도움으로 차를 꺼낼 수밖에 없었다.

"어디 다치신 데는 없나요?"

보험회사 직원이 조심스럽게 물었다.

"글쎄 아직 잘 모르겠어요, 얼떨떨해서."

교통사고는 당장은 괜찮아도 나중에 후유증이 있다는 말이 떠올랐다.

"그래도 일단 병원에 가서 검사를 받아보시는 것이 낫지 않겠어요?"

"그래야겠지요. 하지만 우선 연락해볼 데가 있어요."

부장은 상무에게 전화를 걸었다. 자초지종을 들은 상무의 대답은 가관이었다.

"이 모자란 놈아, 그거 하나를 제대로 처리 못하고 사고 났다는 전화를 해. 전화할 기운 있으면 빨리 가야 할 것 아니야? 어쨌든 오늘 중으로 직접 전달해라. 꼭 오늘 중이다."

위로까지는 기대하지 않았지만 심부름 하다가 사고를 당

한 사람한테 해도 너무 하는 거 아닌가. 에라, 죽어도 심부름이나 하다 죽자, 하는 이상한 오기가 발동해서 이 부장은 차를 보험회사 직원에게 맡겨둔 채 택시를 불러 타고 장례식장으로 가서 일단 볼일을 마쳤다. 돌아오는 길에 자신의 가련한 신세와 서러운 처지를 곱씹고 있는데 어두운 잿빛 하늘에 떠있는, 김이 모락모락 오르는 붉은 세 줄의 목욕탕 표지가 반짝이며 그를 부르는 것이었다. 그래서 어떤 힘에 이끌리듯 그는 병원 대신 목욕탕으로 들어간 것이다. 옷을 벗고 탕에 앉아있다 보니 목욕탕에서는 잘나고 높은 놈이나 찌질한 놈이나 다 그저 그런 존재라는 생각이 진리처럼 스쳐갔다. '진리가 너희를 자유케 한다'는 말의 뜻이 이런 것이었나, 오히려 뱃살이 축 늘어진 상무보다는 아직은 탄력이 남아있는 자신이 더 쓸만하지 않을까, 괜한 자부심까지 스미는 것이었다. 그래서 그는 병원에 가지 않고도 아무런 후유증도 없이 지낼 수 있었다.

그래도 남의 자식 때리는 것 봤냐, 내 자식이니까 나무라지, 라는 말로 상무의 행동은 그럭저럭 잘 무마되어 온 편이었다. 게다가 상무는 주로 고향 사람들을 취직시켜 주었기 때문에 섭섭함보다는 고마움이 앞서는 존재였다. 평소에는 몰인정한 것 같아도 '그것 가지고 그 식구가 살 수 있냐?' 하면서 무작위로 베푸는 선심용 보너스가 사원들을 감동시키기도 했다. 선배들은 이제 한물갔다고 했지만 지난 번 김 대리가 혼쭐이 날 때, 옆에 서 있기만 해도 오금이 저릴 정도로 상무의 목소리는 아직도 카랑카랑 카리스마가 넘쳤다.

"카리스마 좋아하네, 상무님은 카리스마가 아니라 그야말로 칼 있으마, 그거지. 눈초리만 봐도 어디 한 군데가 베일 것 같지 않냐?"

"나는 총에 맞은 것 같던데, 왜 있잖아 눈총이라고."

"왕년에 경력이 화려했나 보지, 서방파, 뭐 이런 거 아니었을까?"

"서방이고 남방이고, 깡패가 따로 없네. 이번 달 마감이 잘 안 되나 보다. 상무가 소금 친 미꾸라지처럼 팔팔 뛰는 것을 보니."

"잘 될 리가 있나, 나부터 죽을 쑤고 있는데. 그나저나 얼마나 수금했어? 목표 다 채웠어?"

"요샌 병원도 불경기인가 봐. 원장님들이 처방을 많이 안 내는지 약도 시원찮게 나가고, 약사들도 나중에 준다고 자꾸 수금을 미루고……."

"그런 말 백날 해봤자 위에서는 먹히지도 않아. 이럴 땐 며칠 동안 열심히 밖으로 도는 게 수지. 눈에 안 보이는 게 상책이야. 급한 소나기는 우선 피하고 본다잖아."

월말이 되면 매달 겪는 열병처럼 영업회의 때문에 윗사람들이 분주해진다. 목표액이 초과 달성되면 우선 상무나 부장의 얼굴이 훤하게 펴지고 회식이다, 수당이다, 분위기가 흥청거리지만 목표액에 미달될 때는 지점장부터 굳은 표정으로 사내의 분위기를 꽁꽁 얼게 만드는 것이다. 지점장이 영업회의 갔다가 돌아오는 다음 날이면 사소한 일에라도 꼬투리가 잡히지 않도록 몸을 사리는 것이 현명한 처사라는 것을 하급 사원들은 진작 몸으로 터득한 바이다.

사소한 일에 목숨을 건다는 말은 정말로 맞는 소리다. '디테일의 힘'이라고 했던가, 그 책에서도 사람의 성공과 실패는 아주 사소한 일에서 비롯된다고 힘 줘서 주장하고 있는 것을 보아도 알 수 있다. 사실 사람은 크고 중요한 일로 싸우지 않는다. 사회에서건 가정에서건 큰일이 생기면 서로 의논하고 협상하느라 머리를 맞댄다. 싸움은 아주 하찮고 사소한 일에서 시작된다, 호박잎 가지고 싸움을 하는 것이 아니라 고춧잎 가지고 서로 핏대를 올리는 법이니까.

"그나저나 부장님을 어딜 가서 찾나?"

박 대리가 짜증스러운 얼굴로 주위를 둘러보았지만 아무도 대꾸를 하지 않았다. 일단은 상무의 전화를 받은 박 대리의 문제, 즉 남의 일이었기 때문이다. 불똥이 떨어져도 당분간은 박 대리에게 집중될 것이다.

"어디 짐작 가는데 없어요?"

박 대리가 울상을 짓는다.

"부장님이 핸드폰을 받지 않는다? 그러면 보나마나 거기 있을 거야."

"거기라면?"

"뻔하지, 뭐. 연락이 안 되는 곳, 핸드폰을 가지고 갈 수 없는 곳, 과연 어딜까?"

"비행기?"

"비행기 좋아하네, 목욕탕!"

"대낮에? 그럼, 목욕탕으로 찾으러 가야 하나? 대체 어느 목욕탕으로?"

"가만있자, 조금만 기다려. 곧 오실 때가 됐어. 항상 다섯 시 전엔 들어오시지."

"도대체 부장님은 왜 그렇게 목욕탕엘 자주 가요?"

"자주? 자주가 아니라 매일이야. 어떤 날은 하루에 두 번씩 갈 때도 있어."

"이해할 수가 없네. 매일 사우나에서 죽치는 여자들처럼 이 바쁜 와중에 목욕탕엘 왜 간담?"

"이해할 수 없는 일이 어디 한 두 가지인가? 세상 일을 다 이해하려고 하지 마. 그 양반은 목욕탕에 앉아야 정신이 맑아진다는데, 거기서 모든 사업 구상을 한다잖아. 그러니까 목욕탕이 사무실이라고 생각하면 돼."

"별일이야. 그 뜨거운 탕 안에서 숨이 차지도 않나?"

아침에 눈을 뜨면 이 부장은 자석에 끌리듯 집 근처에 있는 목욕탕으로 향했다. 새벽에 일어나 골프 연습장에 들러서 아침 운동을 하거나 베란다에 나가 러닝머신 위에서 달리기 연습을 하는 게 다른 사람들의 일상이라면, 그는 대신 목욕탕을 택한 것뿐이다. 목욕탕에서도 깍듯이 단골 대접을 해주고 있어서 십만 원에 한 달 월권을 끊어주는 것이었다. 이른 아침 남탕에는 사람이 몇 되질 않았다. 우선 간단히 샤워를 마치면 그는 탕 안 깊숙이 몸을 담근다. 온 몸을 따뜻하게 감싸오는 부드러운 물결이 목까지 찰랑거리면 지그시 눈을 감고 그날 하루 감당해야 할 일들의 목록을 하나씩 떠올린다. 오전에 신입사원 교육이 있고 오후에는 영업회의가 있다. 신입사원 교육은 어찌 해서 넘긴다 해도 각 지점장들을 불러 모아 영업회의 할 것을 생각하면 머리가 지끈거린다.

요즈음 현장에 직접 나가는 일은 별로 없지만 사원들을 관리하는 일도 쉽지 않다. 직장 얻기가 어렵다고 이구동성으로 외쳐대지만 사원들이 하는 행동을 보면 아직도 한참 멀었다. 조금 강하게 돌리면 사표를 던지고 살살 어르고 달래면 실적이 나오질 않는다. 제약회사이니 만큼 세일즈 파트가 무엇보다 중요하다. 의약 분업이 되기 전에는 텔레비전 약 광고가 영업사원들을 지원해 주었지만 그것도 큰 회사에나 해당되는 이야기였다. 예전에 비해 약국을 대상으로 하는 세일즈가 살짝 줄어든 대신 처방을 내리는 의사들을 대상으로 하는 세일즈 쪽으로 무게가 실리는 것도 사실이었다. 그전 같으면 술대접이다 직원회식이다 해서 흥청거리며 질편했던 밤의 시간들이 있었다. 술자리를 마치고 돌아가는 길에 주머니에 슬쩍 흘려넣어 주었던 봉투가 위력을 발하게 되면 그 달 매출은 별 신경을 쓰지 않았던, 참 좋았던 시절이었다.

신문지상에서 리베이트니 뭐니 하도 떠들어 대니까 슬그머니 자취를 감춘 것 같지만 술자리 접대가 자동차로, 의료기구로 교묘히 변장을 했을 뿐이어서 자본이 딸리는 중소 제약회사의 영업사원들은 그만큼 더 열심히 뛰어야 했다. 더럽다고? 세상에 먹고살기 위해 노력하는 것처럼 숭고한 일이 어디 있나? 뒷거래를 한다며 더럽다고 신문에서 떠들어 대지만 은혜에 보답하는 것과 대가를 지불하는 것은 종이 한 장 차이, 즉 마음먹기 나름이었다. 하고 많은 제약회사 중에서 다른 회사 약을 제쳐놓고 우리 회사 약을 써주는 게 얼마나 고마운 일인가. 그 은혜를 보답하는 것이 인정이 아닌가 말이다. 나처럼 깨끗한 인간이 어디 있어, 이 부장이 목욕탕을 나오면서 자주 하는 생각 중 하나이다.

"일단 이 약들을 암기하도록 하세요. 그리고 어디에 쓰는 것인지 본인이 먼저 정확하게 숙지한 다음에 알기 쉽게 의사 선생님들에게 설명해야 합니다."

그는 신입사원 교육시간에 한 마디 거들었다.

"약은 두말 할 것도 없이 치료를 목적으로 만들어진 것이며 크게는 전문 의약품과 일반 의약품으로 구분합니다. 일반 의약품이라는 것은 쉽게 말해서 처방전 없이 누구나 약국에 가서 사먹을 수 있는 약이지요. 예를 들어 소화가 안되는 사람이 약국에 가서 '활명수' 주세요 했을 때 약사가 까스명수를 주더라도 특별하게 까다로운 사람이 아니면 그냥 그걸 먹게 되어있어요. 그러니까 우리는 그런 상황에서 약사가 우리 회사의 약을 권유하도록 해야 한다는 말입니다. 일반 의약품 중에는 사람들이 쉽게 기억하는 연고, 소화

제, 드링크류가 많이 있는데, 그래서 이름들이 비슷비슷한 겁니다. 사실 성분이나 효과도 거기서 거기니까."

이 부장은 거기서 잠깐 말을 끊었다.

"그리고 말 그대로 전문적으로 쓰이는 전문 의약품이 있어요. 이 약은 이름뿐 아니라 성분, 효능, 부작용까지 잘 암기해야 해요. 그런데 이게 쉬운 일이 아니라니까요. 예를 들면 비마약성 진통제 중에 트라마돌이라는 게 있는데, 페놀에테르계의 화합물로 만든 것이에요. 그런데 이 약은 아세트아미노펜하고 병용하면 상승효과가 일어난다고 자세히 설명을 해주어야 해요. 또 염산 디페메린으로 만든 근육주사약은 간부전 환자는 물론 신부전 환자에게 투여하면 절대 안 되지. 이런 식으로 약을 암기해야 합니다. 진열장을 들여다보듯이 제품이 머릿속에 좌악 지나가야 한다구."

기대를 가지고 바라보던 신입사원들의 눈에 난감한 빛이 떠오르기 시작했다.

"그런데 의사들도 사실 약을 다 못 외우거든요. 진료실에 가 보면 약 모양하고 이름, 성분이 프린트된 벽보를 아예 붙여놓고 사는 양반들도 있단 말이야. 그렇다면 우리가 필요한 약을 알기 쉽게 도표로 만들어서 코팅을 해다 의사 선생들에게 드리는 것이 좋겠지. 매일 새로운 신약들이 생겨나는 데다 경쟁사들이 비슷비슷한 약들을 들이대니까 의사라고 모든 약을 다 꿰고 있겠어요? 있잖아, 잇몸 치료제만 해도 인사돌, 한타돌, 이지돌, 이런 식으로 여러 종류가 있고, 혈액순환제로는 징코민, 징코미란, 징코란, 뭐 이런 종류의 카피약들이 한도 끝도 없어. 그러니까 약사나 의사 선생의 머릿속에 오래도록 잘 남게 설명을 해야 하는 게 관건인 셈이지. 그런 면에서 제품 이름도 참 중요해. 벌레 물린데 바른다고 버물려, 바르면 된다 해서 바르면 연고, 상처가 잘 낫는다고 오케이 연고, 습진 무좀에 비단 같은 피부를 만들어 준다고 실크 크림, 얼마나 좋아? 한번 들으면 팍팍 기억이 되고 말이야."

뭔가 두서없는 말이 된 것 같아 이 부장은 그쯤에서 슬그머니 말꼬리를 내렸다. 목욕탕에서 구상할 때는 분명 이게 아니었는데 막상 마이크 앞에 서고 보니 준비한 것과는 다른 말이 튀어나와 버렸다. 신입사원들의 끈기와 직업근성에 대해 이야기하려고 했는데, 제약 회사다 보니 약을 설명하는 일에 시간이 지체되었다.

"마지막으로 덧붙일 것은 한마디로 하면 '지 밥그릇은 지가 만든다'는 겁니다. 입사 초기에 선배들에게 눈총 받고 야단 듣고 했던 것이 지금 뒤돌아보면 보약이 되고 피가 되었다는 겁니다. 우리가 항상 하는 말 있죠. '요즘 사람들 왜 그래?' 그래요. 요즘 사람들이 늘 문제가 되었습니다. 그러나 요즘 사람들이 잘하는 일들도 많아요. 내가 신입사원 때입니다. 병원에 원장님을 만나러 가면 누가 만나 줍니까? 처음에는 간호사에게 잘 보이려고 결혼반지도 안 끼고 다녔어요. 원장님 면회를 요청하면 '원장님 바쁘다'는 말이 공식처럼 돌아옵니다. 그러면 대기 환자들과 함께 복도에 앉아 있는 거예요. 환자들이 뜸할 때 얼른 기회를 잡아서 원장님을 뵙고 자기소개를 하고, 그 다음에 약을 설명하고, 그게 얼마나 눈치보이는 일인지 해보면 알게 됩니다. 원장 입장에서는 영업사원들을 여러 명 접하다 보니 처음에는 무조건 됐다고, 소용없다고 합니다. 하지만 거기서 물러서면 갈 곳이 없어요. 인사를 하고 다음에 또 가고, 또 가서 인사를 드리고 끈질기게 가는 겁니다. 고객을 만드는 게 전화 한 통으로 되는 것이 아니니까. 그럴 땐 집안 친척 중에 의사나 약사가 있었으면 좋겠다는 생각이 정말 간절하죠."

정말 그랬다. 사촌, 육촌, 사돈의 팔촌까지 의사라고는 눈을 씻고 찾아봐도 떠오르지 않았다. 의사나 약사도 고사리처럼 한번 터잡은 곳에 뭉쳐 사는지, 있는 집안에는 흔하게 걸리는 게 의사라지만 없는 집안에는 귀하디귀한 희귀한 존재였던 것이다. 제약회사 세일즈를 하다 보니 의사나 약사처럼 높고 귀한 인간이 또 있을까 싶었다. 그 모습도 당당한 젊은 의사들에게 굽실거리고 굴욕적으로 머리를 숙였던 일이 얼마나 많았던가.

"기다릴 때도 그냥 앉아서 기다리면 안 돼요. 소아과 병원에 가면 아이를 달래 주든지 아이들이 흩어 놓은 장난감들을 치우든지 신발 정리를 하든지, 하여튼 찾아보면 할 일이 많아요. 어떤 병원에 가면 파일이 엉망으로 꽂혀있는데 그걸 바로잡아 주든지 아니면 원장님 취향을 알아서 화분을 가꾸든지, 원장님 좋아하는 골프공을 사다 드리든지. 세상에는 공짜가 없다는 말이 있죠. 살다 보면 그 말이 진리라는 것을 몸으로 느끼게 될 것입니다."

몸으로 진리를 체득할 때마다 그는 목욕탕에 가서 몸을 담갔고 사우나에서 땀을 빼면서 자신을 곧추세우곤 했다.

"부장님, 상무님이 아까부터 찾으십니다."

박 대리가 사무실로 들어서는 이 부장을 보고 반색을 했다. 영업회의가 끝난 후라 뭔가 심상치 않은 일이 있을 법했다. 하지만 부장은 상무의 호통 따위는 아랑곳하지 않는 듯 태연했다. 둘 사이에 뭔가 이상한 기류가 흘렀지만 지표 밑을 흐르는 용암일 뿐, 아직 지각변동은 일어나지 않고 있었다.

"알았어."

대답을 하고 나서도 여전히 움직이지 않고 자리에 앉아있는 품이 상무에게 갈 의사가 없는 듯싶었다. 하긴 상무의 성질이 잦아들고 나서 대면하는 것도 방법이긴 했다. 펄펄 끓고 있는 국솥에 손을 넣다가 데일 위험이 있으니까.

이 부장은 영업회의가 끝나자 머리가 지끈거려서 슬그머니 회사 근처의 목욕탕으로 향했다. 집 근처의 목욕탕처럼 자주는 아니라도 혼자 있고 싶을 때 가끔 그는 회사 근처의 골목길을 돌아서 목욕탕으로 가곤 했다. 낙후된 시설의 동네 목욕탕이 케케묵은 복덕방 영감 분위기라면, 모던 스타일의 커피 전문점에 흐르는 젊음의 활기 같은 것이 노쇠해 가는 핏물을 미약하게나마 진동시키기는 했다. 그래서 어떤 이들은 젊음이 넘치는 카페에 가서 커피를 한잔 마시는 일로 기분전환을 한다고 했다. 하지만 귓전을 흔드는 부산스런 음악 소리가 정신을 교란시키는 커피숍보다는 커피 한잔 값으로 아늑한 탕 안에 앉아 있는 것이 그에게는 훨씬 더 편안하고 경제적으로 여겨졌다.

"아빠, 참 이상해요. 이 분위기가 얼마나 좋아, 나는 정말 신나는데."

하트 모양의 풍성한 크림이 얹힌 모카커피 잔을 감싸 쥔 딸아이가 미간을 찡그리는 그를 보고 핀잔을 주었다.

"느이 아버지는 이런 분위기 안 좋아해."

아내가 핀잔도 아니고 편을 들어주는 것도 아닌 모호한 목소리로 말을 받았다.

"그럼? 목욕탕 분위기가 딱 어울린다는 말이에요? 아빠, 모처럼 외식하러 나와서 이렇게 비협조적으로 분위기 안 맞출 거예요?"

딸이 눈을 둥그렇게 떴다.

"너 할아버지 돌아가셨을 때 생각나니? 그 날 이후로 나는 그 부분은 양보했다. 아니 포기했다고 해야 맞지. 남자들이야 문상객들 오면 꾸벅꾸벅 인사만 하면 되지만 여자들은 인사해야지, 음식접대 신경써야지, 보통 바쁜 게 아냐. 그런데 오후 네다섯 시쯤 되었을까. 문상객들이 밀어 닥치는데 아빠가 안 보여. 설마, 그럴 리는 없다고 생각하면서도 내심 얼마나 불안했는지."

"그 때도 목욕탕에 갔다는 말은 아니겠지?"

딸은 측은하다는 듯이 제 엄마를 바라다 봤다.

"왜 아냐? 머리가 젖어서 허겁지겁 들어오는데 참 기가 막혀서. 사실 그 날 새벽에도 목욕탕에 갔었거든. 상주가 하루에 두 번이나 목욕탕에 간다는 게 상상이 안 가더라. 물론 이해도 안 되지만……, 때를 밀러 가는 것도 아니고, 땀 흘려서 살을 빼려는 것도 아니고……. 하지만 세상 일을 다 이해하려고 하는 것도 무리지. 그 때부터 아빠의 목욕탕 문제는 내 영역을 벗어난 일로 여기고 산다."

아내는 세속을 초월한 도사 같은 무연한 말투로 결론을

지었다. 이해할 수 없는 문제는 건드리지 말자, 뭐 나름대로 그런 방책이 서 있는 것 같았다. 하긴 그는 목욕 문제 외에는 아내의 말을 거의 다 들어주는 편이었기 때문에 아내의 편에서도 그닥 섭섭할 일은 없을 것이었다.

그랬다. 아버지가 돌아가셨을 때, 모두가 호상이라고 상주의 어깨를 다독일 만큼 아버지는 나이를 먹었다. 팔십이 넘었으면 남의 나이까지 덤으로 산 셈이니까. 게다가 췌장암에 걸린 지 6개월 만에 세상을 떠났으므로 더 고생하시기 전에 잘 가셨다는 여론이 지배적이었다. 그래서 쉽게 울수도 없었고 통곡을 할 분위기도 아니었다. 더구나 여자들의 구성진 곡소리가 흘러나와야 제격인 장례식장에서 서럽게 울어야 할 여동생들마저 문상객들과 환담을 나누기에 바빴다. 아버지가 돌아가셨는데 담담한 것이 더 묘했다. 왜 가슴이 에이도록 애통하는 마음이 들지 않는 것일까. 아버지 나이가 들만큼 들어서? 아니면 암에 걸렸기 때문에 오래 사는 것이 더 고통스러운 일이라서? 명확한 답이 떠오르지 않았다.

그는 아버지의 영정 사진을 보면서 마지막 숨을 거두기

전, 더는 수액이 떨어지지 않는 링거 병을 응시하던 아버지의 깡마른 모습을 떠올렸다. 영정 사진 속에서 윤기가 자르르 흐르던 한창 때의 아버지가 웃고 있었다. 마지막까지 정신이 초롱초롱했던 아버지는 의사나 간호사가 시키는 대로 어찌나 말을 잘 듣던지 보는 사람이 오히려 민망할 정도였다. 입원 초기에는 소변의 양, 먹은 음식의 양, 마신 물의 양을 얼마나 정성스럽게 차트에 적는지 그 모습이 마치 숭고한 의식을 치르는 사제와 같았다. 다른 환자들이 얼굴을 찡그리고 불만을 토할 때도 모범생처럼 단정하고 공손하게 회진하는 의사를 맞았다. 병실에 들어오기가 무섭게 뒤로 돌아 갓! 하는 동작으로 병실을 나가는 의사의 뒷모습까지 한없이 존경어린 눈길로 바라보곤 했다. 다른 병실의 환자가 숨을 거두고 비명처럼 날카로운 통곡이 복도를 건너올 때도 아버지는 모르는 척 열심히 항암치료에 전념했다. 하지만 그 정성과 정신력에도 아랑곳없이 하루가 다르게 초췌해지면서 마른 씨앗처럼 비틀어졌다. 그나마 붙어있던 모든 살점이라는 살점은 전부다 암세포에게 먹혀버린 채 아버지는 살아있는 해골표본이 되어갔다. 무서운 의지로 눈은 형형하

목욕하는 남자

게 빛났고 마지막 남은 수염이 안간힘을 쓰면서 살가죽을 뚫고 삐죽 삐죽 돋아나오고 있었다.

"오늘을 넘기기 힘드실 겁니다."

오전에 의사는 그의 귓가에 대고 속삭였다. 물 한 모금 넘기지 못하고 진통제를 탄 수액에 의지하며 버틴 지가 벌써 보름이 되어 가고 있었다. 신음소리 한번 내지 않던 아버지는 주먹으로 가슴을 두드렸다. 답답하다는 말이었다. 그는 큰 주사기를 통해 코에 낀 고무관으로 생수를 흘려 넣었다. 잠시 후에 고무관으로부터 황토색 물이 돌아 나왔다. 아버지의 내장 안에 썩은 물이 고여 있는 것 같았다. 링거액이 점점 느린 속도로 떨어지더니 오후 네 시쯤에는 뚝 멈추어 버렸다. 아무리 조절기를 활짝 열어도 단 한 방울도 흘러들어가지 않았다. 굳어진 몸은 수분을 받아들이는 것조차 거부하고 있었다.

아버지는 소변이 보고 싶다고 모기만한 소리로 말했다. 살점이 하나도 남아있지 않은 앙상한 회초리 같은 육신이었지만 가볍지는 않았다. 변기 위에서 아무리 힘을 써도 한 방울의 오줌도 떨어지지 않았다. 다시 뉘어라, 나 좀 일으켜다

오. 아버지는 오 분 간격으로 일으켜라, 뉘어라를 반복했다. 그만큼 통증이 심하다는 증거였다.

"아버지, 부탁하고 싶은 말 있으면 하세요."

"아버지, 아직 정신이 있을 때 하고 싶은 말 있으면 하세요. 시간이 없어요."

여동생이 눈물을 흘리며 말했다. 하지만 아버지는 일으켜라, 뉘어라, 만 반복할 뿐이었다. 자식들과 마지막 대면이라는 상황을 충분히 실감하지 못하거나 아니면 지금이 마지막이라는 것을 인정하고 싶지 않은 듯했다. 그 때 그의 마음속에서 빛이 하나 툭 꺼졌다.

아버지가 끝까지 일으켜라, 뉘어라, 그 말만 반복하다가 숨을 놓아버렸을 때 그의 가슴속에 찬바람이 휘잉 지나갔다. '애들아, 사랑한다. 천국에서 만나자' 혹은 '서로 우애하며 잘 살아라' 그런 쉬운 말이라도 남겨줄 줄 알았다. 아버지는 얼마 남기지 않은 유산에 대해서도, 지나온 세월에 대해서도 아무 말을 남기지 않았다. 섭섭했다. 자신은 마지막 순간이 오면 주위의 사람들에게 용서하라고, 살다보니 섭섭하게 한 일도 있었을 거라고, 더 사랑하지 못해서 미안하다고 말해야겠다고 어금니를 깨무는데 눈물이 툭 떨어졌다. 마침 탕 안에 있었기 때문에 눈물인지 땀인지 김이 서린 것인지 분간할 수 없는 것이 다행스러웠다.

상주의 자리를 지키고 있다가 문상객들이 뜸한 틈을 타서 그는 목욕탕으로 달려갔다. 따뜻한 탕 속에 몸을 담그고 있으니 아버지 때문에 얼어붙었던 마음이 좀 풀어지는 것 같았다. 오후라서 그런지 십여 명의 남자들이 목욕을 하고 있었다. 오목하게 들어간 등뼈 주위로 도도록하게 오른 탄탄한 근육과 윤기 흐르는 살이 문득 아름답게 보였다. 적당히 살이 붙은 육체가 아름답다는 것은 아버지가 앓아누운 다음에 깨달은 것이었다. 아버지의 육신에 붙어있던 살이 완전히 박탈되고 나자 아버지의 등뼈는 공룡의 등뼈처럼 뾰족하게 솟아오르기 시작했다. 등의 골짜기, 고랑에 깊게 뼈가 박혀있는 줄 알았는데 살과 근육이 없어지고 나자 오히려 앙상한 등뼈가 솟아올랐다. 아버지는 그 등뼈 때문에 침대에 누워있는 것만으로도 얼마나 아팠을까. 생선 가시처럼 앙상했던 갈비뼈와 등뼈를 떠올리며 그는 사우나에 들어가서 수

건으로 얼굴을 감싸고 한참 동안 울었다. '나는 왜 아버지에게 사랑한다고 말하지 못했을까' 비로소 자책감이 들었다. 아버지만 말을 아낀 것은 아니었다.

리베이트 문제가 불거졌다고 해서 거래처에 전혀 인사를 안 치를 수는 없었다. 명절에 필요한 간단한 선물비는 회사에서 활동비로 지원해 준다지만 다른 항목에 대해서는 명목상 드러내 놓고 활동비를 지원할 수는 없었다. 그래서 하루에 유류비 삼만 원, 식대 만 원을 외근비로 책정했던 것인데 그것으로는 만족스럽게 영업활동을 할 수 없었다. 그러자 회사에서는 먼저 개인 돈으로 영업비를 충당하면 수금 실적에 따라서 인센티브를 주겠다는 제안을 내놓았다. 그래서 이 부장뿐 아니라 과장들 선에서도 개인의 돈이 상당히 투여되었는데, 회사에서는 경제가 악화되고 이익이 줄었다는 이유로 활동비 지급을 대폭 축소하려는 것이었다. 용도가 확실하고 영수증이 첨부된 돈은 회사 측에서 지불해야 하는 것이 원칙 아닌가, 이 부장이야 그럭저럭 넘어간다 해도 일선의 점장들은 상당한 불만을 토했다. 불만 정도가 아니라 집단행동도 불사할 분위기였다. 게다가 판매되지 않고 회수된 약품의 비용도 각 지점에 할당시킬 요량이어서 반발은 더 커져갔다.

개중에는 단물만 빨아먹고 버린다는 식으로 받을 것은 받아 챙기고도 처방전을 내지 않은 의사들도 꽤 있었다. 아마도 다른 경쟁업체의 약을 처방하고 있음이 분명했다. 그렇다고 해도 나중을 생각해서 극단적인 행동을 할 수는 없었다. 어쩌다 의사와 담판을 지어서 투자비용을 도로 찾아오는 사람들도 있었지만 그것은 차후의 관계를 포기하는 일이고 자신의 입지를 줄이는 극단적인 행동이었다. 어쨌든 상무는 이번 일로 개인이 지출한 돈을 지급하지 않으려는 입장이었다. 회사 자금 사정이 악화되었는데 무슨 소리냐는 생뚱맞은 표정이었다.

'우선 개인 돈을 쓰고 나면 성과급으로 돌려준다고 분명히 약속을 했잖아요?' 그 말이 목구멍까지 올라왔지만 억지로 눌러 넣었다.

'당신, 정말 이렇게 막가면 안 되지. 요새 어떤 세상인데 말도 안 되는 독재를 하는 거야?' 영업회의 석상에서 이렇게 내뱉으며 사표를 던지고 당당하게 걸어 나오는 자신의 모습을 상상해 보기도 했다.

"너희들이 누구 덕에 이만큼 사는데, 시골에서 소나 뜯기고 다닐 것들을 데려다 놓으니까 은혜를 모르고……." 이렇게 말하는 상무를 똑바로 겨누어 보며 "누군 놀고 월급 받았나? 그만큼 일 안 한줄 알아?"멋있게 호통을 쳐보고도 싶었다.

그러나 그는 한 번도 말을 꺼내보지 못했다. 머릿속을 휘젓기만 하다가 밖으로 나오지 못한 말들은 목욕탕 안에서야 비로소 찰랑거리며 속살거리는 것이었다. 그가 옷을 훌훌 벗어던질 때 비로소 갇혀있던 말들이 제 길을 찾기 시작했다. 탕 안에 들어가 몸을 푹 담그고 지그시 눈을 감고 있으면 따뜻한 이불처럼 물결이 온 몸을 부드럽게 감싸주었다. 아주 부드럽고 따스한 솜털 같은 물결이 살랑살랑 그를 어루만지고 덮어주고 품어주었다.

"괜찮아, 그래도 상무님 덕분에 서울에 와서 자리를 잡았고, 오늘 이만큼이라도 살고 있잖아. 그 양반이 말은 불뚝거려도 알고 보면 속정이 깊은 사람이다."

몇 번이고 그만두고 싶을 때마다 그의 손을 꼭 쥐고 어머니가 하신 말씀이다.

"수양산 그늘이 강동 팔십 리를 간단다. 그래도 그 양반이 우리 고향에서 젤로 장하게 된 인물 아니냐. 우리 동리에서 그 양반 덕 안 본 사람이 누가 있냐?"

'하긴, 그만하면 괜찮은 사람이지. 수위부터 야간 관리인, 매점, 식당, 영업사원에 사무직까지……, 그야말로 적재적소에 데려다 쓸 만한 사람은 전부 데리고 왔으니까. 그 덕에 아이들 공부시키고 먹고 살았으니까. 세상에 알고 보면 나쁜 사람은 없어.'

사우나실에 앉아 그는 지그시 눈을 감는다. 뜨겁다 못해 약간은 따가운 공기가 그의 전신을 살그머니 콕콕 찔러댄다. 하지만 기분이 나쁘지는 않다. 어서 문을 열라고 앙앙대는 열기에 무작정 몸을 맡기면 슬그머니 하나 둘씩 땀구멍이 열리게 된다. 송알송알 솟아오르던 땀방울이 골을 이루면서 한 줄금 땀을 흥건하게 흘리고 나면 꿀쩍했던 것들이 모조리 밖으로 빠져나온 것처럼 머리가 개운하다. 그는 천천히 사우나실을 빠져나와 샤워기 아래에 꼿꼿하게 선다.

들판에서 비를 맞듯이 머리 위로 쏟아지는 물줄기로 온몸을 헹구고 나면 비로소 몽롱했던 기분이 말끔해지는 것이다.

남들이 뭐라 하든, 그는 오늘도 하루치의 위로와 평온을 충전해서 목욕탕 문을 나선다.

메트로, 불로, 도도,

메트로, 불로, 도도

오후 2시, 무엇을 시작하기에는 약간 늦고, 포기하기에는 좀 이른 어정쩡한 시간이다, 라는 구절을 까뮈의 『이방인』 어디에선가 읽은 듯하다. 그러나 낮과 밤의 경계가 희미한 요즈음 같은 때에 까뮈가 살았더라면 그런 말을 하지 않았을 것이다. 오전 내내 잠을 자고 오후부터 활동을 개시하는 저녁형 인간이 있는가 하면, '일찍 일어나는 새가 모이를 찾는다'며 이른 아침부터 부지런히 움직일 것을 부르짖는 아침형 인간들도 여전히 존재하기 때문이다. 까뮈가 살아있던 시절만 해도 어쩌고저쩌고 길게 말을 늘어놓더라도 그래도 무엇인가, 일사불란한 분위기, 즉 범접할 수 없는 공동체 문법 같은 것이 존재하던 시대였다. 그러니까 아무리 개성이 현란하게 튀는 사람이라도 혼자 돌아다닐 수는 없는 법이라 밤이 되면 고분고분하게 잠자리에 들어야 하는, 대세의 흐름 같은 것이 있었다고 볼 수 있다.

그렇다면 지금 나에게 오후 2시는 어떤 의미를 가지는가. 오늘날 오후 2시는 뭐라고 규정할 수 없는, 그러니까 아무렇지도 않은 시간이다. 즉 새벽부터 깨어난 인간들은 잠을 자도 되고, 야간형 인간들은 슬슬 일어나서 활동을 시작해도 되는, 좋게 말해 무엇이든 가능한 시간이라는 것이다. 그런데, 오후 2시. 뭔가 석연치 않다. 하루 24시간에 길들여진 우리에게 오후 2시, 즉 14시는 이미 반이 지나가버린 김이 빠진 시간, 그렇다고 새로운 것을 시도하기에는 특별난 용기가 필요한 어정쩡한 시간이라는 것이다.

40세의 문턱에 오르면서 불혹이라는 말 대신에 그는 자꾸만 오후라는 단어를 생각하게 되었다. 세상에 혹하는 일이 얼마나 많은데 불혹이라니. 그건 나이 40세가 살 만큼 살았다고 생각되던 공자 때나 하는 이야기다. 40세의 인생을 시간으로 치면 오후 2시쯤 해당될까? 삼십대까지만 해도 오전이라고 우기면 우김질을 할 수 있었는데, 나이 앞에 턱하니 4자가 붙고부터는 갑자기 균형추가 기울어진 느낌을 떨칠 수 없었다.

영화 '하이 눈'에서처럼 12시에 고조되는 긴장, 그 긴장이 해소되고 난 다음의 오후 2시는 어쩌면 맥 풀리는 시간일 수도 있다. 그는 처음에 '하이 눈'이라는 제목을 보고 무식하게도 눈이 높이 쌓여있는 경치가 등장할 거라고 제멋대로 상상했다. 그냥 제목을 척 본 순간, 거의 자동적으로 그렇게 연상이 된 것이었다. 하필이면 영어하고 한글이 제멋대로 섞여서 눈이, 그것도 아주 높이 쌓여있을 거라는 그런 느낌. 그런데 흰 눈은커녕, 이글이글 태양이 내리쬐는 역 마당에서 12시에 도착하는 기차를 기다리는 전직 보안관 케인이 등장한다. 전직 보안관 케인으로 분장한 게리 쿠퍼가 극 중 애인 애미로 분장한 그레이스 켈리와 함께 떠나기 직전, 흉악범 밀러가 형기를 마치고 그에게 복수하러 온다는 연락을 받는 것이다. 유서를 써 놓고 역에서 악당 밀러를 기다리는 동안 개미 새끼 한 마리도 얼씬하지 않는 삭막한 역사에 터질 듯한 긴장의 시간, 정오, 12시, 즉 눈[NOON]이 다가오는 것이다.

영화의 러닝 타임 84분이 극중에서 10시 40분에 시작해서 정오의 총격전을 해피 엔드로 끝내고 12시 4분에 애인과 함께 그 곳을 떠나는 영화의 스토리 시간과 딱 맞아 떨어져서 영화인들의 감탄을 사기도 했다. 극도로 긴장했던 하이눈이 지난 것처럼 갑자기 40세가 되면서 팽팽했던 긴장감이 탁 풀리더니 될 대로 되라 식의 자포자기의 심정이 슬그머니 생겨났던 것이다. 그러면서 자기의 인생이 오후 2시, 어쩌면 오후 3시일지도 모르겠다는, 운수가 없으면 종착점에 다가왔을지도 모른다는 느낌이 강하게 그를 사로잡았다.

돌아서면 아무개가 암에 걸렸네, 누가 사고를 당했다지, 누구는 부도를 맞고, 그런 류의 듣고 싶지 않은 소리가 끈질기게 찾아들었다. 아니면, 누구는 잠실 시영아파트 사두었다가 수억 벌었다며, 내지는 일산에서 분당으로 이사 가길 잘했어, 같은 평수인데도 거의 두 배 가까이 차이가 난다지, 등등 배 아픈 소리도 뒤이어 따라오게 마련이었다. 배고픈 건 참아도 배 아픈 건 못 참는다는 말마따나 그런 소리를 자꾸 들으면 내부의 에너지가 소진되었다. 아마 사람의 말에도 기를 빨아먹는 능력이 있는 것 같았다.

오후가 되면 정신일도 하사불성情神一道 何事不成이라는 말이 항상 진리가 아니라는 걸 깨닫게 된다. 세상일에는 노력이 부족해도 되는 수가 있고 아무리 발버둥쳐도 안 되는 것이 있다는 것을 어렴풋이 알아차리게 되는 것이다. '하면 된다'식의 저돌적인 순진함에서 벗어나 '되면 한다'며 몸을 사리게 된다. 개천에서 용 나기가 어렵다는 것을 기꺼이 인정해야 할 시기가 온 것이다. 개천에서는 미꾸라지가 제격이고 용은 용천에서 나는 것이 순리라는 것을.

40세가 되자 지금까지 판단의 척도로 믿고 살았던 가치기준들이 하나 둘씩 흔들리기 시작했다. 비단 흔들릴 뿐 아니라 어느 순간에는 가소롭게 보이기 시작했다. 뭐, 저런 일에 목숨 걸고 살았을까 하는 자각, 어떤 해탈의 순간, 집集에서 해방되는 느낌 같은 것이 수시로 엄습하게 마련이었다. 어렸을 때, 땅따먹기를 하느라고 하루 종일 운동장 구석에 고개를 박고 싸움질까지 불사하면서, 손바닥을 찢어질 듯 크게 벌려 경계를 그었던 땅들이, 아이들이 하나 둘씩 집으로 불려 들어가고 나면 아무 쓸모가 없었던 것처럼. 땅과 먹지를 그대로 내버려둔 채 저녁 먹으라는 소리에 이끌려 집으로 돌아갔던 것처럼 말이다.

나이 40이 되면 그 부름이 임박할 수 있다는 자각을 하게 된다. 그러면 인생은 쓸쓸해지고 어떤 의욕이 사라지게 마련이다. 승승장구 잘 뻗어가는 사람은 일에 떠밀려서 40세의 언덕을 어떻게 오르는지 모르겠지만 보통 서민들은 사정이 그렇지가 않다. 시시 때때로 고장 신호를 보내는 몸에 자신을 가질 수 없고, 노후를 걱정 안 해도 될 만큼 모아 놓은 돈도 없다. 지출은 늘어가고 직장에서는 은근한 눈총을 받기 시작하니 뒤처지지 않으려고 악착을 내야 하는데, 그게 깊은 속내로는 영 내키지 않는 일이다. 그래서 한동안 교회에서 부르는 복음성가 중에 '일어나 걸어라'라는 노래가 대히트를 했을 것이다. 주저앉고 싶을 때, 일어나라고, 손을 잡아주겠다고, 뒤에서 밀어주겠다고 하니 기댈 것 없는 사람들이 큰 위로를 받을 수밖에 없지 않은가.

'메트로, 불로, 도도'

어느 날 출근길에 운 좋게 지하철에 자리를 잡고 앉아서

목욕하는 남자

반쯤 무료하게 내리 감았던 눈을 뜬 순간, 그의 눈앞에 크게 다가 온 글자가 그것이었다. 아마도 어떤 지하철 신문 기사의 소제목인 것 같았는데 프랑스 사람들의 삶을 그렇게 한 줄로 요약할 수 있다는 내용이었다. 메트로는 지하철이란 뜻이다. 하지만 그 정도는 지하철에서 무료로 배포되는 동일한 이름의 일간지를 통해 많은 사람들이 알고 있는 바이므로 새삼스러울 것은 없다. 즉 메트로라는 단어의 뜻을 안다고 해서 별 신통할 것은 없다는 이야기다. 하지만 대학 시절 프랑스어를 배운답시고 남산 아래 자락에 있던 알리앙스 학원에 드나든 덕에 그는 '불로'가 일이라는 것을 알고 있었다. 내심 흡족했다. 신문을 들고 서 있는 저 젊은 녀석은 '불로'가 무슨 뜻인지도 모르고 있을 거라는 생각에 공연한 우월감이 잠시 스쳐갔다. 그런데 다음 단어 '도도'에서 딱 걸린다. 그 당시에 도도라는 말을 안 배웠나, 아무리 머리를 쥐어짜도 기억에 없었다. 생각해보면 프랑스 말을 배워서 외교관이 되어 보겠다고 회현동 뒷길을 오르내리던 그때가 좋았던가. 어쨌든 꿈이라는 것이 있었으니까.

회사에 와서 일하는 중에도 '도도'라는 말이 자꾸 걸렸다.

그 뜻 모르는 단어가 눈앞에서 아른대는 하루살이처럼 뇌리에 자꾸 걸려서 컴퓨터에게 물어보니 웬 화장품 회사의 광고가 화면을 가득 메운다. 내친김에 프랑스어 사전을 찾아보니 의외로 도도는 '잠'이라는 뜻이었다. 사전에 나온 대로 종합해본다면 '지하철 타고 가서 죽도록 일하다가 지하철 타고 돌아와서 잠자는 것이 바로 인생'이라고 요약할 수 있겠다. 하지만 그게 어디 프랑스 사람들만의 일인가.

그는 갑자기 우울해졌다. 그날부터 그의 의식 속에 하루 종일 메트로, 불로, 도도라는 말이 따라다녔다. 그나마 메트로, 불로, 도도라도 되는 인생은 평균값이라도 되는 셈이다. 일자리를 못 얻은 사람은 메트로, 도도 밖에 할 것이 없다. 아침마다 폐지를 수거하는 노인들이 배낭을 메고 손에 한 아름 신문을 든 채 지하철을 누빈다. 그대로 두면 다른 사람이 볼 수도 있을 듯한 신문을 선반에 얹어두기가 무섭게 채가는 덕분에 지하철 안은 깨끗해지는 것 같다.

그런데 왜 지하철엔 예쁜 여자나 멋진 남자가 없는 거지? 누군가 물었을 때, 정말 그렇다는 생각이 들었다. 예쁜 사람들은 도대체 어디에 있는 걸까? 땅 위로 다니는 것일까? 지하철 안에는 무료한 표정으로 눈을 감고 앉아있거나 귀에 이어폰을 낀 채 텔레비전을 보거나, 아니면 열심히 손가락을 놀리며 스마트폰 게임을 하는 사람들로 가득 찬 것 같다. 가끔가다 스마트폰을 들여다보면서 히죽거리는 청소년들이 눈에 띌 뿐이고, 토익 단어장을 손에 든 채 삼매경에 빠져있는 사람들은 지금 우리가 있는 곳은 땅 속이라는 것을 실감케 하는 희멀건 얼굴을 하고 있다. 그나마 메트로를 탈 기력조차 없으면 도도밖에 할 것이 없다. 그것도 여의치 않으면 영원한 도도로 인생을 마감하는 것이 아닌가.

아내는 그를 결코 포기할 태세가 아니었다. 그것이 한편으로는 고맙기도 하고 다른 한편으로는 말할 수 없이 부담스러웠다. 그녀는 외교관의 아내가 되어 전 세계를 누비고 다닐 생각으로 신혼의 단꿈을 꾸었을 것이다. 어쩌면 입도 선매하는 식으로 그에게 투자를 한 것인지도. 말 그대로 논 바닥 위에 벼가 청청하게 서 있을 때 싸게 사들여서 가뭄이나 태풍의 위기를 잘 넘기기만 하면 야문 알곡을 거두게 될 것이다. 하지만 연이어 두 번이나 고시에 낙방하자 그는 자신이 없어졌다. 자신감이 조금 줄어든 것이 아니라 어느 날 갑자기 거짓말처럼 단번에 싹 사라져 버린 것이다. 애초에 그런 마음조차 먹은 적이 없다는 듯이 완전한 백지상태였다. 신기하게도 지우개로 싹 지워버린 것처럼 머릿속이 하얗게 바래졌다. 1차 시험에 붙었다고 얼마나 기뻐했던가. 그러나 1차 시험과 2차 시험의 거리는 엄청난 것이었다. 1차 시험이 끝나고 그 다음 순서로 치르는 것이 2차 시험이라는 의미가 아니다. 그 거리는 까마득해서 어쩌면 노력만으로 되지 않는 하늘의 도우심이 있어야 했다.

불문과를 졸업한 아내는 그에게 훌륭한 불어선생이었고, 그녀 자신 나름 좋은 외교관 부인이 될 준비를 하는 듯했다. 한 번 더 2차 시험에 실패할 때까지만 해도 단번에 이루어지는 일이 있으랴, 무슨 일이든 삼세 번, 하는 식으로 담담했다. 부족한 부분을 보충하면 되겠지, 스스로 마음을 다잡고 일어섰다. 하지만 다음 해에 어이없고 창피하게도 1차 시험에 낙방하게 되자 그는 마치 진흙탕에 빠진 듯 엎어진 자리에서 꼼짝할 수 없었다. 우선 아는 사람들 보기가 민망하고 무엇보다 스스로에게 실망감이 앞섰다. 더 이상 일어설 수 없었다. 십 년 동안 고시를 보다가 폐인이 되었네, 누구는 칠전팔기 끝에 합격했네, 하는 말들이 아득한 전설처럼 들렸다. 연거푸 세 번이나 시험에 떨어지고 나니 탈진이 되어서 더 이상 책이 눈에 들어오지 않았다. 활자가 비틀거리고 머리가 빙빙 돌았다. 여러 번 고시에 도전하는 사람은 그 자체로 대단한 것이다. 아니면 인생에 고시 외에 다른 것은 생각해 본 적도 없는 사람들이거나.

세 번이나 시험에 낙방하고 나서 그는 한동안 집안에 누워있어야 했다. 분명히 아픈 것은 아닌데 맥이 착 가라앉고 몸이 이부자리에 들러붙은 것처럼 떨치고 일어서기가 힘들었다. 의식은 살아있는데 마취당한 환자처럼 고개를 가눌 힘조차 부족해서 내 머리가 너무 무거운 게 아닌가, 혹시 머릿속에 돌멩이들이 가득 들어있는 것은 아닌가, 가만히 흔들어 보곤 했다. 그렇다고 분한 생각도 미련도 없이 그 상태로 멍하게 한 달여를 누워서 지냈다. 완전하게 고갈되었던 에너지가 다시 고이기까지는 상당한 시간이 필요했다. 마음의 상처 운운보다는 매일 실내에서 책과 씨름하던 몸이 밖의 태양과 대기에 노출되기까지는 나름대로의 적응 기간이 필요했던 것이다.

더 이상 생활을 아내에게 의존할 수는 없었다. 아니 생계를 핑계로 고시와 인연을 완전히 끊고 싶었다. 언어에 상당히 재능이 있어 보이는 아내는 초등학생들에게 영어 과외를 해서 그를 뒷바라지하고 있었다. 그러나 될 듯 될 듯해서 수 년 혹은 십여 년을 고시에 매달린다는 고시병에 걸리면 어떡하나, 아내의 부담스러운 지원에 보답하지 못하면 어찌하나, 불안감이 그를 매일 압박했다.

"아무래도 취직을 해야 할까봐."

선배로부터 여행사에 근무할 것을 제의받은 날, 그는 조심스럽게 운을 떼었다.

"그래도 지금까지 공부한 게 아깝잖아."

아내도 어느 정도 체념을 한 듯, 목소리가 많이 누그러져 있었다.

"아깝긴 뭘, 이제 아기를 낳으면 자기도 집에 있어야 할 거구."

그는 아내의 도드라지는 아랫배에 시선을 주었다. 사실 별 대책이 없었다. 그의 집이나 아내의 친정이나 아주 평범하기는 매한가지였다. 지극히 평범하게 은퇴한 공무원인 아버지와 역시 지극히 평범하게 초등학교 교사로 은퇴한 장인은 연금으로 노후 걱정 없이 살 만한 정도는 되었지만 그렇다고 자식에게 물려줄 것은 없었다. 자식에게 생활비 걱정을 끼치지 않는 것만으로도 감사한 일이었다. 다행히 아내는 균형 감각을 지니고 있어서 피차 물려줄 것 없는 양쪽 집에 대해 불평하지 않았다.

"공부한답시고 더 늦으면 나이에 걸려서 아무 데도 취직할 수가 없잖아."

"오라는 데는 있고?"

"글쎄, 여행사가 어떨까 싶어. 앞으로 국제화 시대가 가속화되면 아무래도 사람들의 해외 출입이 많아질 것이고, 그렇다면 그쪽이 전망이 있을 것 같은데……."

"여행사라구?"

아내의 눈동자가 잠시 흔들렸다. 그동안의 습성으로 보아 아내의 침묵은 일단 그의 제의를 받아들인다는 뜻이었다. 어쩌면 결혼 전에 사주점을 보러갔던 기억이 떠올랐을지도 모른다. '심심풀이 삼아'라는 단서를 붙이기는 하지만 정말로 심심해서 철학관을 드나드는 인간은 없을 것이다. 그래도 무엇인가 위로가 되는 말을 듣고자, 암울한 미래에 희망적인 말 한 마디라도 건져 올리고 싶어서 허술한 철학관의 문을 밀고 들어서는 것이다. 점쟁이에게 점을 보는 것보다는 철학관에서 사주를 풀어보는 것이 지성인으로서 덜 민망할 것이라는 얄팍한 심리도 작용했을 것이다. 그 철학관의 남자가 했던 여러 말 가운데 '외국으로 많이 나다닐 팔자야'라는 한 구절이 별똥처럼 날아와 박혔는데, 아내는 그 말이 외교관이 될 내 운명을 확정짓는 것이라고 믿었을 것이다. 어쩌면 그 말이 지금 다시 생각났을 지도 모른다.

어쨌든 그는 그렇게 해서 여행사 직원이 되었다. 처음에는 각 나라의 여행지 정보에 대해 학습하고 여행자들을 인솔하는 데 필요한 여러 가지 기법을 익혔다. 기법이라고 해도 결국 사람 사는 양식과 여러 부류의 사람들을 통솔하는 방법에 관한 것들이 대부분이었다. 살아온 배경, 문화, 학력, 재력 등이 송두리째 다른 사람들이 한솥밥을 먹으며 한 지붕 아래 잠들고 같은 버스를 타고 동거하는 것이 쉬운 일일 수는 없다. 가장 중요한 것이 공항 출국시의 서류 작성, 혹은 통관 등에 관한 것이었다. 그는 그렇게 사무실에서 이 일 저 일 배우다가 드디어 동남아부터 시작해서 가까운 나라로 사람들을 인솔해서 다니는, 소위 가이드가 되었다. 가이드라는 직업처럼 애매한 것이 또 있을까 싶다. 깃발을 들고 뒤꽁무니에 사람들을 줄 세워 다니는 가이드는 마치 어린이들을 데리고 소풍 나온 유치원 보모를 연상케 했다. 일반인의 인식 역시 크게 다르지 않았다.

그래서 깃발을 들거나 똑 같은 모자를 쓰거나 하는 왠지 촌스러운 일보다는 눈에 잘 띄라고 달걀 크기만 한 주황색 배지를 채우는 쪽을 그는 선호했다. 직업에 귀천이 있는가, 얼마나 신성한 노동인가. 관광에 나선 고객들에게 나누어주는 팸플릿 중에 '당신은 민간 외교관입니다. 당신의 행동이 국위를 선양시킬 수 있습니다. 그 반대의 경우도 있사오니 조심해 주세요'라는 글귀를 볼 때마다 외교관이라는 단어가 눈에 찔렸다. 맞아, 외교관은 외교관이지. 회사에서는 가이드라는 단어보다는 TC라는 말을 선호했다. 차라리 가이드라고 하는 편이 알아듣기 쉽고 솔직해서 좋다는 느낌이 들 때가 많았지만 다른 동료들은 자신을 TC라고 소개했다.

트래블 컨닥터Travel Conductor의 약자, 여행 지휘자, 여행 안내자. 처음부터 알아듣기 쉽게 여행 안내자라고 하지 않고 왜 티씨라고 부르는 걸까, 그게 간호원과 간호사라는 명칭의 차이만큼 중요한 것일까. 일반인들에게는 다 같아 보이는 것이 그 집단 내에서는 심각한 차이를 드러내 보이는 법이다.

약자가 판을 치는 세상이라 보험 모집인, 보험 컨설턴트를 FC, 텔레마케터를 TM이라고 줄여서 부르고 있다. 온통 영어 약자투성이다 보니 애프터서비스 센터가 뭐냐고 소리 죽여 물어오는 할머니들에게는 영어를 모르는 까막눈이 더 갑갑할 수밖에 없는 실정이다. 와이브로, 와이파이 어쩌구 하는 단어를 볼 때마다 대학물을 먹었다는 지성들도 머리가 지끈거리기는 매한가지다. 흔하게 쓰던 디-데이가 무엇의 약자래요? 라고 물어왔을 때 '작전 개시일'이잖아요. 아니, 그건 나도 아는데, 무슨 단어의 약자냐구요? 글쎄, 나중에 가르쳐 드릴게요. 진땀이 바작바작 관자놀이를 적셨다.

그렇게 중국을 섭렵하고, 섭렵이라고 해야 상해와 북경을 뻔질나게 드나들었다는 의미다, 좀 더 먼 곳으로 가는 것이

이 바닥의 관례라면 관례였다. 상해에 가면 일단 동방명주 탑 앞에서 증명사진을 한 장 찍고, 외탄의 야경에 입을 딱 벌린 후에 임시정부청사에 가서 애국심을 확인한다. 그러고 나서 얌전하게 항주와 소주 그리고 서호를 돌아오는 코스에서 실크 이불, 실크 솜을 팔아야 하고 녹차도 팔아줘야 한다. 혼기를 앞둔 딸을 가진 아줌마들이 신바람이 나면 명주 솜을 두 손에 미어지게 들고 나오던 시절도 있었건만 그것도 유행을 타다 보니 요즘은 녹록치 않다. 일본에 가면 코끼리 밥솥, 호주에 가면 양털이불을 사고, 동남아에 가면 라텍스를 구입하던 공식이 언젠가부터 어긋나기 시작했다. 한때는 5킬로그램으로 한정되어 있던 중국 참깨를 사오던 행렬도 볼 만했는데, 고객들이 갈수록 약아지는지 아니면 해외 여행이 잦아지다 보니 흥미가 없어졌는지 손님들을 상점에 데리고 가도 반응이 시큰둥하다. 아무리 봐도 우리나라 물건이 제일 좋다고 당차게 고개를 저으며 다른 사람들의 지갑까지 닫게 만드는 잘난 족속들도 있었다.

"우리나라의 해외 여행 요금은 세계 10대 미스터리죠, 그 가격으론 비행기 삯과 호텔비도 안 나오는데도, 먹여주죠,

재워주죠, 관광시켜주죠, 차암 신기하죠, 여러부운!"

그가 인솔자의 자격으로 처음 서유럽에 갔을 때 현지에서 나온 여자 인솔자가 베테랑답게 마이크를 잡고 코맹맹이 소리를 했다. 손님들은 고개를 끄덕이며 미소를 지었다. 본인들도 여행비가 싸다는 것을 인정한다는 의미일까?

"이제부터 우리가 한 열흘 동안 같이 먹고 살아야 하니까 이동 중에 서로 소개하는 시간을 가지겠습니다. 같은 차를 타고 온종일 다니죠, 한 지붕 아래서 자죠, 같은 음식을 먹죠, 이게 보통 인연이 아니거든요. 그러니까 제가 이름을 부르면 앞으로 나와서 자기 소개를 하세요."

그가 가지고 있는 손님들의 명단에는 주민등록번호와 주소가 들어있었지만 직업이 무엇인지, 동행자들이 어떤 관계인지 알려주는 아무런 단서가 없었다. 인솔자가 능숙하게 말문을 여는 동안 그는 대충 자신의 고객 파일을 작성한다.

"지금이 6월 말이니까 여기 계신 분들 중에는 틀림없이 교수님이 몇 분 계십니다. 내기해도 좋아요. 딱 이맘 때 대학교 기말고사 끝내고 나오시거든요. 또 모녀, 친구, 동네 계모임 멤버도 있구요. 그렇죠오? 이 시즌이 끝나면 성수기죠. 그러면 초, 중등학교 선생님들이 와악 나오셔. 애들하고 엄마들하고 정신없어요. 요샌 방학 때 해외 여행 안 하면 개학해서 할 말이 없대나, 뭐. 어쨌든 8월 초까지 정신없다가 8월 말이나 9월부터는 실속파들이 나오시지. 왜? 비수기니까. 호호호."

신기하게도 인솔자가 주무르는 대로 손님들은 반죽되어 갔다. 집을 떠나 오니 만사가 여유로워지는지, 아니면 해외 여행을 한다는 사실이 마음을 너그럽게 하는지 모르는 일이었다. 호명하는 대로 고분고분하게 나와서 선생님 앞에 선 초등학생처럼 어디에서 살고 무슨 일을 하며 누구와 함께 왔는지를 토설하는 것이다. 인솔자 말대로 일행 중에는 교수들이 몇 명 끼어 있었고, 동네 계모임 친구들도 있었다. 남편들은 돈 버느라 시간을 낼 수 없어서 여자들끼리 왔다고, 남편에게 고맙고 미안하다며 까르르 웃었다.

대학에 입학한 자녀들을 데리고 온 평범한 가족, 초등학교 손자와 동행한 할머니, 체험 학습을 시키기 위해 초등학생인 아들과 함께 온 젊은 엄마, 환갑을 맞아 딸이 여행을 보내줬다는 부부, 이 대목에서 역시 아들보다는 딸이 제일이라는 수근거림이 잠시 버스를 술렁이게 했다. 평생 소원인 유럽 여행을 하게 되었다고 좋아하는 가족들도 있었다.

수학여행을 온 듯 야릇한 흥분이 버스 안을 지배하고 있었고, 그 분위기에 편승해서 인솔자는 일정을 슬쩍 바꿔서 예정에는 없지만 퓌센으로 가서 아름다운 성을 보고 가는 것이 어떠냐고 제안을 해 왔다. 약간의 비용이 추가되었지만 누구도 개의치 않는 분위기였다. 버스는 그림 같은 경치 속으로 내달렸고 다들 낭만적인 분위기에 취해서 아무래도 좋은 것 같았다.

그 후 베니스에서 분위기는 절정에 달했는데, 베니스는 물의 도시답지 않게 덥고 목이 마른 도시였다. 그래서 비싼 물을 자꾸 사먹게 되는 아이러니가 있었다. 옵션으로 나온 곤돌라를 태우고도 성이 안 찼는지 현지 가이드는 베니스의 골목을 보여주는 배에 탈 것을 종용했는데 그 가격이 만만 찮았다.

"이건 돈 많은 중국인들도 절대 못 타요. 우리나라 사람들도 이 배를 탄 지가 이제 일 년 정도밖에 안 됩니다. 베니스 당국에서 허가를 내주지 않으면 안 되는데 우리나라가 선진국 대열에 들게 되니까 간신히 허가를 따낸 거예요. 잘 생각해 보세요."

현지 가이드는 자꾸 베니스의 골목을 누비는 배에 오를 것을 강조했는데, 어쨌거나 적지 않은 사람이 그 배에 올랐다.

"나 참, 이렇게 적은 인원이 배를 타는 것은 처음이야."

현지 가이드가 불퉁거리며 배에 올랐다. 그의 밀짚모자 사이로 햇살이 파고들어 얼굴에 얼룩덜룩 그림자가 내렸다. 현지 가이드와 고객들 사이에 절묘한 균형을 잡아주는 것도 인솔자의 몫이다. 그들이 40여분 배를 더 타는 동안 나머지 사람들을 데리고 산마리노 광장에서 자유 시간을 보내면서 이것이 일이 아니라 휴가였다면 기분이 어땠을까, 그는 생각에 잠겼다. 언제나 휴가를 보내는 사람들과 함께 생활하다 보니 경제가 어렵다는 말이 도통 실감이 나질 않았다.

공항 면세점에서부터 시작해서 로마 시내, 스페인 광장에 이르기까지 명품 쇼핑에 빠져서 관광이 뒷전인 사람들이 항상 있게 마련이었다. 그들은 비싼 백을 사느라 늘 약속 시간에 늦게 오게 마련이고, 세금을 환불받는 문제로 인솔자를

찾게 되어 있었다. 아니면 파리의 백화점에서 신제품 시계
나 구두에 눈을 팔다가 약속 시간에 늦는 경우도 허다했다.
시간이 모자랄 뿐이지 돈이 부족하지 않은 것 같은 쇼핑족
들의 시중을 들다 보면, 돈을 쓰는 사람들은 따로 있다는 생
각이 들곤 했다. 그들이 바로 태어날 때 입에다 은수저를 물
고 나왔다는 족속일까.

"여러분, 로마에 오니까 좋죠?"

인솔자의 우렁찬 음성에 모두들 '네'라고 소리 높여 화답
했다.

"여러분은 좋으시겠지만 저는 로마가 제일 싫어요. 백 번
도 더 온 것 같아."

갑작스런 반전에 분위기가 묘해졌다.

"너무 덥고, 사람도 많고, 바티칸 들어가려고 저 긴 줄 선
것 좀 봐요. 그러니까 빨리빨리 움직이시고 웬만하면 벤츠
관광을 하세요. 더운데 애먹이지 마시구요."

경악에 찬 음성으로 노골적으로 부탁을 했음에도 불구하
고 일행 중 네 사람은 전에 로마를 와봤다는 이유로 벤츠 관
광을 하지 않겠다고, 자기들끼리 시내를 걷겠다고 고집을

부렸다. 교수 부부라는 그들은 미안하다면서 최종 약속 장소인 콜로세움으로 정해진 시간 내에 갈 테니 걱정 말라고 했지만 그들이 잘못되는 날에는 보통 큰일이 아니었다.

"교수나 선생들은 꼭 저렇게 나온단 말이야, 그럼 김 선생이 따라갔다 와요."

현지 가이드가 인상을 찌푸렸다. 그는 4명의 일행과 함께 로마의 골목을 걸으며 더운 날씨지만 생각보다는 괜찮다는 생각을 하고 있었다. 교수들은 동전을 던지면 소원을 이뤄 준다는 트래비 분수에 이르자 미안하다며 아이스크림을 사주고, 스페인 광장에서는 화장실을 가기 위한 핑계라면서 고풍스런 카페에서 커피를 사주기도 했다. 이런저런 이야기를 나누며 걷는 것도 괜찮겠다는 생각을 하면서 이렇게 몇 시간 동안 걸어본 지도 참 오래간만이라는 생각을 했다.

그렇게 로마를 대충 끝내고 일행은 나폴리까지 내려갔다 올 계획이었다. 가는 곳마다 약간의 실랑이가 생기는 것은 옵션 때문이었는데 30명이 넘는 일행이 일사불란하게 의견을 통일하기가 어려운 데 원인이 있었다. 문제는 카프리 섬을 가는 데 일인당 120유로씩 내야 하는 옵션 때문이었다.

만만치 않은 금액이었다. 하지만 언제 또 오나, 하는 김에 관광을 제대로 해야지, 라는 분위기가 지배적이어서 20명이 넘게 신청을 했다. 이번에는 가족별로 온 사람들이 나폴리에 주저앉아 놀겠다고 해서 나폴리 해변으로 시간을 때우러 갈 수밖에 없었다. 옵션에 참가하지 않는 사람들을 위한 다른 프로그램이 없었으므로 그 시간을 길에서 메워야 했다.

그랬다, 여행 경비가 싼 대신 모든 것을 옵션에 의지해야 하니 그것을 권유하는 자신이 천덕스러울 밖에 없었다. 4인 가족이 카프리 섬에 갈 양이면 그 돈으로 나중에 제주도에 가서 2박 3일 동안 알차게 보내겠다는 더 빠른 계산이 나오는 것이다. 손님들을 백화점에 데리고 가도 왠지 눈치가 보이고, 그들의 요청에 따라 아울렛 매장에 풀어놓아도 미안한 느낌이 들었다. 손님들이 양손에 들고 오는 쇼핑백들이 자신의 이익과 관련된다고 생각하니 얼굴이 달아올랐다. 당연한 대가를 받는 것이라고 마음을 달래도 좀처럼 던적스러운 기분을 떨치기 힘들었다.

파리에서도 에펠탑을 관람하는 데 몇 명의 이탈자가 생겼다. 분명히 낮에 관람하는 것이 옵션에 들어있는데, 현지 가

목욕하는 남자

이드는 갑자기 계획을 변경했다. "지금 점심 먹고 에펠탑에 가면 줄을 너무 많이 서야 해요. 땡볕에 두 시간씩 서 있다 보면 힘드실 테니 밤에 가면 어떨까요? 저녁 먹고 파리의 야경을 보고 숙소에 들어가면 아주 좋을 것 같아요."

"낮에 보고 싶은 사람은 어떻게 해요? 에펠탑에 가는 비용은 이미 경비에 포함되어 있잖아요."

다른 사람들은 대충 넘어가는 분위기인데 유독 젊은 대학생 둘이 눈을 빤히 뜨고 바라보았다.

"저엉 낮에 보고 싶으면 그렇게 하세요. 김 선생님이 동행하실 거예요. 다른 분들은 로댕 박물관을 보고 저녁 먹은 후에 에펠탑으로 갑시다."

온기 없는 인솔자의 말을 등에 받으며 그는 두 명의 대학생과 세느강에서 유람선을 타고 에펠탑에 올라가기로 했다. 가이드의 말과는 달리 줄을 길게 서지 않고 곧바로 에펠탑에 올라갈 수 있었다. 그는 다시 미안해졌다. 입장료가 8유로 밖에 안 되는 로댕 박물관을 하나 더 추가하는 데 60유로를 받는 이유를 설명할 수는 없었지만 그렇게 해야 수입이 좀 나아지는 현실을 거부할 수 있을까. 현지 가이드나 인솔자나 다 함께 '짜고 치는 고스톱'이라는 인상을 주었지만 열흘 동안 새벽부터 밤중까지 여러 사람들 치다꺼리를 하는 대가라며 스스로를 위로했다.

그랬다, 먹고 사는 문제가 늘 그렇게 걸렸다. 결혼할 여자 집에 찾아갔더니 장모 될 사람이 결사반대 하더라는 이야기를 동료가 한 적이 있다. 여행자들을 숙소에 들여보내고 밤거리가 위험하니 절대 나와서는 안 된다며 반협박조로 단단히 단속하고서 다른 팀의 가이드들과 동석한 술자리였다.

"남자가 여행 가이드라니, 우선은 남에게 말하기가 창피하고 직업이 안정되어 보이지 않는대. 게다가 집을 자주 비니까 자기 딸의 신세가 생과부나 다를 게 있겠냐고 핏대를 올리더라구. 사실은 내가 가진 게 없다는 것이 반대의 제일 큰 원인이었지."

자신의 장모도 처음부터 가이드를 한다고 했다면 그렇게 반대했을까, 아마도 비슷한 경우였을 거라고 그는 가만히 생각했다.

"그래서 내가 결혼 후 10년 안에 5억짜리 통장 만들어다 보여드리겠습니다, 라고 큰 소리를 땅 쳤지. 그런데도 장모

목욕하는 남자

가 꿈쩍도 안 해. 오기가 나서 매일 선물을 사 들고 그 집에 찾아갔어. 한 달쯤 지나니까 장인 될 양반이 술상을 봐오라고 하더군. 그 양반이 술이 상당히 센데, 여하튼 둘이 대작을 하게 되었어. 양주 두 병을 비우도록 주거니 받거니 했지. 긴장을 하니까 그런지 취하지도 않더군. 그 상태로 말도 없이 술잔만 왔다 갔다 했는데, 갑자기 장인이 좋다, 데려가라, 하더군."

그의 결혼담보다는 5억 통장의 약속이 더 궁금해지는 터에 그는 결혼 10년이 채 되기도 전에 신도시에 아파트를 사고 5억짜리 통장을 만드는 데 성공했다는 말을 덧붙였다. 아들도 둘이나 얻고 이제는 장모가 아이들을 돌봐준다고 했다.

"아내더러 생과부 노릇 할 게 아니라 같이 가이드로 뛰자고 했지. 둘이 하면 손발이 척척 맞아서 일하기가 참 편하거든. 사실 아내도 나와 함께 TC로 일했어요. 그러니까 어렵지 않게 목표를 달성했지."

그의 말투에서 노련미가 묻어났다. 재미있는 이야기와 더불어 손님들을 요리조리 요리하는 실력이 상당한 수준의 고수였다. 기분 나쁘지 않게 쇼핑센터에 데려가고, 어쨌든 좋은 물건을 살 기회를 제공하는 것도 인솔자의 능력이라는 견해였다. 아마도 그가 인솔자였다면 모든 사람을 카프리 섬으로 보냈을 것 같았다. 그런데 자신은 에펠탑 야간 관람을 권유하는 것부터 말문이 막히는 것이다. 낮에 봐야 파리 시내전경이 다 보이는데 밤에는 불빛밖에 더 보이나, 그가 처음에 떠올린 생각이었다. 그러니까, 너는 그것밖에 안되는 거야, 생각하기 나름이지, 모두가 즐거워하고 있는데 왜 너만 복잡하게 생각을 하고 있나. 누이 좋고 매부 좋고, 가재 잡고 도랑 친다는 말도 몰라? 그래도 다들 좋다고 흥청거리는데 너 혼자 뭐가 그렇게 미안하고 걸쩍지근한데? ……, 이왕 이 길로 들어왔으면 돈을 벌어야지. 열심히 관광시켜주고, 좋은 물건 소개시켜주고, 그게 서로에게 좋은 거 아냐?

과연 그랬다. 야박하다 싶을 정도로 손님들을 몰아대던 인솔자에게 그래도 고맙다고 공항에서 헤어지기 전에 만 원씩 걷어서 건네는 것을 보면 너무 깊이 생각할 문제는 아니었다. 관광을 재미있게 하도록 도와주고, 오가는 길에 지루

하지 않도록 이야기도 잘 해주고, 역사에 대해서 재미있게 읊어주면서 열흘 동안 한솥밥을 먹다 보면 없던 정도 들게 마련이다. 게다가 비행기에서 좌석을 배정할 때 편의를 조금 봐주면서 생색을 내고 직장에서 자기 자리를 확고히 하는 것이 무엇이 나쁘다는 말인가. 5억짜리 통장과 아파트가 눈앞에 스쳐갔다.

그렇게 공항을 내 집 드나들 듯하면서 그는 매일 메트로, 불로, 도도를 생각해본다. 메트로를 타고 공항에 가서 서류 작성하고 고객을 기다리는 불로를 한다. 그리고 비행기가 이륙하면 기내식을 먹고 몇 시간 동안 도도를 한다. 중간에 한 번쯤 비행기를 순회하면서 불편한 점이 없는지, 입국 신고서를 제대로 쓰는지 확인하고 프로그램을 뒤져서 영화 한 편을 감상한다. 그리고 입국 서류와 현지에서 나눠 줄 조별 인원 점검을 하고 나서 다시 도도에 빠진다. 잠을 많이 자 두어야 도착하자마자 잘 움직일 수 있다.

비행기가 도착하면 짐 찾는 곳에서 고객들을 점검하고 인원을 체크한다. 무사히 통관이 끝나고 마중 나온 현지 가이드와 잘 만나면 일단계는 성공한 셈이다. 하지만 한국에서

올 때 면세점에서 너무 많은 물건을 사오는 사람들 때문에 가끔 입국이 지연되는 수도 있다.

프랑크푸르트에서 모든 사람들의 가방을 열어 보이라는 명령이 떨어졌다. 손님들은 인상을 쓰면서 무거운 트렁크를 검색대 위에 올리고 가방을 열었다. 속옷이며 고추장 등의 밑반찬, 슬리퍼, 옷가지 등이 그대로 적나라하게 드러난다.

"도대체 왜 그래요?"

"우리 일행 중 앞 사람이 걸렸어. 한국 담배를 20보루나 사 왔다나."

"여러분 잠깐만요."

노련한 인솔자가 사람들을 불러 모은다.

"여기 있는 담배는 여러분의 것이라고 하세요. 공동 경비로 사서 한 사람에게 맡겨둔 거라고 말할 테니, 나중에 손들라고 하면 20명만 손을 드세요. 아이들 빼고 어른들은 거의 다 들어야 할 거예요."

아버지가 담배를 좋아해서 별 생각 없이 담배를 많이 샀다는 모녀는 얼굴을 숙이고 있었다. 엄청난 벌금을 물어야 할 판에 경험 많은 인솔자의 기지가 발휘되는 순간이었다.

짐을 검열 받게 되어 기분이 상해있는 데다 억지로 흡연자가 되어야 하니 시작부터 기분이 영 말이 아니었다. 그러나 엄청난 벌금이라는 말이 동포애를 자극해서 담배 피우는 사람 손들라는 말에 거의 다 손을 들었다. 평생 담배라고는 피워 본 적이 없다는 교회 권사도 손을 들었다. 흡연자에다 거짓말까지 해야 하는 상황에 표정이 착잡했지만 누구도 섣불리 불평을 하지는 않았다. 무사히 세관을 빠져나오면서 모두들 유능한 인솔자의 기지에 놀라고 있었다.

첫날은 그렇게 현지 가이드를 만나고 호텔에다 짐 풀고 저녁 먹고 나면 도도로 마감하게 되어 있었다. 그 다음 날은 메트로 대신 버스로 한나절을 달리고 버스 안에서 쉬지 않고 말을 하고, 관광지를 처음 보듯 감탄을 하면서 설명을 하고, 걷고, 먹고, 먹이고, 숙소에 가서 잠을 자는 일을 반복하는 것이 그의 일이었다.

이 일을 언제까지 할 수 있을까. 한 달에 두세 번씩 긴 여정의 외국 여행을 하는 일을 몇 살까지 할 수 있을까? 체력이 얼마나 되어야 이 일을 계속 감당할 수 있는 것일까. 아직까지 비행기에 타는 사람들의 얼굴은 그래도 밝은 편이

다. 열댓 시간씩 비행을 해도 주어진 숙명처럼 불평하지
않는다. 유학을 가건, 여행을 가건, 업무차 외국에 가건 무
엇인가 생동감이 있고 할 일이 있다는 표정들이다. 메트로
에 비하면 하늘과 땅만큼의 차이라고 하는 것이 딱 맞는 말
이다.

그의 나이가 오후를 향해 가고 있다는 생각이 들 때마다
그는 메트로, 불로, 도도를 중얼거려 본다. 메트로 안에서
무표정한 많은 사람들을 그 역시 무심하게 바라본다. 눈을
감고 있거나 팔짱을 낀 채 고개를 숙인 피곤한 얼굴들은 지
하철이 아니라 지옥철을 타고 가는 것처럼 표정이 없다. 그
리고 모두 한 방향으로만 서 있는 것도 이상한 일이다. 마치
곧 내릴 것처럼 서 있는 사람들 때문에 내려야 할 역을 놓친
적도 있다. 기다란 열차는 헐떡이며 달려와서 옆구리에서
사람들을 뱉어놓고 또 다른 사람들을 삼키고 숨 가쁘게 떠
난다. 서울 시내 땅속을 헤집고 다니는 긴 뱀처럼 육중한 몸
을 뒤척인다. 개미처럼 와글대며 지하에서 지상으로, 일을
끝내고 다시 지상에서 지하로 오르내리는 사람들은 날개 잘
린 뱀을 타고 다니는 군대개미처럼 쉬지 않고 움직인다. 그

가 비행기로 전 세계를 돌아다니고 나면 무엇이 될 수 있을까. 영원한 도도에 빠지기까지 얼마나 많은 날을 메트로, 불로, 도도를 해야만 할까.

오후가 설핏 기운다.

사막의 강

"그 땐 우리가 너무 젊었지, 철도 없었고."

그가 어색하게 웃으며 말했다. 혜인은 아무 말도 하지 않았다. 그러나 그의 말에 동의한다거나 아니면 그게 아니라는 정도의 의사 표현을 할 필요가 있다는 생각으로 약간 조급해졌다. 하지만 머릿속이 망연해져서 연기로 자욱이 싸인 느낌이었다. 의식의 초점이 모아지지 않은 채, 그녀는 그의 말 속에서 유독 '우리'라는 낱말만을 골라서 곱씹고 있었다.

'그래 우리였었지, 그 땐. 우리 둘 다 철이 없었나, 아니면 당신이나 내가 철이 없었던 걸까.'

그녀는 알 듯 말 듯 미소를 머금은 채 마시다 둔 커피잔을 끌어당겼다. 공연히 눈물이 핑 돌려고 했다. 그녀는 애써 눈을 크게 부릅뜨고 그를 향해 웃어 보였다.

"당신은 별로 변하지 않았군. 예전과 똑같아."

당신도 역시 변하지 않았다든가, 풍채가 더 좋아졌다든
가 무슨 말이든 하려고 했지만 목젖이 들러붙는 것 같이 입
안에서만 맴돌 뿐이었다. 그는 그녀의 말없음까지도 개의치
않는다는 표정으로 여유 있게 미소를 지었다.

그녀가 6교시 수업을 마치고 교무실에 들어서자마자 동
료 교사가 수화기를 그녀의 코앞에 내밀었다.

"전화 바꿨습니다. 장혜인입니다."

몸은 피곤했지만 하루치의 수업을 다 마쳤기 때문에 혜인
은 여느 때보다 한결 홀가분한 기분으로 대답했다. 수화기
저 쪽에서 약간 망설이는 듯한 목소리가 "나요"라고 더듬거
렸다. 순간 피돌기가 딱 멈춘 듯 그녀는 그 자리에 얼어붙었
다. '나요'라는 소리는 십 년의 세월을 건너뛰어 갑자기 그
녀 앞에 다가왔다. 꿈속에서 혹은 막연하게 그의 전화를 받
는 장면을 상상해 보기도 했지만 이렇게 갑작스레 그녀의
귓가에 다가온 목소리에 놀라 가슴이 두근거리고 호흡이 가

빠졌다. 혜인은 순간적으로 남의 눈에 보이지 않도록 벽을 향하여 얼굴을 돌렸다.

"나, 김병태요…… 놀랐지요? 서울에 세미나가 있어서 왔다가 혹시나 해서. 아직 학교에 나가고 있었구려……. 학교에 전화를 해서 물어봤더니 당신이 있다고 해서 얼마나 반가웠는지……, 저어, 오늘 괜찮으면 당신을 한번 보고 내려갈까 해서……. 저엉 부담이 된다면 할 수 없지만, 웬만하면 퇴근하는 길로, 광화문 육교 있던 자리, 그 옆에 빵집 있잖아요. 거기 삼층에 레스토랑도 있던데……, 그리로 나왔으면 해요."

혜인이 침묵을 지키고 있는 동안 그는 더듬더듬 말을 이어 나갔다. 전화를 받는 혜인도 그렇지만 그도 매우 당황하고 있음이 역력했다. 그 때부터 혜인의 머릿속이 멍해져 갔다.

'이제 와서 만나서 뭐하게요? 볼일 끝났으면 내려갈 것이지, 전화는 왜 해요?'라고 쏘아붙여야겠다고 평상시에 그녀는 얼마나 많은 문구들을 머릿속에 짜 넣었다가 지우곤 했던가. 그런데 상상 속에서만 그려보던 상황이 막상 눈앞에 펼쳐지고 보니 온몸에 맥이 스르르 풀리고 정신이 아득해서 그만 "알았어요" 하고 수화기를 내려놓았다. 혜인은 자신이 생각만큼 강한 여자가 아니라는 생각에 약간은 굴욕감이 들었지만 그의 제의를 거절할 수 없었다.

아니, 그가 어떻게 변했을까 눈으로 확인하고 싶었다. 우연을 가장해서라도 그를 한 번이라도 만나고 싶었던 것이 솔직한 심정이다. 그녀는 더 이상 자신의 감정을 속인 채 살고 싶지 않았다. 아이들 일을 핑계 삼아 일부러 구실을 붙여서 연락을 해볼 수도 있었지만 선뜻 마음이 내키지 않았다. 한 번쯤 만나야 할 것 같은 당위감을 느끼면서도 왠지 치사한 짓이라는 생각이 그녀를 잡아 세웠다.

요즈음 들어 왜일까, 그를 한번 보고 싶다는 생각이 서서히 그녀 안에 움트기 시작했고 그것은 이미 하나의 갈망이 되어가고 있었다. 한 번쯤 그가 연락을 해올 수도 있다는 막연한 기대가 자라면서 그것은 서서히 간절함으로 변해가고 있다는 것을 그녀 자신도 느끼고 있었다. 만나서 무엇을 어쩌겠다는 것도 아니었다. 그냥 한 때 지나왔던 삶의 흔적을 확인해보고 싶은 마음, 아마도 나이가 먹은 탓일까. 그에게 전화를 받고 보니 자존심 상할 것도 없이 못이기는 척, 약속 장소에 나가기만 하면 되는 일이었다. 하지만 그녀의 마음 한구석에서는 그래서는 안 된다며 그녀를 붙잡는 무엇이 있었다. 이미 남남이 되어버린 사람들이 만나서 무엇을 어쩌자는 것인가, 그 오랜 세월 동안 헤어져 지내다가 새삼스럽게 왜 만나려는 것일까. 무엇보다 그에게는 아내가 있다. 그는 아들까지 낳은 다른 여자의 남자이지 않은가. 그러면서도 그녀는 화장을 고치고 옷매무새를 다듬었다.

그가 한 번쯤 연락을 해주기를 은근히 바라면서도 그녀는 실제로 그런 일이 일어나지 않을 것이라는, 아니 그렇게 되어서는 안 된다는 명료한 의식으로 자신을 곧추세워 왔다. 다만 딸들이 자라서 혼사를 치르게 되면 한 번쯤 그 일로 서로 만나야 할 거라는 막연한 생각을 품어보기는 했다.

하지만 재작년 가을, 시아버지로부터 기대하지도 않은 쌀 가마니를 턱 받고 나자 자신의 의지와는 상관없이 아이들은 김씨네 핏줄이라는, 누가 뭐래도 김병태의 딸인 것만은 어쩔 수 없다는 사실이 확연하게 떠올랐다. 어떻게 주소를 알아냈는지 시아버지의 이름으로 쌀 두 가마가 배달되었을 때부터 생활의 리듬이 흔들리기 시작했다. 쌀자루 속에 볼펜을 꾹꾹 눌러 쓴 편지 한 장이 들어있었다.

'그동안 우리가 너무 무심했구나. 내가 너희들 몫으로 작정해 놓은 논에서 난 소출이다. 인경, 인화 앞으로 두 마지기씩 떼놓았는데, 남에게 주어서 농사를 짓다 보니 이것밖에 부칠 수가 없구나. 지나간 세월을 누구를 탓하겠느냐. 그동안 마음은 그렇지 않았는데도 내가 너무 무심했다. 혼자 아이들 키우느라 고생 많았을 것이다. 내가 살아 있는 동안은 쌀이라도 부쳐주고 내가 죽더라도 이것은 아이들 몫으로 해 놓았으니 알아서 처리하도록 해라. 아이들에게 할아버지 노릇 제대로 하지 못했으니 이제부터라도 너희가 먹을 쌀이라도 올려 보내마.'

아마 돌아가실 연세가 가까워진 시아버지는 아무래도 그녀와 아이들이 마음에 걸렸나 보다. 비닐 마대에 담겨진 쌀 네 자루를 받아놓고 그녀는 망연해졌다. 이것이 재혼하지 않고 살아온 것에 대한 보답인가, 아니면 피붙이에 대한 연민인가. 택배 회사 직원이 부려놓고 간 그대로 거실 한 편에 쌀자루를 쌓아둔 채 그녀는 이런 생각 저런 생각으로 심사가 어지러웠다. 시아버지 혼자 단독으로 하신 일인가, 아니면 그 사람도 알고 있을까. 여자들끼리만 사는 집이라 쌀자루를 들어 옮겨줄 사람도 없어서 쌀자루는 한동안 그 모양대로 거실 한구석을 차지하고 있었다. 고등학생인 인경이와 중학생인 인화에게 쌀의 출처를 설명했을 때, 오히려 아이들은 키다리 아저씨나 나타난 듯이 든든한 표정을 지었다. 아비 없이 자라온 아이들에게 할아버지가 보낸 쌀자루는 보험증서와 같은 위력을 나타냈다.

일, 이 층은 빵집이고 삼 층은 레스토랑을 겸한 단아한 분위기의 건물로 들어서면서 그녀는 어떤 표정을 지어야 할까 약간 당황했다. 삼 층으로 올라가는 나선형 나무계단을 오르면서 그녀는 자신이 지금 왜 이곳에 있는지 알다가도 모르겠다고 쓴웃음을 지었다. 그러나 그녀는 자석에 끌리듯 그 곳까지 왔다.

'이제부턴 내가 원하는 대로 살 테다.'

그녀는 다시 한 번 뇌까렸다. 그녀가 삼층 계단을 올라서자마자 베이지색 바바리를 입고 창가에 앉아 있던 남자가 손을 번쩍 쳐들었다. 마치 오랜만에 만난 막역한 친구처럼 혜인은 고개를 까딱하고 그의 앞자리에 가서 앉았다. 그리고 그를 바라보고 미소까지 지어 보였다.

"좋아지셨네요."

그녀가 건넨 첫마디였다. 그의 얼굴이 좋아진 건 사실이다. 그전엔 깡말랐던 몸에 적당하게 살이 올라 오히려 더 젊어 보이기까지 했다. 움푹 패였던 볼우물이 간데없고 자잘한 주름까지 엷은 기름기에 덮여 윤이 나고 있었다. 거기다가 신경질적인 모습도 간데없고 온화하고 지성적인 멋까지 풍기는 중년의 남자가 되어 있었다. 그녀는 갑자기 알 수 없는 질투심으로 얼굴이 붉어졌다. 그가 다른 여자와 함께 발전을 거듭하는 동안 그녀는 두 딸과 함께 허덕이며 살아오지 않았던가. 그녀도 멋진 남편을 집에 두고 왔다면 여유 있게 미소 지을 수 있었을까. 혜인은 왠지 자신이 초라해지는 것을 느꼈다.

"와줘서 고마워요. 혹시 당신이 나오지 않을까봐 마음을 졸였소. 한 시간만 더 기다리다 그냥 내려가려고 했는데……, 그냥 한번 만나 보고 싶었어……. 만나서 당신과 이야기를 해야겠다는 생각은 오래 전부터 들었어요. 그래야만

나도 마음이 좀 편할 것 같고. 우리는 서로 충분히 대화도 나누지 않은 채 헤어졌기 때문에 그게 늘 마음에 걸렸소. 당신 역시 할 말이 많이 있을 거구."

"나는 할 말이 하나도 없는데요. 십 년도 넘게 잊고 살았는데 이제 와서 무슨 할 말이 있겠어요."

혜인은 냉차게 대꾸했다. 묵은 이야기를 들춰내자면 몇 날 밤을 새도 다 못할 것이지만 어디서부터 말머리를 풀어야 할지, 결국 할 말이 없었다.

"물어볼 자격도, 면목도 없지만 아이들은 건강하게 잘 크고 있는지……."

그는 정말 면목이 없는 것처럼 말꼬리를 흐렸다.

"특별히 잘난 것은 없어도 보통 애들만큼은 돼요. 내 능력되는 데까지 키웠어요. 그 애들도 복이 그 만큼이니까 내 밑에서 크겠지요. 다 즈이들 팔자소관이지 하고 살아요."

"미안하오, 그동안 무심해서……, 이번에 그 일도 좀 의논할 겸해서 겸사겸사 만나자고 한 거요."

"몇 시 차로 내려가세요? 대전까지 가려면 어서 서둘러야지요."

그녀는 또 마음에도 없는 말을 한다고 후회했지만, 잠시 후 헤어질 것이라면 애초에 심각하게 이야기를 시작할 필요가 없을 것 같았다. 한 번 사연이 풀어지면 주체할 수 없이 흘러나올 것 같았기 때문이다.

"가는 차는 밤새도록 있고 아무 때나 가도 되니까 신경 쓰지 말아요. 오늘은 어차피 출장으로 올라온 길이니까."

그의 말에 그녀는 왠지 모를 야릇한 쾌감 같은 것을 느꼈다. 혜인은 하마터면 그의 아들이 잘 있느냐고 물을 뻔하다, 아차 입을 다물었다.

혜인이 눈을 내리깔고 있는 동안 제복을 입은 아가씨가 주문을 받으러 왔다. 그는 밤색 통가죽 덮개가 반질반질하게 길이 든 메뉴판을 들고 혜인을 건너다보며 말했다.

"마침 식사 때니까 먼저 식사를 하고 차를 마시는 게 좋겠지요?"

혜인은 고개를 끄덕거렸다. '물론 그게 더 좋겠지요.' 그녀는 속으로 말대답을 하면서 메뉴판에 박혀있는 음식 이름들을 건성으로 훑어 나갔다. 그는 무엇이든지 골라보라는 식으로, 혜인이 선택한 것을 자기도 먹겠다는 양으로 혜인만 바라보고 있었다.

"별로 식욕이 없는데 뭘 먹어야 좋을지 모르겠어요. 차라리 나가서 비빔밥이나 칼국수 같은 걸 먹는 편이 낫겠어요."

공연히 강짜가 일었다.

"그건 다음번에 먹기로 하고 오늘은 여기서 골라 봐요."

다음번이라는 말이 혜인의 귀를 자극했다. 그 말의 파장은 부르르 떨면서 오른쪽 어깨의 살을 파고 들어오는 것 같았다. 혜인은 오른쪽 어깨를 주무르다가 "비프스테이크 어때요?" 하는 그의 말에 괜찮다는 고개 짓을 했다.

"어깨가 아파요?"

그는 걱정스레 혜인을 바라다 봤다.

"아뇨, 그냥. 나이가 나이인 만큼 이제 저릴 때도 됐죠."

"칠판에 판서를 많이 해서 그런 건 아닐까?"

그는 안쓰러운 눈빛으로 혜인을 바라보았다. 혜인은 말없이 그를 똑바로 쳐다보았다.

'당신이 감히 나를 걱정할 자격이나 있어?'

고기를 지나칠 정도로 잘게 토막내면서 혜인은 접시에 눈길을 고정시키고 있었다. 그녀는 삶은 콩, 버터를 발라 구운

감자, 옥수수 알, 브로콜리 등등을 포크로 헤쳐대고 있었다.

"입맛이 없더라도 건강을 생각해서 좀 들어요. 그래야……."

그는 입을 다물었고 슬그머니 포크를 내려놓았다.

"미안해. 당신한테 밥 한번 제대로 사주지 못한 것이 늘 맘에 걸렸어. 그러니까 지금이라도 좀 먹어주면 좋겠어. 정 맘에 안 들면 비빔밥을 먹으러 나가든지."

"괜찮아요. 천천히 먹으면 되잖아요. 요샌 외식하러 자주 나가나보죠?"

"그냥 그렇지. 자주는 아니고, 가끔 식구들이 조르면 같이 가요."

그는 멋쩍은 듯 아내라는 말을 쓰지 않고 식구들이라는 단어를 선택했다.

"아들이 많이 자랐겠네요?"

"지금 초등학교 3학년이지."

"나는 아들도 못 낳아주고 나왔는데, 대를 잇게 돼서 다행이에요."

"……."

웨이터가 음식이 많이 남아있는 식기를 걷어가고 대신 커피를 가져다주었다. 밖은 이미 어두워져서 불빛이 깜박대고 있는데 두 사람 사이를 겉돌면서 시간이 속절없이 흐르고 있었다.

"인경이와 인화는 어떻게 지내고 있는지……, 아마 인경이가 고등학교 2학년이고 인화가 중학교 3학년이지 싶은데……."

"잘 있어요. 다행히 크게 속 썩이는 일 없이 학교에 잘 다니고 있어요. 공부를 아주 잘하지는 못하지만 그런대로 상위권이고요."

그는 눈을 내리깔고 잠시 뜸을 들였다.

"염치없는 소리지만, 언제 한번 애들을 만나 볼 수 있을까? 아이들에게 충격을 줄 것 같으면 할 수 없지만……."

'할 수 없지만'이라는 말이 혜인의 비위를 뒤집고 신경을 까슬하게 만들었다. 이 남자는 아직도 '할 수 없지만'이라는 말에서 벗어나질 못했나. 그는 늘 '할 수 없지만'이라는 단서를 달고 살았다. 혜인이 이혼을 요구했을 때도 그는 자기는 이혼을 원하지는 않지만 혜인이 원한다면 할 수 없다며 도장을 찍어주었다. 혜인의 딸들은 김병태의 딸이기도 한데 지금도 여전히 할 수 없다면 포기하겠다는 투였다. 그는 왜 예나 지금이나 '난 내 딸들을 만나 볼 권리가 있다'고 강하게 나오지 못하는 걸까. 그는 늘 모든 것을 혜인에게 물었다. 극장갈까? 어느 영화를 볼까? 무슨 음식을 먹을까? 선택권은 늘 혜인에게 있었다.

친구들은 자상하고 민주적인 남자라고 추켜세웠지만 혜인은 그 선택권이 점차 부담스러워졌고 나중에는 두려웠다. 그는 민주적이 아니라 모든 것을 혜인에게 떠넘기는 무책임한 남자였던 것이다. 어느 영화를 보러 가자고 강하게 잡아끄는 남자가 부러웠던 것도 사실이다. 그녀에게는 매사를 시시콜콜 묻는 남자보다는 앞에서 인도해 줄 사람이 필요했다.

"할 수 없으면 안 보면 되는 거죠, 뭐. 이제까지 아빠 없이 잘 살아왔는데 새삼스럽게……."

"그래도 보고 싶기는 하지. 얼마나 자랐는지 궁금하기도 하고."

"그럼 만나 보면 되지, 뭐가 문제예요?"

혜인의 말투에 칼이 들어갔다. 그는 빙그레 웃었다.

"하나도 안 변했군. 당신은 언제나 당당했지. 그게 매력이고."

당당한 여자, 혜인은 그가 한 말을 곱씹었다. 당당한 여자라니. '바보, 머저리, 너는 아직도 나를 몰라.' 그들은 십 년만의 만남치고는 스스로 놀라울 정도로 자연스럽게 앉아 있다가 일어섰다.

밖에는 자동차 불빛이 어지러웠고 큰 건물의 머리에 이고 있는 대형 광고판에서는 화면이 빠른 속도로 현란하게 바뀌고 있었다. "이제 가야죠. 집에서 기다릴 거 아니에요?"

그는 가볍게 고개를 끄덕였다. 그의 눈가에 쓸쓸한 표정이 지나갔다. 순간 그의 결혼 생활이 왠지 순탄하지 못할 것이라는 직감이 와 닿았다. 정작 그렇게 되기를 바라는 심사가 있었음을 부인할 수 없지만 막상 눈앞에 고개 숙인 남자를 보자 측은한 생각이 들었다.

"잘해 주세요. 이왕 우리는 이렇게 되어버린 사인데……."

그는 대답 대신 미소를 지으며 고개를 끄덕였다.

"당신도 재혼해서 잘 살기를 바랐는데. 어쨌든 미안하다는 말밖에 할 말이 없군."

"혹이 하나도 아니고 둘씩 딸린 여자를 누가 데려간대요?"

"그래도 당신은 갈 줄 알았어. 능력이 있으니까."

구두 앞 축으로 바닥을 긁고 있던 그는 굳이 집에 바래다주고 가겠다며 혜인을 따라 나섰다.

"내가 지금 열여덟 살 아가씨로 보여요? 그냥 길에다 세워놔도 아무도 안 쳐다보는 아줌마라구요. 걱정할 것 없어요."

그래도, 라는 표정을 짓던 그는 혜인의 말에 순순히 동의했다. 그 대신 다음에 다시 만나자는 말을 남기고 돌아섰다.

'저 인간은 늘 저 모양이야. 변한 게 하나도 없어.'

멀어져 가는 그의 뒷모습을 보며 혜인은 두 손을 꼭 쥐었다.

"너 사막에도 강이 있다는 걸 아니? 물 한 방울 떨어지지 않는 사막에도 몇 년 혹은 몇십 년 만에 폭우가 쏟아지는 때가 있다는구나. 그러면 그 물이 모래 틈으로 스밀 사이도 없이 골짜기로 모여 흘러서 강이 되어 흐른대. 그런 강을 와디라고 한다지, 그게 이해가 가니? 사막에서 강이 범람한다는 게?"

"……."

상대편 여자는 화장대 앞에서 헤어밴드를 한 채 고개를 가로저었다.

"그래, 너는 이해할 수 없을 거야. 그런데 사막에 강이 흐를 땐 정말 요란하단다. 흙탕물이 콸콸 흘러가는데 다른 소리는 아무것도 안 들려. 사막에 그렇게 많은 물이 있다는 게 신기할 뿐이지. 내 경우가 그랬어. 내 속에 어딘가에 그런 생기가 있었는지, 그런 정열이 있었는지. 그게 놀랍고 신기했어. 윤리니 도덕이니, 인간의 도리, 이런 말들은 하나도 의미가 없었지. 나한테는 정말 생기가 필요했거든. 그 때 나는 거의 죽어가고 있었어. 남들이 불혹이라고 하는 사십 고개를 넘자 나는 지치기 시작했지. 의지로 사는 것에도 한계를 느꼈거든. 만약 곧 죽을 운명이라고 한대도 별로 섭섭하지 않았을 거야. 고통 없이 죽어서 쉴 수만 있다면 좋겠다고 생각한 날들도 있었지. 그러면 아이들이 어떻게 되느냐구?"

화장대 앞의 여자는 마사지 크림의 뚜껑을 열다가 말고

빤히 쳐다보았다.

"문제는 바로 그거야. 아이들이 불쌍해지는 거지. 나는 아이들 때문에 아프면 안 되고 죽어서는 더욱 안 되도록 담보 잡힌 몸이야. 죽음은 그 애들 다 키워놓고 생각해도 되니까. 그런데 너에게만 솔직히 말할게. 사실은 아이들도 부담스러워지기 시작했어. 그 애들이 어렸을 땐, 이 아이들을 위해서라면 열심히 살 수 있을 것 같았어. 내 귀여운 딸들과 함께 살 수 있다면 절대로 후회 같은 건 하지 않을 자신이 있었거든. 그래서 부득부득 우겨서 아이들을 내가 맡겠다고 데려왔던 거구. 그럼 지금은 후회하냐구? 글쎄, 아마 후회한다는 뜻은 아니구 그냥 뭐랄까, 허무하다고 할까. 뭔가 비어있는 듯한 느낌 있잖니? 내게서 생기가 모조리 빠져나가서 마치 허깨비가 살고 있는 것 같은……, 그래도 아이들이 없었다면 지금까지 견딜 수 없었을 거야."

화장대 앞의 여자는 가만히 고개를 떨구었다.

"내 말 듣고 있지? 그런데 내가 지쳐서, 누군가 나타나서 내 손을 잡아주었으면 좋겠다고 생각한 바로 그 때, 그이가 나타난 거야. 내가 재혼을 안 하고 살고 있으니까 상당히 부

담감을 느끼는 것 같았어. 사실 일부러 재혼하지 않은 게 아니고, 너도 알다시피 혼자 사는 사람들끼리 눈이 맞아서 연애를 한다면 몰라도 재혼이라는 게 얼마나 조건 맞추기식이냐. 이쪽에 애가 둘이 있으니까 저쪽에도 애가 둘이 딸릴 각오를 해야 하고, 이쪽에 어느 정도 경제력이 있으니까 저쪽에 부담 줄 일은 없고, 특히 딸을 가진 경우에는 시집보내서 털어버리면 되니까 아들 가진 사람보다는 조금은 더 유리해지고 말이지……."

이번에는 화장대 앞의 여자가 고개를 끄덕여 주었다.

"그이를 뜻밖에 만나게 되니까 처음에는 좀 당황했어. 사실 뜻밖이란 말은 잘못된 거야. 그래, 언젠가 한 번쯤 우연히 만났으면 좋겠다는 생각은 있었지. 그이에게 당당한 모습을 보여주고 싶었는데, 아니야. 그럴 기력도 없었어. 그이랑 어떻게 해보겠다는 계획은 전혀 없었고 그냥 같이 있어줄 사람이 필요했어. 뭔가 따지고 싶지도 않았어. 그이는 어쨌든 내겐 익숙한 사람이었잖아. 마음도 약한 사람이고, 전엔 그게 몹시 싫었어. 이 남자는 줏대도 없나, 의지력이 이렇게 약한가, 이 남자랑 살다가는 그 생활에서 벗어날 수 없을 것 같았거든."

화장대 앞의 여자는 물컵을 당겨 한 모금 마셨다.

"지금 와서 생각해 보면 아무것도 아닌데, 그 땐 질식할
것 같아서 난 이혼이라는 핑계로 사실 그 집에서 탈출한 거
야. 모두들 말렸지, 무모한 짓이라고. 그래도 난 그렇게 생
각하지 않았어. 그런데 세월이 지날수록 내가 무엇에서 탈
출했는지가 흐려지는 거야. 그이하고 난 너도 알다시피 캠
퍼스 커플이었잖니. 온 학교가 요란하게 연애를 했었지. 늘
함께 다녔으니까. 그인 군대 문제로 나보다 늦게 졸업을 했
고 난 운이 좋게 교사 자리를 얻었잖아. 내가 벌어서 뒤를
대고 그이더러 대학원에 가라고 했지."

이번엔 화장대 앞의 여자가 고개를 끄덕이며 미소를 지
었다.

"그런데 아이가 생기자 아이를 돌봐줄 사람이 필요했어.
할 수 없이 시골에 있는 시댁에 맡겼지. 시골 노인네들의 육
아 방식대로 아이는 촌스럽게 커 가고, 다른 아이들이 에이,
비, 씨를 배운다고 법석일 때, 우리 아이는 기역자도 몰랐
어. 언젠가 주말에 시댁에 갔다가 새까맣게 그을린 아이가

할머니하고 텃밭에서 벌레를 잡는 것을 보고 난 질겁했어. 송충이보다 더 징그러운 깨벌레를 잡아서 밭둑에 놓아주면 우리 아이는 조그만 발로 천연덕스럽게 그걸 밟아 죽이고 있더라구. 할머니하고 호흡이 척척 맞아가지고. 결국, 누가 좋고 나쁘고의 문제가 아니라 문화가 다른 거였어. 시어머니는 아이에게 영어 테이프를 사다주는 나를 돈을 쓸 데 없어 환장을 한 여편네쯤으로 여긴 것 같아. 아이 문제는 그렇다 치고, 그 양반들은 요새 부모들이 자식 교육을 위해서 얼마나 공을 들이는지를 모르는 분들이었어. 오직 당신들이 부모님께 했던 것처럼 자식이 효도하기만을 바라고 계셨지. 심지어는 그이의 대학원 학비조차 걱정하지 않으셨다니까. 하다못해 당신 아들 때문에 며느리가 고생한다는 생각조차 하지 않는 것 같았어. 아이를 맡아서 길러 주는 것만으로 큰 자선을 베푸는 것으로 여겼지. 그런 걸 요새는 입장 차이라고 하더군."

화장대 앞의 여자는 마사지 크림을 손가락 한 마디 정도 퍼서 얼굴에 펴 바르려는 참이었다.

"이야기를 계속할게. 시댁과의 문제는 좀 섭섭하긴 했지만 그런대로 참을 만했어. 아니 포기했다고 하는 편이 낫지. 다른 시어머니들은 며느리가 아이를 낳으면 붓기 빠지라고 호박을 다려 온다, 보약을 해 준다 야단들이잖아. 시어머니는 그런 것은 통 모르는 분이었어. 당신이 그렇게 대접을 받은 적이 없어서 그런가 보다 이해하려고 무지 애를 썼지, 그것도 이 집의 내력인가 보다 하고. 당신은 아무것도 없는 집에 시집을 와서 길쌈하고 품팔아서 몇 마지기 되는 논도 사고 집안을 이루어 놓으신 분이니까. 어머니도 사실 손에 물마를 날 없이 살았지. 그러나 당신은 그걸 못나고 못 배운 탓으로, 그 시절 여자들은 다 그러려니 하고 돌리셨지. 이제 와 생각하니 어머니는 남편 뒷바라지하랴, 주말마다 아이 보러 다니랴, 가사 일에 학교 일에 허덕거리는 나를 불쌍히 여기긴커녕 부러워하셨던 것 같아. 너는 시절을 잘 만나서 여자로 태어났어도 훈장질도 하지 않느냐는, 뭐 그런 거였지."

화장대 앞의 여자는 눈을 감은 채로 크림을 얼굴에 꼼꼼히 펴 바르기 시작했다.

"내가 제일 괴로웠던 것은 다른 게 아니었어. 이 집안에

와서 내가 소모되고 있다는 느낌이었지. 나는 애초부터 아무것도 없는 집안에 시집가서 집안을 일으킬 주변머리가 없는 사람이었어. 그런 걸 아예 꿈도 꾸지 않았지. 나는 평강 공주가 될 마음은 손톱만큼도 없었다니까. 남편이 빨리 학위를 마치고 대학에 자리잡으면 나는 집 안에 들어앉아 교양 있게 소설책이나 읽다가 여성 잡지에 나오는 것처럼 집안을 아기자기하게 꾸며 놓고, 저녁 먹고 나면 남편과 분위기 좋은 카페에 가서 와인이나 한 잔씩 나누는 그런 거, 그런 게 내 꿈이었어. 그런데 둘째 아이를 낳고부턴 나는 생활의 피로로 휘청거리기 시작했어. 둘째 아이부터는 어차피 남의 손을 빌려야 하니까 시골에 있던 큰딸을 데려왔지. 아파트 같은 통로에 있는 아주머니 댁에 아이들을 데려다 주었다가 퇴근하는 길에 데리고 왔어. 제 아빠가 아침에 아이들을 데려다 줄 때가 많았지. 잠도 덜 깬 애들을 억지로 깨워서 보내는 게 얼마나 안쓰러웠던지. 나는 나대로 피곤했어. 서둘러 출근했다가 집에 돌아오면 밀린 설거지며 청소, 그리고 빨래도 해야지. 아이들과 밤늦도록 놀아주고 뒤치다꺼리 해야지. 정말 이런 게 삶이라면 꼭 살아야 하나 회의가 들었지."

"그래도 몇 년만 더 참았으면 아이들은 클 거구, 좀 덜 힘들지 않았을까?"

화장대 앞의 여자는 티슈로 얼굴을 닦아내며 눈을 동그랗게 떴다.

"물론이지. 하지만 사람이 막바지에 몰리면 몇 년 후의 일까지 생각할 여유가 없어. 막 삼십 고개를 넘어가는 때였으니까 정서적으로도 많이 흔들리고 있었지. 내 아까운 이십대를 무엇을 위해 바둥거렸는지, 내 마음속엔 그냥 억울하다는 생각뿐이었거든. 그이는 논문을 써야 한다는 구실로 집안일엔 손도 대지 않았어. 아니 집안일은 여자들이나 하는 것쯤으로 세뇌가 되었을 거야. 내가 퇴근해서 돌아왔을 때 아침 설거지는 그대로 물에 미끄덩하게 잠겨있는데 그이는 잠을 자고 있는 거야. 밤새도록 아이가 보챌 때도 그이는 다른 방으로 가서 잠을 자지. 나는 아이를 데리고 앉아서 졸면서 우유를 먹였어. 우유병을 물려주었는데도 계속 우는 소리가 나서 번쩍 눈을 떠보면 젖꼭지가 아이의 목에 가 있을 때도 있었지. 내가 억지로 그이를 깨우면 마지못해 일어나서 아이를 안아주었어. 내 월급으로 아이들 봐주는 비용 빼고 나면 남편 학비 대기도 벅찼어. 그러면서도 친정엄마 한테는 시댁에서 학비도 대주고 식량은 물론 반찬도 다 해서 보내 준다고 거짓말을 했지. 남들은 남편이 아침에 학교까지 차로 데려다 주는데 학생들과 함께 붐비는 버스로 통학해야 할 때는 약간 창피하기까지 했어. 하지만 그런 건 참을 수 있었어. 내가 선택한 삶이니까 누구를 탓할 수도 없었지."

여자는 한숨을 길게 내쉬었다.

"그런데 남편은 제대로 공부를 하지 않는 것 같았어. 최소한 내가 볼 때만이라도 열심히 공부해야 하는데 그는 늘 잠을 자고 있었지. 물론 밤중에 일어나서 새벽까지 공부를 한다고 했지만……, 어쨌든, 나는 허덕대고 있는데 너는 네 멋대로 살고 있구나 하는 생각이 들기 시작하면서 내 신경이 극도로 날카로워져 갔지. 어느 날 남편의 호주머니에서 극장표가 두 장이 나왔어. 자존심이 상해서 꾹 참고 있다가 지나가는 말로 물어봤더니 모르겠대. 머리가 아파서 극장에 간 적은 있는데 생각이 잘 안 난다나. 두 장인 걸 보면 누군가와 함께 갔을 텐데, 그런 적이 결코 없다는 거야. 혼자서 가끔 가는 적은 있어도 누구와 같이 간 적은 전혀 없대. 극장표가 왜 두 장이냐고 재우쳐 물으니까 '글쎄, 그 옆자리 것까지 주워 담았나' 그 정도로 대답하고 말아. 자기는 늘 대범하고 나만 잔소리를 해대는 아주 유치한 여자로 만드는 거지. 어쨌든 네 마누라는 밤낮으로 뼈골이 휘게 일하고 사는데 너는 머리 아프다고 극장엘 가는구나, 설거지나 하고 빨래라도 좀 해놓지, 그런 생각이 자꾸만 드는 거야. 내가 그렇게 이해심이 모자란 여잔가?"

"그렇지 않아. 하지만 그 남자 입장이 되어봐. 돈도 못 버는데 집안일까지 하면 스스로 얼마나 굴욕감이 들겠어. 물론 피곤한 아내를 도와준다는 사랑의 마음에서 할 수 있으면 좋았겠지만."

화장대 앞의 여자는 다시 한숨을 쉬고 눈썹을 내리깔았다. 듣고 있는 그녀의 얼굴에 피곤한 기색이 역력했다.

"그래, 그런 상태가 일 년, 이 년 계속되었는데, 그만 더 이상 못살겠다는 비명이 나오더구나. 내 젊음이 시궁창의 물처럼 흘러가고 있는데, 그걸 빤히 보면서도 어떻게 해 볼 용기가 나질 않았어. 그래서 어느 날 자다 말고 벌떡 일어나서 곤히 자는 그이를 깨워서 다짜고짜 이혼하자고 했지. 그이는 잠이 덜 깨서 그런지 웬 잠꼬대를 하느냐는 투였어. 자다 말고 왜 그러느냐고 그냥 계속 자라는 거야. 그 대목에서 나는 화가 나기 시작했어. 아니지, 화가 화산처럼 그냥 폭발해 버린 거야. 그 때까지만 해도 이혼하고 혼자 살고 싶다는 생각을 가끔 해보긴 했지만 정말 그렇게 해야겠다는 생각은 없었을 거야. 한 번쯤 엄살도 부려보고 싶고 어쨌든 나는 나대로 비명을 질러 본 거지. 그런데 웬 쓸데없는 소리냐는 듯한, 그이의 표정을 보자 나는 이 남자와는 도저히 더 못 살겠다는 판단이 섰어. 그래서 당신하고 살다가는 아무래도 내가 미치든가 어쨌든 불행해질 것 같다고 했지. 그랬더니 이 남자가 가만히 듣고 있더라. 다른 이유라면 몰라도 내가 불행하게 되는 것은 절대로 원치 않는다나."

그 대목에서 그녀는 눈물을 글썽거렸다.

"그런데 내가 불행하다면 그건 자기 잘못이고, 만일 헤어져서 내가 덜 불행할 수 있다면 기꺼이 헤어지겠대. 그리고 자기도 꼬투리만 잡히면 언제나 이혼하자고 덤빌 것 같은 내 눈초리에 시달렸다고 하더라. 자기가 부정을 저지르거나 무슨 잘못을 해서 남 보기에 명분있게 자기를 떼어버릴 구실을 찾는 여자 같아 보였대. 기가 막혀, 이 남자는 언제나 그랬다니까. 그 순간 나는 이 남자는 내가 기댈 그늘이 못 되는구나 깨달았어. 거짓말이라도 좋으니 조금만 기다리면 끝이 보일 거라고, 좀 더 나아질 거라는 말을 왜 못 하는 거야. 나는 출구 없는 동굴에 갇힌 기분이었고, 그 순간 이 남자와 헤어져도 절대로 후회할 일은 없을 거라는 다짐을 했지. 내가 이혼한 이유가 너무 싱겁니? 그래도 나에게는 절실했다. 이해가 갈 진 모르지만……."

화장대 앞의 여자는 화장솜을 스킨로션으로 적시고 있었다.

"그 다음에 내가 어떤 생활을 했는지는 너도 잘 알지. 나는 꿋꿋하게 살기로 했다. 친정부모 때문에 걱정이 되기도 했지만 그 모든 것보다도 내가 더 중요한 거 아냐? 나는 살아야만 했어. 그 지리한 생활을 계속했다면 나는 어쩌면 약이라도 먹고 죽었을지 몰라. 그리고 우리는 한 번도 안 만났어. 신기하게도 인경인 아빠를 찾지 않았어. 인화가 유치원 다닐 때 그림책을 보면 엄마, 아빠 손잡고 가는 그림이 많이 나오잖아. 그럴 때 좀 힘들었지. 식당에 가서 남자 신발을 보면 '이건 아빠신이야'라고 하거나 엘리베이터에서 아무 남자나 보고 '아빠' 하고 작은 소리로 중얼거릴 때는 무척 당황하기도 했어. 그러는 동안 그이는 젊은 여자와 결혼해서 아들을 하나 낳았다는 소식을 들었지. 그가 결혼한다는 소식을 들었을 때는 이혼 서류에 도장을 찍고 났을 때보다 더 서운했어. 그리고 내가 먼저 보란 듯이 결혼하지 못한 것이 자존심도 상했었고. 사람의 마음은 참 간사하지. 그리고 몇 번 선을 보기도 했지만 마땅하게 마음이 끌리는 데가 없어서 지금까지 네가 알다시피 이 모습으로 살아왔던 거야."

"……."

"그런데 갑자기 그이가 나타났어. 내가 사막처럼 버석버석 말라가고 있는데, 그이가 나타났단 말이야, 마치 오아시스처럼."

화장대 앞의 여자는 스킨에 적신 솜으로 얼굴을 촉촉하게 닮았다. 그녀의 눈에는 물기가 어려 있었다.

"첫 번 만나고 나서 그이는 주말마다 올라왔어. 토요일 종일 나를 만나고 밤차로 내려가곤 했지. 그이의 가정에 이상이 생겼구나, 직감했어. 그래서 어느 날 물었지. 그이는 망설이다가 별거중이라고 하더구나. 그 여자가 아이를 데리고 친정으로 간 지 오래되었다고. 참 아내 복도 어지간히 없는 남잔가 봐. 교수 체면에 두 번 이혼한다는 게 여간 걸리지 않았지만 곧 정리할거라고 하더라. 나랑 헤어지고 나서 지방대에 강의 나갔다가 알게 된, 아마 학생이었던 여자였나 봐. 나이 차이도 많고, 아마 세대 차이도 났을 거야. 그 여자 입장에서는 저 우유부단하고 마음 약한 남자가 전처와 아직도 선이 닿아있지 않은가, 신경이 많이 쓰였을 거야. 그 일로 부부 싸움도 많이 한 것 같아."

상대의 여자는 이해하겠다는 듯이 고개를 끄덕였다.

"어느 날 나를 만나고 나서 돌아서는 그의 모습이 애처롭더라. 그래서 아이들 보고 싶으면 집에 와도 좋다고 했지. 그 다음부터 그이는 금요일만 되면 우리 집에 와서 월요일 새벽에 내려가곤 했어. 마치 오랫동안 먼 곳에 가 있던 아빠가 돌아온 것 같았지. 아이들도 처음엔 서먹서먹하다가 으레 금요일이 되면 아빠 오기를 기다렸어. 그이는 지방에서 근무하다가 돌아오는 정상적인 가장, 우리는 주말부부 같았지. 내 침실에는 침대 커버도 새로 바뀌고 커튼도 새 것으로 갈았단다. 그이와 함께 손을 꼭 잡고 누워있으면 지금까지의 일들이 꿈이 아니었나. 지금이 꿈인지, 지난 일이 꿈인지가 아른아른 했어."

"……."

"얘, 사막에도 꽃이 핀다는 거 아니? 강물만 있는 게 아니구, 꽃도 지천으로 핀다더라. 몇 년 동안 모래 속에 묻혀있던 씨앗들이 비를 만나면 일제히 활개를 펴고 일어나서 아주 빠른 속도로 꽃을 피우고 씨를 남기는 거야. 이십오 년 동안 모래 속에 묻혀 있던 새우 알이 부화되었다고도 하더라. 아무튼 내가 바로 그랬어. 십여 년 동안 담담하게 살아오던 내 안에 그런 열정이 숨어 있었다는 사실에 나도 놀라곤 했다니까. 와디 말고도 사막에 강이 있다고 아까 말했지? 그 강은 모래 깊숙이 흘러서 보이진 않지만 정말 사막에도 강이 흐르고 있단다. 물 한 방울 없는 사막에도 깊이 내려가 보면 땅속으로 흐르는 강이 있다구. 자기도 모르는 강이 있단 말이야. 나는 숨어있는 강줄기를 보았어. 어느 날 소낙비를 만나자 넘실넘실 넘쳐흐르게 된 그 강물을 보았단 말이야. 그 강물이 밖으로 흐르게 되면 모든 것이 바뀌지. 사막에도 꽃이 피고, 새도 날아들고, 물을 마시러 오는 동물도 있게 되지. 그러나 그 강은 오래 흐르지 않고 곧 땅속으로 다시 들어가 버린단다. 너, 내 말 듣고 있니?"

화장대 앞의 여자는 고개를 끄덕였다. 그녀의 눈에는 커다란 눈물방울이 어룽져 있었다.

"그렇게 몇 달이 흘렀어. 우리는 곧 재결합할 준비를 했지. 그 여자가 이혼 서류에 도장을 찍기만 하면 되는 일이었으니까. 그이도 나도 세월이 주는 여유를 가지고 있었고, 지난 날 우리가 미숙했던 점을 깨닫고 있었지. 그래서 물 흐르듯이 유연하게 우리의 행복을 맛보고 있었다. 그런데 어느 금요일 그이가 오지 않았어. 정성들인 저녁 식탁이 무색해질 무렵, 사정이 있다는 그의 말에 힘없이 수화기를 내려놓았지. 그 다음 주에도 역시 못 오겠다는 전화가 왔는데, 결국 그 여자가 아들을 데리고 다시 돌아왔다는 거야. 절대로 이혼은 안 해준다며 버티는 거지. 자기가 알아서 해결할 테니 시간을 달라고 했지만 그이의 성격은 내가 잘 알아. 그렇게 독하고 결단성 있는 인물이 못 되잖아. 그이 성격에 이중생활은 못 할 거고, 나도 그것만은 수치스러웠어. 처음에는 배신감으로 밤을 밝혔단다. 그리고 나는 다시 사막처럼 바삭바삭 건조해진 거야. 한 바탕 폭우가 휩쓸고 간 후에 마치 아무 일도 없었던 것처럼 땡글땡글한 햇살만 부서져 내리는 거야."

화장대 앞의 여자는 눈물을 훔치고 휴지로 코를 팽하고 풀었다. 그리고 거울 속으로 방문이 열리는 것을 보며 거울을 향해 웃어 보였다.

인경이가 문 앞에 서 있었다. 혜인은 화려한 핑크색 레이스 잠옷과는 대조적으로 겉도는 초췌한 자신의 모습을 거울로 일별하며 돌아앉았다.

"엄마, 또 울고 있었죠."

'아니'라고 부인 할 수 없을 정도로 인경의 말이 단호했다.

"엄마, 제발 그러지 말아요. 우리는 지금까지 아빠 없이도 잘 살았잖아요. 아빠가 미워요. 처음부터 아빠가 미웠지만, 엄마가 행복해 하니까 엄마만 좋다면 그만이라고 생각했어요. 그런데 이게 뭐예요. 그리고 엄마에게는 아빠만 전부고 우리는 아무것도 아닌가요?"

인경이의 목소리에는 울음이 섞여 있었다.

"엄마, 우리들을 생각해 보셨나요? 다른 엄마들은 공부 때문에 신경 쓰느라고 난리들인데 우리만 버림받고 있는 거 같아서 너무 섭섭해요. 엄마, 요새 성적이 어떻게 되었는지 묻지도 않고 관심조차 없잖아요. 그렇게 힘들면 엄마도 결혼하세요. 우리 둘이 밥해 먹고 학교 다닐 수 있어요. 어차피 인생에 중요한 일은 혼자서 겪어야 한다고 엄마가 늘 말했잖아요."

혜인은 들썩이는 인경이의 등을 쓰다듬었다. 목이 메어서 미안하다는 말조차 나오질 않았다.

'인경아, 인화야, 엄마가 어리석었다. 하지만 아빠를 너무 원망하지 마라. 그래도 너희 아빠잖니. 앞으로 엄마가 씩씩하게 살도록 할게.'

한참을 울고 나니 혜인은 자신이 너무 오랫동안 울지 않았다는 생각이 들었다. 어릴 때부터 남에게 눈물을 보이기 싫어했고 김병태와 사는 수 년 동안 그녀는 눈물 한 방울도 흘리지 않고 꿋꿋이 버텨냈다. 밖으로 흐르지 못한 눈물이 고여 그녀의 마음속 깊은 곳을 흐르는 강물이 되었나. 실컷 울고 나니 그래도 개운해지는 무엇인가가 있었다. 사막에 비가 올 때 최선을 다해 빨리 꽃을 피워내는 씨앗들처럼 혜인의 안에 있던 씨앗들이 이미 한바탕 왁자한 소동을 부리고 난 후였다. 혜인의 안에 잠잠히 흐르던 강물이 범람해서 그녀로 하여금 잠시 궤도를 이탈하게 만들었지만 소나기는 그녀에게도 강물이 있다는 것을 가르쳐 주었다. 아무것도 없는 것 같은 사막 깊숙한 곳에 강이 흐르는 것처럼 혜인의 마음속 깊이에 소리 없이 강이 흐르고 있었다. 그래, 앞으로는 삶이 종이꽃처럼 그렇게 버석거릴 것 같지는 않아. 내 안에도 물줄기가 있으니까. 혜인은 거울을 들여다보며 거울 속의 여자에게 미소를 보냈다.

훤 晅

요즈음처럼 동생이 커 보인 적이 없다. 흰은 나보다 여섯 살 아래지만 키가 한 뼘이나 더 크다. 물론 기정사실로 되어 있는 동생의 키가 갑자기 더 크게 보인다는 뜻은 아니다. 철없게만 여겨졌던 동생의 마음자리가 갑자기 훨씬 크고 넓어 보이기 시작했다는 것이다. 흰의 나이가 이제 막 삼십을 넘었으니 그 애도 이제 인생의 가파른 언덕을 오르는 때가 되었다. 누구나 자기의 짐을 지고 인생길을 가야 하는 법이지만, 나는 가끔 흰의 어깨엔 그 애가 감당하기에는 너무 버거운 짐이 놓여있지 않나 생각하곤 한다.

　여전히 흰은 아무 말이 없다. 차라리 욕을 하거나 눈물이라도 흘린다면 맞장구라도 쳐줄 수 있을 텐데, 흰은 입을 꼭 다물고 있다. 때로는 그 애의 침묵이 섬뜩하게 칼날처럼 나를 찌를 때가 있다. 정말 그 애가 멍청해서일까, 아니면 오지랖이 넓어서일까. 그것도 아니라면 비명조차 지르기 싫을 정도로 마음속 깊은 곳에 분노가 응어리져 있는 것일까. 어쨌든 훤이 일체 말을 아끼고 있어서 식구들이 오히려 그 애의 심기를 건드릴까봐 눈치를 봐야 하는 상황이었다.

훤이 친정에 와서 산 지도 얼추 삼 년이 다 되어 간다. 산후 몸조리하러 친정에 온 김에 어영부영 눌러살게 되었는데, 핏덩어리 원우가 이제 못하는 말이 없을 정도이니 원우가 자란 키만큼 세월이 흐른 셈이다. 친정 엄마는 훤이 없는 틈틈이 전화를 해서 아이를 보는 것이 너무 힘들어서 죽고 싶다고도 하고, 머리털 나고 이런 고생은 처음이다, 내가 왜 이런 고생을 해야 하니, 라고 하소연을 했다. 그래도 말뿐으로 엄마는 막상 훤이 모자를 매몰차게 떼어내지 못했고, 오히려 당신이 지레 못미더워서 원우를 하루에도 몇 번씩 챙겼다.

내일 모레면 환갑이 되는 엄마는 늘 몸이 약했다. 맹장수술 받은 것이 잘못되어 복막염이 되었고 세 번에 걸친 수술 끝에 몸이 제대로 회복되지 못한 채 아이들을 낳아 기르면서 몸이 완전히 망가졌다고 했다. 내 기억 속에 남아있는 엄마는 늘 방에 누워있거나 아니면 집안일을 조금 하고 난 뒤에 짜증을 내거나, 둘 중의 하나였다. 정식 사범학교 출신으로 삼십대에 교감이 된 아버지를 따라 우리는 이리저리 이동하며 살았다. 주로 학교 옆에 붙어있던 관사에서 살았는데, 마당에 이끼가 퍼렇게 앉은 기와집일 때도 있었고 화장실이 복도 끝에 달려 있는 일본식 목조 주택인 경우도 있었다. 학교 선생님이었던 아버지는 늘 점심시간마다 집에 와서 앰플에 들어있는 주사약을 엄마에게 놓아주곤 했다. 아버지는 자신이 돌팔이 의사나 다름없다며 학교와 관계있던 교의에게서 주사 놓는 법을 배웠다고 했다. 어릴 때 우리 집 다락 속에 있던 조그만 서랍장에는 크고 작은 주사기 세트가 자리 잡고 있었다. 그 옆에는 물감 상자처럼 길쭉한 상자에 가지런히 꽂힌 주사 앰플들과 투명한 작은 플라스틱 상자들이 있었다.

휜은 유달리 추위에 약해서 나와 같은 방을 썼어도 휜의

손발은 늘 차가웠다. 훤은 나보다 훨씬 예뻤고 공부도 잘했
다. 맏이인 내가 좀 무심한 성격인 데 비해 훤은 집안일도
자상하게 잘 챙겼다. 아버지에게 과자를 사다 드리는 것은
늘 훤의 몫이었다. 훤은 용돈이 떨어질 때가 되면 돈을 몽땅
털어서 아버지에게 사탕을 사다 드리고는 그 이튿날 몇 배
로 받아가곤 했다. 훤이 대학생이 되었을 때, 그 애는 자기
가 좋아하는 것이 있으면 사달라고 조르는 대신 진열장에
붙어 서서 그 물건을 계속 바라보기만 했다. 그래서 할 수
없이 사주었다고 아버지는 변명 비슷하게 말하곤 했다. 다
시는 훤이와 백화점에 가선 안 되겠다고.

　훤이 결혼을 하겠다고 했을 때 예상외로 아버지가 완강하
게 반대했다. 훤이 하는 일에는 무조건 고개를 끄덕여 주던
아버지였다. 그 이유라는 것이 너무도 단순하고 어처구니없
어서 웃음이 나올 지경이었다.

　"나는 강가가 싫어. 강가는 독하다고 하지 않니? 강씨가
앉은 자리엔 풀도 안 난다는데……, 난 독한 사람은 무조건
싫다."

　아버지는 평생을 초등학교에서 보낸 사람답게 반대하는

이유도 단순했다. 다른 모든 결격 사유는 뒤로 하고 단지 성이 강가라서 싫다는 것이었다. 젊었을 때는 혈기도 부리고 술도 잘 드시고 했다는데 아버지는 나이가 들어 갈수록 온순해져서 어린아이들하고 별 차이가 없어지는 것 같았다.

훤은 대학을 졸업하자 하늘의 별을 따기보다 힘들다는 고등학교 교사 자리가 났는데도 불구하고, 아버지처럼 애들하고 평생 지내는 것보다 좀 더 넓은 곳에서 일하고 싶다면서 외국인 회사에 들어갔다. 여자에게는 그래도 교사가 가장 좋은 직업이라는 주위의 충고에도 아랑곳없이 훤은 제 고집대로 회사를 택했다. 안정된 직장은 안정된 만큼 지루해서 싫다는, 어쩌면 이해가 갈 것도 같은 이유였다.

엄마 역시 훤의 결혼을 못마땅해 했다. 훤이만큼은 남보란 듯이 화려하게 구색을 갖추어서 결혼을 시키고 싶었던 것이다. 나에 대해서는 원래 책이나 들여다보고 몸치장을 하지 않으니 너에게 맞는 수수한 남자를 잘 구했다 하는 정도로 위안을 삼는 것 같았다. 그래서 엄마는 나보다는 훤에게 옷을 더 많이 사주었다. 늘씬하고 예쁜 훤에게 투자하는 것이 훨씬 더 경제적이라는 계산에서였을 것이다.

처음에는 못마땅한 정도에서 누그러질 듯하더니 시간이 지날수록 아버지는 풀어지는 듯싶은데 엄마가 더 강경하게 반대의 칼을 세웠다. 엄마가 급하게 나를 부른 것은 또 다른 뜻이 있었다.

"실은 저 윗동네 어떤 할머니가 우리 훤일 며느리 삼자고 자꾸 연락을 해온다. 버스 정류장 위쪽에 유명한 영화배우 도금봉인가 황정순인가 하는 사람 집이 있다는데, 하여튼 그 옆이 자기 집이래. 아들이 하난데 키가 좀 작은 편이라나. 그 할머니가 이 동네 터줏대감인데, 우리 집 앞에 있는 미장원의 단골이란다. 훤이가 지나가는 걸 보고 미장원집 여자에게 물어서 우리 집을 알았대. 아들이 서른하나인가, 그러니까 훤하고 다섯 살 차이 나지. 좀 차이가 나긴 하는데 나이 차이가 나면 사실 귀염 받고 산다. 미장원 여자말이 그 집으로만 가면 땡잡는 거란다. 소문난 알부자래. 딸도 없이 아들만 하나고."

엄마는 집에 훤이가 없는데도 목소리를 한껏 낮추어 조심스럽게 말을 꺼냈다.

"그건 그렇고, 그런 부잣집에는 혼처가 많이 나올 텐데,

왜 이제까지 장가를 못 갔대요?"

"글쎄, 그래서 그 할머니한테 물어봤더니, 아들이 회사에 다니는데 여자에 별로 관심이 없단다. 아들이 서울대는 아니라도 서울 시내에서 다섯 손가락 안에 드는 대학을 나왔다고 하더라. 어쨌든 우리는 부잣집과는 안 어울린다고 했더니 동네에서 알아봤다고 하면서 교장선생님 딸이면 됐지 뭘 더 바라느냐고 하는 거 있지. 휜을 여러 번 봤는데 꼭 며느리를 삼고 싶다는 거야. 그렇지만 휜이 다른 사람 사귄다고 하는데, 내 양심상 어떻게 선을 보자고 할 수 있겠어? 그래서 솔직히 그 애는 사귀는 남자친구가 있다고 했더니, 요새 그만한 처녀가 남자친구 하나 없겠냐구 하면서 이 할머니가 날을 잡아서 둘이 한번 만나게 하자고 연락이 왔더라구."

"휜이는 뭐래요?"

"들은 척도 안 하더라. 하긴 지금 눈에 뭐가 보이겠냐? 그애가 참 똑똑한 줄 알았는데 요새 보니 안 그렇더라. 지금 사귀는 애가 아무것도 없는 놈이더라구. 너희들이 철이 덜 들어서 그렇지, 살다가 힘들어봐라. 사랑이 밥 먹여주나. 부귀영화라는 말 있지, 왜 부가 제일 앞에 오는 줄 아니? 그게 바로 돈이 있어야 사람이 귀해지고 영화롭게 된다는 뜻이야. 돈이 있어야 품위도 지킬 수 있는 거야. 머릿속에 보물이 들어있다고 해도 겉이 꾀죄죄하면 그걸 누가 알아줘? 다 돈이 받쳐줘야 빛이 나는 거란다. 그건 그렇고, 너, 나와 함께 그 집을 찾아보자. 신랑감이 키가 좀 작다는 게 마음에 걸려. 사람이라는 게 우선 보기에도 좀 괜찮아야 하지 않니? 결혼식장에 세워 놓으면 그래도 볼 만해야지. 키가 너무 작으면 아무리 부자인들 나도 싫다. 복잡하게 만나 볼 것도 없이 그만둬야지. 그 할머니 아들이 일요일 날 열 시쯤 교회를 가느라고 집을 나간다는데, 나 혼자는 떨려서 못 가겠으니 같이 가서 먼 데서 지키고 있다가 한번 슬쩍 보자구."

마침 비까지 부슬부슬 내리고 있었으므로 우산으로 우리의 정체를 가리고 그 집을 훔쳐보기는 안성맞춤이었다. 엄마와 나는 윗동네 원로 배우의 집을 어렵지 않게 찾았고 훤을 며느리 삼고 싶다는 그 집의 맞은 편 골목에 지켜 서서 대문이 열리기를 기다렸다.

"야, 이거 죄짓는 것도 아닌데 왜 이렇게 떨리니? 도둑놈

들은 어떻게 사나 몰라."

엄마는 옆에서 괜한 호들갑을 떨었다. 나는 엄마와 그 집 대문이 열리기를 기다리면서 휜에게 나중에 원망을 듣지 않을까를 걱정했다.

대문이 아니라 차고의 문이 열리면서 허연 백발의 신사와 아직은 앳되어 보이는, 그러나 표정을 읽을 수 없는 젊은이가 두 대의 차를 빼내기 시작했다. 큰 대문 너머로 키가 큰 정원의 나무들이 보였다. 순간 어떻게 해서든지 휜을 저 집 안으로 들여보내고 싶은 마음이 솟구쳤다.

"얘, 저 정도면 작은 키도 아니잖니? 큰 키는 아니지만 키 때문에 우세 당할 일은 없겠다. 그런데 저 애가 좀 고집스러워 보이지 않니?"

엄마가 우산으로 얼굴을 더 가리고 걱정스럽게 말했다. 나는 아무 말도 안 했다. 휜을 어떻게 설득해야 할까, 그 일만 머릿속에서 맴을 돌았다. 어릴 때 경복궁의 담을 끼고 늘어서 있던 저택들에는 누가 살까 늘 궁금했었다. 지금은 다 헐어져 경복궁 담 안으로 사라져 버렸지만, 학교에 오가다 슬쩍 열린 문틈으로 보았던 초록 잔디며 은실 줄기처럼 떨어져 내리던 분수들이 자아내는 풍경은 나에게는 낯설었다. 하지만 휜은 마치 그런 곳에 들어갈 자격을 가지고 태어난 아이 같았다.

아버지는 나에게 밝게 살라고 밝을 명明이라는 외자 이름을 지어주었다. 그리고 휜에게는 말 그대로 휜하게 살라며 휜皣이라는 외자 이름을 붙여주었다. 날일 자가 두 개나 있으니 휜이는 광채 나게 살도록 프로그램된 아이였다.

부잣집으로 시집가라는 나의 말에 휜은 아무 대꾸도 하지 않았다. 하지만 표정이 약간 흔들리는 듯했다.

"언니 같으면 그렇게 하겠어?"

휜의 물음은 나를 당황하게 했다.

"사람만 웬만하다면……, 사는 게 별거니? 다 비슷해. 세상에 자기들만한 사랑이 없는 것 같고 자기들 연애 스토리가 세기의 사랑이나 되는 것처럼 뿌듯해 하던 사람들도 다 나이 먹고 살다 보면 남들도 그랬구나 싶어져. 자기 짝꿍이 세상에 둘도 없이 보이는 시기가 있지. 그래서 친구들 말도 귀에 안 들어오고. 하지만 결혼은 현실이라는 걸 무시할 수는 없잖니? 현실이 어느 정도 받쳐 줘야 하는 거고, 돈 많은 사람들은 왠지 인간성이 나빠야 할 것 같은 선입관, 그것도 어떻게 보면 없는 사람들의 자기 위로 내지는 편견이 아니겠어? 꼭 어떻게 하라는 게 아니라 그냥 한번 만나 보라는 거야. 이것도 기회니까……."

다행히 훤은 엄마를 닮아가는 나의 말투에 대해 이러쿵저러쿵 하지 않았다. 생각에 잠긴 듯 아무 말이 없었다.

그러나 훤은 끝내 선을 보지 않은 채 사귀는 사람과 결혼을 하겠다고 우겼다. 엄마가 단식투쟁을 하다가 협박을 하다가 '할 수 없다. 하루를 살아도 제가 좋은 사람하고 살아야지'라고 항복을 선언한 뒤에, 결혼 절차가 신속하게 진행되었다. 엄마는 혼수를 준비하러 다니면서 내 눈치가 보였는지 훤은 자기가 벌어놓은 돈도 있고 집안 형편이 그 때 보다는 더 나아졌다는 궁색한 변명을 하곤 했다. 신경 쓰지 말라는데도 여전히 신경이 쓰였던지 나는 그 덕분에 양모 이불을 한 채 얻게 되었다. 남자 쪽에서 작은 시영 아파트를 전세 낸다고 해서 그만한 경제력도 다행이다 여겼고, 생각보다 패물도 정성껏 해주어서 그렇게 없는 집은 아니구나, 안도의 숨을 쉬었다. 독한 사람은 싫다던 아버지 또한 강 서방은 선하게 생겼다는 말에 반대할 근거가 없어져 버렸다.

결혼식장에서 신랑 신부는 영화배우 같다는 찬사를 들었고 시대의 변화에 힘입어 유행처럼 유럽으로 신혼여행도 다녀왔다. 평온한 세월이 흘렀다. 훤이 임신을 해서 배가 남산만 해 가지고 친정으로 올 무렵 강 서방은 외국 근무를 해야한다면서 쿠웨이트로 향했다. 산달이 한 달 남은 산모를 두고 떠나면서 강 서방은 은근히 친정에서 훤을 데리고 있어 주었으면 했다. 그래야 안심이 된다고. 건설회사에서 살아남으려면 한 번쯤 현장 경험이 있어야 한다는 훤의 말에 엄마는 꼼짝없이 훤과 원우 모자를 친정에 들어앉히고 아이 수발까지 들어야 하는 신세가 되어버렸다. 아버지는 자식들 모두 출가시키고 엄마와 둘이만 살다가 훤이 들어오니까 반가운 눈치였다. 하지만 몸이 약한 엄마에게 훤이 모자를 데리고 살자고 이야기도 못 꺼내고 눈치만 살피고 있었다.

그렇게 엉거주춤 시작한 훤의 친정살이가 몇 달인가 지났을 때, 훤은 아파트 전세를 빼서 친정 옆의 빌라를 얻어 이사했다. 먹고, 자고, 아이의 양육은 친정에 빌붙더라도 언제든지 자기 집에 갈 수 있다는 암시처럼 보였다. 마침 IMF의

바람을 타고 이자율이 고공행진을 하고 있었기 때문에 뭐하러 빈집에 큰돈을 묶어 두고 있느냐고, 그 집의 전세를 빼서 은행에 넣어두자는 실리적인 의견도 나왔다. 하지만 훤의 짐을 친정에 두기도 복잡하고 훤이 모자 때문에 갈등하고 있던 엄마는 너희 살림은 네가 가지고 있으라는 의견을 고수했다. 어쨌든 훤은 몸이 약한 엄마가 아이를 돌보는 대신 파출부 부르는 비용을 대면서 회사에 다니고 있었다. 엄마에게서 원조를 요청하는 전화가 온 것은 그로부터 몇 달이 지나서였다.

"명아, 강 서방이 아무래도 수상하다. 이제 보니 강 서방 월급이 팔십만 원이란다. 너 그게 믿어지니? 대한민국에서 알아주는 대기업 회사의 대리 월급이 그냥 홀80만 원이라는 게?"

"적금을 들었거나, 뭐 다른 저축이나 보험 다 떼고 실수령액을 말하는 거겠죠. 회사 초년생들은 월급 별로라던데. 거기다 수당 붙고 보너스나 성과급이 합쳐져야 많은 거 아니에요?"

"야, 그게 아니란 말이야. 훤이 그것이 말을 안 해서 그렇지, 결혼하고 지금까지 계속 80만원이었대. 이것도 어쩌다 툭하고 흘러나온 말인데 내가 말꼬리를 잡고 늘어졌더니 어물어물 하더라. 길게도 말 안 해. 그것이 강 서방 말만 나오면 입을 다물어버리거든. 다른 집 딸들은 엄마한테 별 얘기까지 다 말한다는데……. 오히려 성질 내면서 지 서방 편을 들고 나오는 거 보면 흰이 그것이 눈에 콩깍지가 붙었다니까."

'우리 집 딸년들은 왜 다 그 모양이냐'라는 후렴구가 나오면서 신세타령이 이어질 차례가 되었는데, 이번에는 웬일인지 엄마가 나를 흰이와 싸잡아 몰아붙이지 않고 잠잠했다.

"명아, 그래서 말인데, 네가 회사에 전화를 좀 걸어서 강 서방 월급이 얼마인가 알아봐 줄래?"

"나보고 강 서방 회사에 전화를 하란 말이에요?"

나는 의외의 부탁을 받고 난감해졌다.

"못할 게 뭐야, 경리부 여직원한테 거기 대리 월급이 어느 정도 되느냐고 물어보면 되잖아."

"엄마, 흰이한테 직접 물어봐. 흰이 알겠지, 자기 남편 월급이 얼만지도 모르는 사람이 요새 어디 있어요? 통장으로 월급이 들어오는 세상인데."

"훤이 통장으로 글쎄 80만 원만 들어온다니까. 이것저것 다 떼면 80만 원이 맞다고 되레 지 남편 역성을 들더라. 난 훤이 저렇게 멍청한 인간인 줄 정말 몰랐다. 모두 다 짜고 저를 속이고 있는데 저만 몰라요. 어쩌면 저렇게 철석같이 제 서방 말만 믿을까. 그게 아닐 거라고 알아보라고 해도 끄떡도 안 해. 그러니까 너도 남의 일처럼 가만히 있지만 말고 좀 알아봐."

남의 일처럼 가만히 있지 않으면 어쩌란 말인가. 부부 사이에 합의가 된 일이겠거니 슬그머니 발뺌을 하고 있는데 엄마의 전화가 날마다 빗발쳤다. 그러다가는 동생 일에는 전혀 관심도 없는 나쁜 언니가 될 것 같아서 알아보겠다고 얼버무리기는 했다. 하지만 차마 용기가 나지 않아서 제부 회사에 전화를 거는 대신, 국내 대기업에 다니는 선배에게 강 서방이 다니는 회사의 대리 정도면 월급을 얼마쯤 받는지 조심스럽게 떠보았다. 선배는 그런 질문을 하는 내 의도가 궁금한지 뭐 하러 그런 걸 묻느냐고 꼬치꼬치 따지더니 하하 웃었다.

"네 동생 바보니? 요새 대기업 대리가 월급 80만 원 받고 일하는 사람이 있대? 그런 걸 곧이 듣는 여자도 있고? 너희 집안은 완전히 요순시대에 사는 사람들로 꽉 차있구나. 한 가지만 묻자. 네 동생 대학 나왔니?"

"대학을 나온 정도가 아니고 일류대학을 우수한 성적으로 졸업했지."

"그럼, 지금 집에서 살림하니?"

"아니, 유수한 외국인 회사에 다니고 있는데……."

소위 일류대학을 나왔고 외국인 회사에 다닌다는 말에 선배는 더욱 의아한 표정을 지었다.

"단언하건대, 월급이 80만 원이라는 것은 말도 안 되고, 아마 무슨 말 못할 사정이 있을 거다."

남의 월급 알아보겠다고 여기 저기 전화하는 일도 우스운 데다 애초부터 내키지 않는 일이었으므로 나는 그 정도 선에서 마무리하고 싶었다. 휜이 함구하는데 엄마도 별 수 없었는지 80만 원 사건이 잠잠해질 무렵 다시 엄마한테서 다급한 전화가 왔다.

"명아, 우리는 큰일 났다. 휜이 통장에서 웬 돈이 빠져나갔단다. 그러더니 다시 들어왔더래. 그러는 법도 다 있니?

휜이 아무리 생각해도 모르겠어서 조회를 해 봤더니 강 서방이 휜이 몰래 천오백만 원이나 대출받았다는 거야. 그 이자가 잘못 나갔다가 다시 들어온 거래. 그럴 수도 있니? 아무래도 난 강 서방이 수상하다. 혹시 여자가 생겼나? 외국에 있으니 물어볼 수도 없고."

엄마의 조바심은 며칠 동안 계속되었고 우리 모녀는 전화통에다 대고 같은 소리를 질릴 때까지 자꾸 되풀이하면서 분을 삭이고 있었다. 결국 휜이 직접 알아보는 것 외에 우리가 할 수 있는 일은 없었지만 하필이면 아이가 태어나기 한 달 전에 강 서방이 부랴부랴 외국에 갔는지, 그리고 진작 받은 대출건이 아이가 태어난 후 몇 달 만에 불거졌는가에 대해 나는 나대로 여러 생각을 하고 있었다. 선녀와 나무꾼의 이야기처럼 아이로 휜을 묶어놓은 뒤에 일을 터트리기로 치밀하게 계산을 했을까. 많은 생각이 오가는 중에 드러난 대출건은 한둘이 아니었다. 휜이 알아볼수록 한 건씩 늘어나서 이미 총액수가 사천만 원이 넘어가 있었고 엄마는 매일 전화를 잡고 눈물 바람을 하기에 이르렀다.

"야, 우리 휜이가 아기까지 낳았는데 이제 와서 안 살 수도 없고……, 이 일을 어쩌면 좋으냐. 이런 사기가 어디 있냐 말이야. 날이 갈수록 빚이 불어나고 있는데 어쩌면 좋아."

"훤이 강 서방에게 전화를 해서 물어봐야지. 다른 사람들이 무얼 어떻게 하겠어요?"

"물어봤대. 그런데 이놈이 처음에는 가만히 있더란다. 그러면서 자기가 다 갚을 수 있으니까 너무 걱정하지 말라고 하더래. 그 돈을 어디 썼냐고 하니까 나중에 이야기하자면서 바쁘다고 끊더래. 이런 뻔뻔스런 인간이 있냐? 생긴 거는 그렇게 안 생겨가지고. 돈은 없어도 착한 줄 알았더니, 이게 순전히 배 째라는 작전 아니냐구. 미안하다구 싹싹 빌어도 시원찮은 주제에 나중에 이야기하자는 게 말이 되냐?"

이제야 강 서방의 월급이 80만 원에 고정된 이유를 알 것도 같았다. 그리고 서둘러 쿠웨이트로 현장 근무를 떠난 것도 해외 체류수당으로 월급을 더 받을 수 있기 때문이었음을 짐작할 수 있었다. 그런데 문제는 그 돈을 어디다 썼느냐는 것이었다. 떳떳이 밝힐 수 없는 돈이라면 도대체 무슨 일일까. 상상할 수 있는 모든 생각들이 오락가락했다. 아무래도 여자 문제 아니면 회사에서 잘못을 저질러 돈을 물어내야 했거나 최악의 경우 남의 빚보증을 서 주었을 것이라는 추측이 난무했다. 엄마는 그러기에 진작부터 월급이 얼마냐고 알아보라고 할 때 말을 듣지 않았다고 훤을 몰아세웠다. 그러다가 그 불똥은 꼭 나에게 튀었다.

그러나 여자가 회사로 전화해서 남편 월급을 확인하면 그 남자가 창피해서 어떻게 회사에 다닐 수 있느냐는 훤의 반격에 '하긴 그렇지. 그 년 제 서방 하나는 끔찍이 위하네'라는 말로 월급 확인건은 일단락이 지어졌다.

문제는 그 돈을 어디에 썼을까 하는 것으로 집중되었다. 당사자인 훤에게도 가장 심각한 일이겠지만 정작 훤은 아무 말도 안 했다. 훤이 출근하고 나면 엄마가 나에게 성화를 부리는 까닭에 엄마와 매일 그 문제로 한 시간 이상 통화를 해야 하는 일은 서서히 고역이 되어갔다. 엄마도 내게서 어떤 해결책을 기대하는 것은 아니고 다만 분노가 사그라질 때까지 넋두리를 들어줄 사람이 필요했던 것이다.

"야, 너는 그 돈을 어디다 썼을 것 같니? 강 서방 그 자식이 자꾸 따져 물으니까 이제 전화도 안 한다더라. 전에는 일주일이나 열흘 만에 집으로 전화가 왔는데 이제 아주 딱 끊어졌어. 훤이 전화를 하려면 현장 사무실로 해서 바꿔달라고 해야 하고 절차가 복잡하다는데, 어쩌니? 훤도 강 서방 말은 입 밖에도 내지 않아. 혹시 잘못되어서 안 살게 되면 우리 훤이만 손해 아니냐. 애만 안 딸렸어도 어떻게 해 보겠는데. 사실 요새 이혼하는 게 무슨 대수냐. 집집마다 따지고 보면 이혼한 사람이 없는 집이 없더라. 살다 수틀리면 그럴 수도 있지. 강 서방 하는 짓을 봐서 어떻게 해야 할 텐데."

그 와중에서도 무심한 시간은 흘러서 원우는 점점 커 가는데 강 서방에게서는 전화조차 뚝 끊어져 버렸다. 쿠웨이트는 바람을 피울 수 있는 나라가 아니라면서, 그러면 여자 문제는 아니겠네. 그렇다면 무슨 문제기에 강 서방도 훤이도 입을 다물고 있는 것일까. 엄마와 나는 매일 전화통을 잡고 답도 없는 공허한 말들을 쏟아내곤 했다. 훤이도 어떻게 해서 그런 빚이 있는지 알 수 없다고 했다. 이제 당초에 6개월에 한 번씩 예정되어 있는 휴가 때 강 서방이 귀국하면 물어보는 수밖에 없었다. 그러나 6개월이 지나도 강 서방이 귀국할 기미는 보이지 않았다.

원우는 점점 자라서 백일이 지나자 육아책에 쓰여 있는 대로 뒤집고, 세월이 지나자 진도대로 기어다니며 잘 커나가고, 훤은 여전히 회사에 잘 다니고 있었다. 겉으로는 평온해 보였지만 마땅한 배출구를 찾지 못한 불덩어리가 엄마를 비롯해서 우리 가족들의 마음속에서 이글거리고 있었다.

"강 서방, 그놈이 아예 안 나타날 작정인가 봐."

강 서방을 지칭하는 말이 이제 놈으로 내려와 있었다.

"아니, 제가 일을 저질렀으면 거짓말이라도 좋으니 해명을 해야 할 것 아니야?"

"그러니까 부모 말 안 듣고 꾸역꾸역 제가 하고 싶은 대로 우김질 하더니 이게 무슨 꼴이냐?"

엄마는 처음에는 훤의 심기를 건드릴까봐 자제하던 말들을 더 이상 주체할 수 없었는지 밥상머리에 앉으면 혀를 차면서 푸념을 했다.

"원우는 왜 잠도 없냐. 무슨 어린애가 낮잠도 안 자고, 낮이고 밤이고 깨어서 울어대니 내가 곧 쓰러져 죽겠다. 훤이, 너 일찍 들어와라."

"힘들면 신경 쓰지 말고 누워 계세요."

휜은 담담하게 말했다.

"어떻게 신경을 안 써? 안 쓰게 해야지. 누워있으라구? 잠시만 쉬려고 해도 기어와서 머리를 잡아 뜯는데. 무슨 애가 그렇게 손아귀 힘이 세냐? 강씨네 새끼 아니랄까봐 애도 독해요. 지긋지긋하다. 내가 왜 내 돈 가지고 살면서 이 짓을 하냐. 너한테 생활비를 받아서 쓰기를 하니? 너를 못 가르쳐 놓기라도 했니? 도대체 내가 왜 이렇게 살아야 하냐? 애를 봐주면 살림이 핀다든지 무슨 보람이라도 있어야지. 네가 나가서 버는 족족 빚 갚아야 할 거 아냐? 밑 빠진 독에 물붓기지 뭐."

아무 말 않고 나가는 휜의 뒤통수에 엄마의 말이 부딪쳐 흩어졌다. 엄마는 휜에게는 차마 하지 못하는 말들을 나에게 전화통에다 쏟아냈다. 이러다 이 애들이 이혼이라도 하면 어쩌지.

강 서방은 근 일 년이 지나서 휴가차 다니러 왔다. 얼굴이 더 검어진 것 외에는 별다른 변화가 없었고 회사 사정상이라는 말로 모든 것을 일축했다. 의외로 뒷심이 무른 엄마는 강 서방이 오기만 하면 달려들어 요절을 낼 것처럼 매일 별

렸지만 막상 왜 빚을 졌는지조차 묻지 못했다. 하지만 그 질문을 온전히 휜에게 떠넘기고 궁금해 하기는 마찬가지였다.

강 서방이 머무는 보름 남짓, 시간은 빨리 흘렀다. 휜은 휴가를 내서 원우를 데리고 시댁에 가고 쇼핑도 하고 강 서방이 가지고 갈 물건들을 챙기느라 바쁘게 지냈다. 그 바쁜 와중에 온 가족이 식사를 하려고 모였을 때 엄마는 부엌 한 편으로 내 소매를 잡아끌었다.

"명아, 쟤들이 좀 이상해졌나봐. 한번 물어봐라, 내가 잘못 들었는지. 볼펜을 이십만 원인가 주고 샀다는데, 세상에 그렇게 비싼 볼펜도 있냐?"

"나도 몰라. 그나저나 빚은 왜 졌대요?"

"글쎄, 쟤네들 결혼할 때 전세 얻어준 거 있지? 그게 빚이었대. 그래서 갚는 거란다. 기가 막혀서. 아들이 결혼 전부터 몇 년 동안 회사에 다니면서 돈 벌어다 줬으면 그걸루 결혼자금을 해야지. 어디다 다 썼는지 빚내가지고 결혼한 거래. 그리고 다 갚으라고 해서 갚는 거고. 정말 웃기지 않니? 내가 하도 기가 막혀서 자다가도 벌떡 일어난다."

"그래도 다행이네. 자기들 재산 조성한 걸로 생각해야지,

뭐. 엄마도 마음을 편하게 가지세요. 살다가 무슨 일 당한 것보다는 나으니까."

"그래도 우리 휜이 생과부 노릇하잖아. 신혼 초부터 이게 무슨 일이니? 아무래도 강 서방이 빚이 많아지니까 외국에 근무하겠다고 자원한 것 같은데. 저 인간들이 말을 안 하니까 알 수가 있어야지."

엄마가 나에게 부여한 그 다음 임무는 비싼 볼펜의 정체에 대한 것이었다. 휜에게 지나가는 말로 슬쩍 물어보았을 때, 휜의 대답은 간단했다.

"으응, 워터맨 볼펜을 하나 샀어. 중동 쪽에는 웬 왕족들이 그리도 많은지. 같이 어울리다가 계약이라도 해 봐. 그쪽에서는 엄청나게 좋은 볼펜들을 꺼내는데 이쪽에서 백오십 원짜리 모나미 볼펜을 들고 같이 사인할 수는 없잖아? 이건 개인의 문제라기보다는 국격의 문제지. 그래서 하나 구입했어. 남자가 사회 생활을 하려면 기본적인 것은 갖춰야 되니까."

"잘 했다. 왕족들하고 맞춰서 놀려면 여러 가지로 필요한 것이 많겠네."

"그래서 언니, 이번 기회에 골프용품도 구입했어. 가서 사람들 하고 같이 어울리라고. 거기서 남는 시간에 무료할 것 같아서. 어차피 골프는 배워야 할 거 아냐."

훤은 얄미울 정도로 당당했다.

"사막에서도 골프 치니? 쿠웨이트에도 골프장이 있대?"

내 말을 전해들은 엄마는 대뜸 '미친년, 서방은 꽤나 위하네. 빚 갚을 일이 구만리 같구만' 하며 간단히 정리를 했다.

강 서방이 휴가를 마치고 떠나는 날, 공항에 배웅하러 갔다 온 훤은 뜨거운 물에 데쳐진 시금치처럼 풀이 죽어 있었다.

"엄마, 빚이 또 있대요."

훤은 원우를 내려놓고 쓰러지듯 주저앉았다.

"어머니가 강 서방 사무실에 와서 융자를 얻어 달라고 사정해서 또 얻어줬대. 몇 번 그러다 보니까 또 몇 천이 되나 봐. 어쩌면 좋아."

엄마의 얼굴이 백짓장처럼 질렸다가 다시 피가 통한 사람처럼 벌겋게 달아올랐다.

"너 지금 뭐라고 했니? 그 집 식구들 너만 빼돌리고 지네들끼리 다 짜고 하는 짓이다. 강 서방, 이 괘씸한 놈 같으니라구. 아마 처음부터 빚이 있었을 거다. 너 처음에 인사하러 갔을 때는 제법 큰 집에 살고 있더라며? 그런데 결혼한 후에 그게 친척 집이었다고 다른 집으로 옮겼다더니 그 집 옮기는 비용도 다 너희가 바가지 쓰는 거 아니야? 결혼할 때 없다던 빚이 갑자기 그렇게 생겨났대? 누가 뭐 하는데 썼는지나 알아야 할 거 아니냐? 여태 가만있다가 외국으로 내빼더니, 아이를 낳아 놓으니까 빚을 하나씩 까발리는구나. 휴가 와서 잘 있다가 가면서 하필 공항에서 그 얘기를 해? 그 놈이 지능적으로 나쁜 놈이네. 도대체 너희 시어머니는 뭐 하는 데 빚을 졌다든? 과부라서 영감을 사귀느라구 그랬다니? 다 늙은이가 뭐하는데 그렇게 돈을 써? 간도 크지. 돈 버는 며느리 데려다가 껍데기를 벗기려 들자는 수작이지."

휜은 입술을 깨물었다.

"너 예전에 너희 시아버지가 화병으로 죽었다고 했지? 그 때도 빚을 많이 져서 그런 거 아니야? 너희 시아버지가 그 시절에 공인회계사였으면 재산이 꽤 있을 법도 한데 어쩐지 이상하다 했지. 자기 이름으로 된 문패 한번 달고 살아본 적이 없다고 했잖아. 아, 내가 어리석다. 그 때 왜 이런 일을 생각하지 못했을까? 빚지는 여자들 평생 그 버릇 못 고 친다. 살림이 얼마나 독한 것인 줄 아니? 까딱 잘못하면 빚 지기 십상이다. 그래서 사고 싶은 물건, 먹고 싶은 것, 입고 싶은 것, 눈 질끈 감고 참아야 빚을 안 지는 거야. 하고 싶은 대로 하면 십중팔구 다 빚을 지게 되어 있어. 넌 이제 죽을 때까지 느이 시어머니 빚 구덕에서 헤어나지 못할 거다. 이 일을 어쩌면 좋으냐? 그러게 부모 말 잘 들으면 자다가도 떡을 얻어먹는다고 했다, 이 쓸개 빠진 년아."

엄마의 장탄식이 이어졌고 급기야는 몸져눕고 말았다. 아 버지는 아무 말도 하지 않았다. 아버지는 밝고 훤하게 살라 고 명明, 훤畑이라고 이름 붙여준 딸들이 왜 당신이 생각했 던 궤도에서 벗어나는지 곰곰이 생각하는 듯했다. 그만하면 교육도 잘 시키고 반듯하게 길러서 자랑스러운 두 딸들이었 다. 경제 교육을 잘못 시켰나, 너무 현실을 모르는 걸까, 약 게 키우지 못한 것이 잘못이었나.

"이게 다 명이 너 때문이다. 언니라는 게 테이프를 그 따 위로 끊어서 그래. 너는 문간방에 세 들어 사는 게 그렇게 좋더냐? 큰소리 탕탕 치고 시집가더니 그렇게 좋아? 가만히 있으면 좋은 집에서 너 달라는 데 많았다. 맘대로 골라서 갈 수도 있었어. 너 때문에도 속상하고 자존심이 상해서 우울증이 오려고 해. 그래도 내가 맘을 굳게 잡고 김서방은 장래성이 있으니까 나중을 보자고 참고 있는거야. 그런데 흰은 한술 더 뜨는구나. 이름값도 못하는 것들이. 아버지가 너희들을 얼마나 애지중지 키웠는데. 아무리 늦게 들어와도 너희들이 자다가 깨면 꼭 같이 놀아주셨다. 새벽이건 밤중이건 너희들이 깨면 데리고 놀다가 너희들이 잠이 들어야 주무셨다. 너희들이 부모를 이렇게 비참하게 만들 수 있니? 명이, 너는 그래도 귀찮게 구는 사람이 없으니 다행이다. 우리 흰이는 앞으로 어떻게 하니? 수렁으로 더 빠져들기 전에 이혼해야 할까? 그럼 원우는 어떻게 하지?"

엄마는 틈만 나면 탄식을 하더니 급기야 죽고 싶다고 했다. 그 짜증은 고스란히 흰에게 쏟아졌다.

"아직도 강 서방 월급이 80만 원이냐? 너희 시어머니가 빚을 내다 썼으니 아이라도 기르라고 원우를 데려다 줘라. 그 늙은이는 건강하고 예쁘기만 하더라. 어째 그렇게 멋쟁인고 했더니 아들 등골 빼먹는 마귀할멈이구나. 아이라도 기르라고 해. 나같이 몸 약한 사람이 얼마나 고생을 해서 아이를 키우는데……, 어떤 년은 빚내서 멋 내고 돈 쓰러 다니고, 어떤 년은 제돈 들여 먹여 살리면서 고생하니? 사람이 고생을 하면 그만한 보람이 있어야지. 자식의 살림이 핀다든가, 재산이 늘어나는 것을 보는 재미라도 있어야 고생을 할 거 아니야?"

아닌 게 아니라 심각했다. 빚의 합계는 일억이 넘어가고 있었다. 내 생각에도 훤이 저대로 끝도 없는 빚을 갚으며 살아야 할지 헤어지는 것이 옳은지 판단이 서질 않았다. 하긴 이혼을 하더라도 위자료 받을 것이 한 푼 없었다. 오히려 남에게 창피하고 아이 양육할 일이 감감했다.

"명아, 이혼은 남의 집 사람들이 하는 건줄 알았는데, 이게 우리 일이구나. 그래서 사람은 입 찬 소리 못하는 거다. 차라리 이혼하는 것이 낫겠지?"

엄마가 이혼을 입에 담으며 훤을 압박해도 훤은 묵묵부답이었다. 아마 엄마 말 안 들은 게 발등을 찍고 싶을 거다, 엄마는 악담도 했다. 그러던 어느 날 훤의 시어머니가 훤을 보자고 했다.

"왜 보자고 했대? 미안하다는 말 하려고? 이게 말로 되니?"

"아니 전세 빼 달라고."

훤은 담담하게 밀했다.

"뭐가 어째?"

"어차피 친정에 가서 사니까. 내가 얻은 빌라 전세를 빼서 빚 좀 갚아 달래. 아마 사채도 있는 모양인데 이자 때문에 죽겠다고."

"그래서?"

"안 된다고 했지. 그랬더니 나 죽는 것 보려고 그러니? 너 우리 아들하고 같이 살 마음 있니? 하시데요."

"그 늙은이가 정말 미쳤구나. 지 아들이 엄청 잘난 줄 아나 봐. 누구는 병신 딸 시집보냈대? 기가 막혀서, 너 그래서 뭐라고 했어?"

"어머니 죽는 것은 어머니 마음대로 하시구요. 저도 원우 애비랑 같이 살아야 할지는 생각해 봐야겠다고 했어요. 그 것도 어머니가 간섭할 문제가 아니라구요. 그리고 앞으로 어머니 얼굴 보기 거북하니까 연락하지 마시라고 했어요."

"전세를 빼 달라고? 지금까지 있는 빚도 기가 막혀 죽겠는데, 전세까지 빼 오라고? 그 늙은이가 노망이 났든지 미쳤든지 둘 중에 하나가 분명하다."

그 날 이후 훤은 시댁이나 강 서방, 그리고 빚에 대해 일체 입을 열지 않았다. 강 서방에게서 간간이 오던 전화마저 끊어져 버리고 엄마의 신세타령만 심심찮게 되풀이되었다. 매일 엇비슷한 말들을 들어주는 것에 나도 진력이 날 지경이었다. 그러던 어느 날 엄마는 나를 오라고 호출했다. 아무래도 훤이 이상하다는 거였다.

"훤이 년이 이제 시댁 말을 절대로 안 해. 강 서방도 전화를 안 하고. 저것들 어떻게 되는 거 아니냐. 아무리 세 집 건너 한 집이 이혼하는 시대라고 해도 진짜 이혼을 하면 어떻게 하니? 빚이야 할 수 없이 팔자탓이다 하고 참아야지. 그런데 강 서방하고 싸웠을까? 네가 좀 구슬려서 물어봐라. 그리고 진짜 이상한 것은 훤이 비싼 시계를 사왔단다. 지금 돈이 없어서 쪼들리는 판에 몇백만 원짜리 시계래. 저게 드디어 미친 거 아니냐? 그리고 접때 강 서방한테 사줬다는 볼펜도 샀어. 나는 저게 스트레스가 쌓여서 머리가 좀 잘못되었는가 싶어 겁이 난다. 네가 언니니까 달래서 물어봐. 내가 그랬다고 하지 말고."

엄마에게 새로운 임무를 부여받은 나는 휜이 빙에 들어가서 새로 샀다는 시계의 케이스를 찾아보았다. 까르띠에 로고가 선명하게 새겨져 있었다.

"너 시계 샀니? 결혼할 때 산 시계도 괜찮은 거 아니었어?"

"응, 그것도 있는데 다른 걸 차고 싶어서."

나는 우연을 가장하고 휜의 소지품을 뒤적거렸다.

"야, 이거 저번에 샀던 워터맨보다 더 비싸다는 몽블랑 볼펜 아니야? 이것도 강 서방 주려고 샀니?"

"아니, 나 쓰려고. 어느 책에 보니까 성공한 여자들은 볼펜하고 시계를 최고의 명품으로 쓴다더라. 언니, 그래서 산 거야."

하마터면 '네가 성공한 여자야?' 하는 말이 튀어나올 뻔했다. 내 말을 전해들은 엄마는 '미친년, 여러 가지 하네' 하고 픽 웃었다.

그러고 나서 훤은 빚에 대해서는 가타부타 말이 없었다. 그 집 식구 모두 다 짜고 하는 일이다, 훤이 너만 모르고 있다, 라는 엄마의 말에 훤은 '그럼 빚 못 갚는다고 시어머니를 감옥에 보내야겠수?' 하고 눈을 치떴다.

"너 결혼할 때 한 달에 용돈 삼십만 원씩 보내기로 옵션에 걸렸다며? 네가 시어머니 용돈까지 책임지면서 결혼할 정도로 그놈이 그렇게 좋아 보이더냐?"

"……."

"야, 빚 갚느라고 너희 돈 다 들어가는데 이 상황에서도 용돈을 꼭 보내야 되니?"

나도 조심스럽게 거들었다. 너무 부당한 처사였다.

"한 번 준다고 약속한 일인데……."

"약속은 그 쪽에서 먼저 깼잖아. 이렇게 엄청난 빚을 지워 놓고 그 노인네가 무슨 염치로 용돈을 받겠다는 건지. 너 엄마한테 용돈 한번 줘봤니? 죽 쒀서 개 준다더니 네가 그 꼴이다."

엄마는 악을 썼다.

"그래도 엄마는 아버지가 있잖아. 자식들이 주는 용돈만 바라보는 시어머니가 불쌍하지. 엄마는 아버지가 돈 많이 주잖아."

훤은 나지막하게 대꾸했다.

"명아, 쟤네 시어머니는 참 복도 많다. 빚을 아무리 많이 져도 아들이 따지기를 하나. 이제는 며느리가 역성까지 들고 나서네. 느이 시어머니는 며느리 복이 터졌구나. 그렇게 잘 맞으면 아예 가서 같이 살아라, 나 성가시게 하지 말고. 내가 만일 빚을 그렇게 져 놨으면 너희들이 나한테 달려들었을 거다. 복 있는 년은 따로 있다니까. 쓰고 싶은 것 다 쓰면 갚는 년 따로 있고."

엄마는 분에 차서 언성을 높였다.

"엄마, 나 많이 생각해 봤는데, 아무래도 강 서방하고 갈라서는 게 나을 것 같아. 엄마 말대로 이 빚을 다 갚는다 해도 또 어디에서 빚이 자라고 있을지 모르겠어. 나도 너무 화가 나서 이러는 거야."

훤은 눈을 내리 깔고 조용히 말했다.

"뭐, 이혼한다고? 그럼 우리 원우는 어떻게 하고? 아무리 이혼이 유행이래두 말이 쉽지, 그렇게 함부로 이혼할 일이

아니다."

이번에는 엄마가 화들짝 놀라서 정색을 했다.

"엄마 말대로 비전이 없어…….'"

"비전은 무슨 말라빠진 비전! 비전이 없으면, 이혼하고 애 딸린 년한테는 비전이 생긴다니? 그냥 가만히 있어라. 억울해서라도 이혼은 못한다. 그동안 억척같이 벌어다 그 집구석에 다 넣었는데 막상 이혼한다고 위자료 한 푼이나 받을 것이 있냐? 이래저래 깡통 차기는 매한가지지."

엄마는 어이없다는 듯이 훤을 바라보았다.

"내가 그동안 분해서 해본 소리지. 이혼은 절대 안 된다. 막말로 너 길바닥에 가서 하루 종일 서 있어봐라. 지나가는 놈이 너한테 단돈 십 원이라도 주나. 그래도 원우 애비나 되니까 한 달에 팔십만 원이라도 꼬박꼬박 보내잖니. 그냥 80만 원이라도 받고 찍 소리 말구 있어. 이혼하고 나면 어떤 내 아들 놈이 80만 원이라도 주냔 말이야. 어차피 외국에 나가 있는 놈, 없거니 하고 이혼이라는 말은 입 밖에도 내지마라. 살다 보면 사람마다 다 고비가 있다."

엄마는 강 서방의 월급 80만 원 때문에 훤을 무던히도 성

가시게 했지만, 마지막 순간에 훤을 붙잡아 앉힌 것도 강 서

방의 월급 80만 원이었다.

태몽

샤워기에서 우산살처럼 둥글게 떨어지는 물줄기 사이사이로 미세한 소리가 끼어들었다. 나영은 자신도 모르게 귀를 세우고 샤워기를 약하게 조절했다. 소리의 정체는 전화벨 같았다. 집안에 아무도 없기는 하지만 옷을 벗은 채 급하게 달려 나갈 필요까지 있나, 망설이는 사이에 정체가 분명해진 전화벨이 줄기차게 울려댔다. 왜 전화벨이 울리면 파블로프의 개처럼 조건 반사를 하게 되는지, 스스로 그것이 늘 불만이었다.

프라이팬에 음식을 볶다가, 또 칼질을 하다가도 벨소리만 들리면 주인의 부름에 답하는 노예처럼 모든 것을 놓고 달려가는 자신의 모습이 때로는 한심하기도 했다. 방과 거실도 부족해서 부엌에까지 전화기를 달아놓고 사는 것 하며, 수돗물을 틀 때 나는 소리를 핸드폰의 진동 소리로 착각해 설거지를 멈출 때마다 허허로운 마음이 드는 것도 사실이었다.

'필요하면 다시 하겠지'라고 배짱을 부리는 친구들을 볼 때마다 그 대담성이 슬그머니 부럽기도 했다. 베란다에서 빨래를 하다가 물 묻은 고무장갑을 어렵사리 벗고 수화기를 드는 순간, 대개는 끊어지기 일쑤였다. 아니면, 설문조사, 신용카드 회사를 빙자한 보험 권유, 혹은 우체국 소포를 가장한 보이스 피싱까지, 반갑지 않은 전화가 걸려온 경우엔 공연히 분노가 치밀기까지 했다. 몇 번 울리다 말 것이지, 떼쓰는 아이처럼 전화벨은 끈덕지게 울려오고 있었다. 더 이상 생각할 겨를도 없이 나영은 수건으로 물기를 대충 닦으면서 전화기 앞으로 달려갔다.

"왜 이렇게 전화를 안 받아?"

친정 엄마의 까칠한 목소리에 가벼운 짜증이 생기려고 했다.

"오늘 별일 없니?"

"글쎄요."

나영은 엄마가 무슨 제안을 해올지 몰라서 어정쩡하게 대

답을 얼버무렸다. 함께 백화점에 가자거나 아니면 마장동으로 고기를 사러 가자고 하면 뭐라고 대답할까, 생각하는 동안 엄마의 말이 이어졌다.

"오늘 특별한 일이 아니면 밖에 나가지 마라. 꿈자리가 뒤숭숭하니까. 꿈에 어딜 가려고 하는데 뱀이 스윽 길을 가로지르잖니. 하여튼 뱀이 앞을 가로막으면 좋을 일이 없다."

엄마는 마치 눈앞에 뱀이 있는 것처럼 실감나게 진저리를 치며 말했다.

"알았어요. 집에 있을게요."

엄마의 호출이 없으니 다행이다 싶어서 나영은 고분고분하게 대답을 했다.

"너희들 중 하나라도 잘못되면……, 아, 그러면 나는 못산다. 그러니까, 조심해라."

조심하라는 말에 신경이 발칵 곤두섰다. 공연히 신경질이 나려고 해서 심호흡을 해 본다. 아마 엄마는 오늘 사남매에게 전화를 하느라 꽤나 수고를 했을 것이다. 엄마는 몇 번째로 나에게 전화를 했을까. 나영은 벌거벗은 채 쭈그리고 앉아 잠시 생각해 본다. 언니에게 먼저, 그리고 오빠와 남동생에게 전화를 한 후 마지막으로 한 것은 아닐까.

자식들을 놓고 조바심을 하는 엄마를 '걱정도 팔자'라고 놀려대거나, 근거 없는 '염려증 환자'라고 언니, 오빠가 타박을 하기도 했지만, 이따금 엄마가 걱정을 하는 것도 무리가 아니라는 생각이 든다. 아들 하나만 달랑 낳아 기르는 나영에게도 걱정이 한두 가지가 아니기 때문이다. 초등학생인 아들이 부잡스럽지 않고 착한 편인데도 학교에서 돌아올 시간이 조금만 지나면 이런, 저런 불안한 생각이 나영의 머리를 복잡하게 했다. 어쩌다 외출하는 일이 있어 신신당부를 해두어도 아들은 학원차를 놓쳤다고 구원을 요청하는 일이 많았다. 숙제장을 놓고 갔으니 가져다 달라, 준비물을 깜빡했다는 자질구레한 호출부터 자전거를 타다 넘어지고, 미끄럼틀에서 떨어지는 사고까지, 신경 쓰이는 게 한두 가지가 아니다.

게다가 당시에는 멍멍하게 지냈는데 나중에 생각할수록 등골이 아찔한 일들도 있었다. 현수가 초등학교 2학년 때 일이다. 아들이 놀이터에 놀러나간 사이에 소파에 누워서 망중한을 즐기고 있을 때였다. 느닷없는 벨소리가 요란했다. 아이가 돌아왔으면 번호 키를 눌러서 집에 들어올 것이고, 잡상인 출입도 별로 없는 터라서 적이 뜻밖의 일이었다. 혹 잘못 들었나, 갸우뚱하는 동안 벨이 계속 울려댔다.

"누구세요?" 느른한 나영의 목소리에 다급한 음성이 답을 해왔다.

"현수 엄마, 큰일 났어. 빨리 문 좀 열어봐요."

"헉, 이게 무슨 일?"

현관 앞에 서 있는 현수의 얼굴은 중국 무술영화에 나오는 사람처럼 온통 피로 범벅이 되어있었다. 나영은 놀랍다 못해 무서워서 그 자리에 그대로 주저앉을 뻔했다. 현수가 큰 눈으로 엄마의 모습을 곁눈질하면서 소리죽여 울고 있었기 때문에 흐르는 피는 눈물과 함께 티셔츠 위로 방울져 내리고 있었다. 막상 일을 당하고 보니 어느 병원 무슨 과로 가야 하는지 갈피를 잡을 수 없었다. 다행히 같은 아파트에 사는 현수의 친구 엄마가 부축을 하고 운전도 해주었기 때문에 근처의 병원으로 옮길 수 있었다. 이런 날이 닥치면 집에서 놀고 있는 전업주부가 된 것이 다행스럽기도 했다.

울먹이는 현수의 말을 종합하니 더욱 가관이었다. 친구들

과 놀다가 공이 나뭇가지에 걸렸는데, 돌을 던지고 흔들어
도 내려올 기미가 보이지 않으니까 아이들이 꾀를 냈다. 혼
자 엎드리면 힘드니까 둘이서 엎드릴 터이니 키가 크고 마
른 현수가 한 발씩 딛고 올라서서 장대로 나뭇가지를 치
라는 것이었다. 각본대로 현수가 장대로 공을 치려는 순
간, 등을 대주던 한 아이가 그만 무너진 것이었다. 갑작스
럽게 균형이 깨지면서 현수는 휘청 하고 그대로 앞으로 곤
두박질했는데 장대를 들고 있어서 손을 짚을 겨를도 없이
얼굴이 맨바닥과 부딪치게 되었단다.

"천만 다행이죠. 목뼈를 다쳤으면 큰일 날 뻔했습니다."

의사가 말하는 큰일이란 까딱하다가 반신불수가 될 수도
있었다는 의미일 것이다. 피가 흘러서 심각해 보이지만 찰
과상이고 상처 부위가 넓은 대신에 아주 낮게 스치는 정도
라서 크게 걱정할 것이 없다고 의사는 담담하게 말했다. 더
큰 일을 상상하면서 진저리를 친 나영은 이만해도 다행이다
싶어서, 살갗이 벗겨져 진액이 끈적이는 아들의 얼굴을 망
연히 바라보았다. 팔에도 시멘트에 스친 상처에서 피가 배
어 나오고 있었지만 더 큰 일 앞에서 작은 일은 항상 묻히게

되는 법이라 대수롭지 않았다. 다른 때 같았으면 팔에 난 상처만으로도 온종일 호들갑을 떨기에 충분했을 것이다. 이런 현상을 전문가들은 '자기 치유' 혹은 '눈속임 위로'라고 한다지만 어쨌든 정신 건강에는 더할 나위 없이 좋다.

"아, 다행이야. 엄마한테는 말하지 마라. 현수 아픈 것보다 더 심각한 일이 생길지도 몰라."

언니는 그렇게 전화를 끊었다. 언니 말대로 엄마는 현수의 상처가 아물 때까지 매일 전화를 할지도 모른다. 어쩌면 집으로 와서 당신 눈으로 직접 확인하려고 할 것이다.

엄마는 매사에 불안 증세를 보였다. 평소에는 대범한 것 같다가도 어느 날은 아주 사소한 일로 몸져눕는 일도 있었다. 특히 자식들의 일에 대해서는 신경이 면도날처럼 예민해서 도리어 엄마의 칼날에 자식들이 섬뜩하게 베이는 일이 있다는 것을 엄마는 알고 있을까? 그래서 나영의 형제들은 엄마에게 나쁜 이야기를 하지 않는 것을 묵계로 여기고 있었다.

엄마를 괴롭히는 것은 바로 오래된 태몽이었다. 첫아이를 낳기도 전에 꿈을 꾸었다는데 이미 꿈속에서 아이가 네 명이었다. 여자아이 둘, 남자아이 둘, 해서 아이 넷을 걸리고 업은 채 길을 가는데 가도 가도 끝없는 험난한 가시밭길이 앞을 가로막았단다. 그래도 굴하지 않고 아이들을 데리고 죽을힘을 짜내서 천신만고 끝에 언덕을 넘어갔더니 뜻밖에도 탄탄대로가 펼쳐지는 환희와 감격을 맛보게 되었다. 들판에는 온갖 꽃이 만발하고 곧게 뻗은 길은 마치 천국으로 직행하는 고속도로 같았다. 그래서 노래를 흥얼거리며 걷고 있을 때 돌연히 한 아이가 입을 열었다.

"엄마, 저는 원래 있던 데로 갈래요."

"뭐?"

꿈속에서도 당황한 엄마가 사태를 수습할 틈도 없이 그 아이는 홀연히 사라져버리고 말았다. 그런데 그게 여자 아인지 남자 아인지 구분을 못 할 정도로 모호한 가운데 그만 꿈에서 깨어나고 만 것이다. 그 꿈을 마음에 깊이 간직하고 있던 엄마에게 하필이면 꿈처럼 딸이 둘, 아들이 둘 태어났던 것인데, 엄마는 그 중 하나가 도중에 돌아가지 않을까 늘 마음을 졸이고 있었다.

그래서 사남매 중 하나가 감기만 심하게 걸려도 엄마가 먼저 기함을 했다. 레슬링을 한다고 오빠와 장난을 하다 오빠의 팔이 부러졌을 때 같이 장난을 치던 언니와 나영은 엄마의 눈총에 맞아서 숨이 멎는 줄 알았다. 아무 말도 안했지만 엄마의 눈길에 독사 앞에 놓인 개구리처럼 오금이 굳어서 얼어붙고 만 것이다. 병원에서 깁스를 하고 돌아온 오빠가 오히려 나영에게 미안해했을 정도로 엄마의 눈은 메두사의 초능력을 발휘하는 것 같았다.

꿈속에서 먼저 돌아간 아이가 누구였을까, 작은 아이였을까, 큰 아이였을까, 엄마는 그것이 알고 싶은 것 같았다. 너무 창졸간에 일어난 일이라 돌아가겠다는 목소리만 기억나는 게 엄마를 안타깝게 했다. 그게 개꿈이지 태몽이라는 증거가 어디 있느냐고, 시댁의 권유로 기독교 교인이 된 언니가 다그치면 엄마는 아무 말도 안 했다. 그렇다고 태몽에 대한 믿음을 버리는 것 같지는 않았다. 덕분에 엄마는 우리 집 형편에 벅찰 정도의 자선을 베푸는 인자한 할머니가 되어가고 있었다. 언젠가 철학관으로 신년 운수를 보러 갔더니 고아원에서 아이를 하나 입양하든지 남의 자식을 키워주라는 말을 들었다는 것이다.

"얘, 그 사람들도 남의 돈 공짜로 안 먹는다. 액땜을 해야 하는데 그게 남의 자식을 품어주라는 것 아니냐. 어쩌면 그렇게도 신통하게, 내 속에 들어갔다 나온 것처럼 쏙 집어내니? 남의 아이를 데려다 기르지는 못해도 돈이라도 대줘야 할 것 아니냐."

그래서 고아원이다 맹인협회다 여기저기에 기부금을 내고 텔레비전을 보다가 어려운 아이들의 사연을 만나게 되면 눈시울을 붉히며 '계좌번호 받아 적어라' 했다. 그렇게 해서라도 자식에게 닥칠지도 모르는 재앙을 피해보려고 하는 엄마의 간절한 몸짓이었다.

그런가 하면 엄마는 대담한 모습도 보였다. 아버지가 췌장암 판정을 받았을 때, 엄마는 자식들을 모아놓고 강단지게 입을 열었다.

"느이 아버지는 칠십 넘게 살았으니 우리 식구야 섭섭하다 해도 남들은 살 만큼 살았다고 할 거다. 의사는 가망이 없다고 하지만 본인은 치료만 잘 하면 나을 거라고 생각해.

아버지는 평생을 학교에서 애들하고 살아왔으니까 그만큼 단순하다. 의사는 그냥 두나 치료를 하나 별 차도가 없다는 데도 아버지는 항암치료를 받겠다고 하신다. 더 고통스러울 뿐이라고 해도 항암치료를 받고 싶은 눈치야. 아버지가 지금까지 우리를 먹여 살리느라 고생했고 또 지금 있는 것도 다 자기가 벌어놓은 것인데 당연히 그 돈을 써야지."

엄마는 평소답지 않게 의연했다. 오빠와 언니가 치료비를 책임지겠다고 했고 나영은 몸공으로 대신해서 엄마와 교대로 간호를 하기로 했다. 남동생은 아직 자리를 잡지 못한 탓에 밤에 아버지 옆에서 자는 일로 성의를 대신했다. 아버지는 조금도 통증을 호소하지 않았으며 항암 주사를 맞고 얼굴이 벌겋게 달아오를 때도 이따금 얼굴을 찡그리기만 할 뿐 무조건 괜찮다고 했다. 한 마디로 간호하기 좋은 모범 환자였다.

"아프다고 하면 치료 안 해줄까 봐 저러는 거다."

엄마는 복도에서 소리를 낮춰 말했다. 병원에서도 은근히 나가주기를 바라는 눈치였지만 아버지는 5개월째 암병동에 입원해 있었다. 몸이 약하고 신경이 날카로운 엄마가 짜증넬 때가 되었건만 엄마는 꿋꿋하게 아버지의 병상을 지켰다. 결국 가망이 없다고 판단한 아버지가 스스로 집에 가고 싶다고 할 때까지 엄마는 환자의 뜻을 존중했다.

"세상에, 이 큰 건물에 모두가 암환자다. 나이 든 사람은 그렇다고 쳐도 젊디젊은 사람들이 빼빼 말라가는 걸 보면, 참 기가 막힌다. 자식이 나이 든 부모를 휠체어에 태워 다니는 것은 괜찮아도 젊은 엄마가 머리 박박 깎은 새파란 자식을 밀고 다니는 걸 보면 남의 일이라도 눈물이 난다. 아버지가 아픈 게 얼마나 다행이냐."

엄마는 아버지가 우리 집안의 암세포를 모조리 거두어 가기를 바랐을지도 모른다. 그래서인지 아버지를 마지막까지 최선을 다해 간호하면서 엄마는 생각보다 의연했다. 죽음이란 천하 없는 사람도 한 번은 가게 되어 있는 길이라고 엄마는 스스로 위로했다. 그래도 자식이 여럿이라 큰일 치를 때는 좋다고 하더니 엄마는 느닷없이 나영에게 화살을 돌렸다.

"너는 현수 하나만 달랑 기를 거냐? 혼자 있으면 외로워서 못 쓴다. 지금이라도 안 늦었다. 어서 하나 더 낳아라."

"지금 사십이 다 되어 가는데 무슨 애를 낳아?"

"올드미슨가 골드미슨가 네 나이에 시집도 못 간 애들도 있는데, 뭐가 늦어? 더 늦기 전에 하나 더 낳아라. 아들이면 형제 간에 의지하고 살라고 하고, 딸이면 늙어서 적적하지 않아 좋고, 너는 욕심도 없니? 하나만 있으면 불안하지도 않아?"

나영은 고개를 가로저었다. 나는 엄마 때문에 자식 낳기 싫었어. 현수도 한참 고민했다구. 엄마가 맨날 자식들 데리고 안달복달하는 꼴을 보면서 나는 저렇게 살지 말아야지, 결심했단 말이야. 머릿속에서 길 잃은 말들이 뱅뱅 돌았다. 남동생의 일이 잘 풀리지 않는 것도 엄마는 온전히 태몽 탓으로 돌렸다.

"내가 꿈에 너희 외갓집엘 갔지 않았겠니. 꿈에도 너희 외할아버지를 보면 그 다음날 좋은 일이 생겨. 그런데 외할아버지가 돼지가 새끼를 낳았다면서 세 마리를 망태기에 담아서 주시는 거야. 그래서 그 망태기를 치마폭에 꼭 싸가지고 왔지. 내가 얼마나 멍청하냐? 숨을 쉬게 풀어서 데리고 오든지 아니면 어떻게 다리를 묶어서 데리고 왔어야 하는데, 꼭 싸가지고 왔으니 애들이 순해 터져서 방안 태수 짓이나 하지. 남자가 사내답게 일을 휘어잡고 씩씩하게 처리해야지, 쯧쯧."

　더 이상 설명을 붙이지 않아도 남동생을 겨냥한 말이라는 것은 눈치로 알 수 있었다. 남동생은 순한 데다 공부도 잘했는데, 원하는 대학에 가질 못했다. 게다가 대학을 졸업을 한 후에도 이런 저런 일이 엇갈리면서 잘 풀리지 않아 고심 중에 있었다.

　"네 언니는 법대에 가야 했어. 아무리 말을 해도 안 듣고 영문과로 가더니……, 그나마 선생이라도 하고 사니까 다행이다."

　엄마는 한숨을 쉬었다. 언니를 임신했을 때 넓은 백사장을 끼고 끝없이 흐르는 맑은 강물을 꿈에 보았다는 것이다. 깨끗한 차돌 위에 하얀 뱀이 꼬리를 붙인 채 꼿꼿하게 서 있는데 붉은 벼슬이 양쪽으로 털렁하게 늘어져 있었다. 그러니까 출세운을 타고난 언니는 법대에 가서 고시를 봐야 한다고 강력하게 주장을 했던 것이다.

　"그래도 의사 부인이 되었으니까, 출세한 셈이지."

　나영은 뾰로통하게 가시를 박았다. 사실 나영에 대해서는 태몽조차 꾼 것 같지 않았다. 엄마가 아무 말도 안 했기 때문이다.

"언니는 아마 오래 살 거다. 강물이 끝없이 흘렀으니까."

엄마는 꿈속의 광경을 그려보듯 지그시 눈을 감았다. 엄마의 말대로라면 언니는 원래 있던 곳으로 돌아가는 대상에서 제외된다. 그러면 오빠와 나영과 남동생이 남게 되는데, 언니가 예외라면 망태 속에 갇혀있던 돼지 세 마리는 나머지 삼남매일까. 나영은 엄마의 말 때문에 마음이 상해서 울가망한 기분에 빠질 때가 여러 번 있었다. 엄마는 왜 수십 년이나 지난 낡은 꿈에서 헤어나지 못하고 있는 것일까, 꼭 누군가 한 사람이 죽어야만 엄마의 근심이 끝장나는 것일까, 만약 운명의 신이 엄마에게 하나를 제물로 선택하라고 한다면 누구를 고르게 될까?

피할 수 없는 선택이라면 엄마는 언니나 장남인 오빠보다는 별다르게 내세울 것이 없는 자신을 선택할 가능성이 높다고 나영은 가끔 생각한다. 동생은 그래도 아들이니까, 막내니까, 각별한 무엇이 있었다. 엄마는 자식을 잃지 않을까 늘 조바심을 하지만 한편으로는 끝내야 할 숙제처럼 속히 결정하고 싶어 하는 어떤 느낌을 막연하게 받은 적이 있었다. 동생이 방황하고 속을 썩일 때 엄마는 혼잣말로, '사람 노릇을 못할 것 같으면……'이라고 중얼거린 적이 있다. 열 손가락 깨물어 아프지 않은 손가락이 없다지만 덜 아픈 손가락은 분명히 있는 법이니까. 그러다가도 엄마는 모임에 갔다 오는 날에는 "하늘도 무심하지. 그 집안에서 제일 잘난 아들을 데려가는 법이 어디 있니? 속 썩이는 것들은 그냥 놔두고……, 하긴 그게 사람 뜻대로 되는 일이 아니라니까. 꼭 아까운 사람들이 명이 짧아"라며 고개를 갸웃하며 말했는데 그 때마다 모든 형제들은 나름대로 긴장을 하곤 했다.

언젠가 본 영화 〈소피의 선택〉에서 유대인과 독일인이 결혼했으므로, 둘 중 한 아이만 살려주겠다는 제의를 받은 소피의 처참한 모습이 엄마의 모습과 오버랩 되었다. 엄마도 소피처럼 자신의 목숨으로 대신할 수 있게 해달라고 통사정을 하며 빌었을 것이다. 그러나 잔인한 운명은 그것을 묵살하고 아들과 딸 중에서 하나만 선택하도록 강요한다. 마지막까지 망설이는 소피에게 그러면 두 아이 모두 죽음의 가스실로 가게 될 것이라고 압박하자 소피는 '그러면 아들을 살려주세요'라고 절망적으로 외친다. 소피의 요청에 따라 아들은 수용소행 기차로, 딸은 가스실행 기차로 향한다. 독일군에게 안겨 가면서 엄마를 부르며 발버둥치는 딸의 모습을 마음에 새겨버린 소피가 나머지 인생을 제정신으로 살 수 없다는 것은 너무나도 자명한 일이 아닌가.

그러나 엄마는 경우가 달랐다. 엄마는 소피처럼 선택을 강요받은 것이 아니었다. 엄마의 의식 속에 잠재되어 있는 죽음의 망령을 털어내기만 하면 되는 일이었다. 아무도 엄마에게 자식을 빼앗아가지 않아요, 큰 소리로 외치고 싶었다. 엄마가 불안에 떠는 동안 자식들도 불안에 전염된다는 사실을 엄마는 모르고 있을까. 누군가 한 사람이 먼저 죽어버리면 차라리 다른 사람들이라도 공포의 망령에서 벗어날 수 있지 않을까.

촉망받던 동생이 어떻게 하다가 저토록 허물어졌을까, 나영은 가끔 생각에 잠긴다. 한 집안에 하나씩 구색을 맞추어 속을 썩이는 자식이 있게 마련이라지만 동생은 정말 괜찮은 아이였다. 중학교 시절부터 전교에서 선두를 다투던 동생을 과학고에 진학시킬까? 아버지가 조심스럽게 물었다. 당시만 해도 학교장 추천으로 어렵지 않게 진학할 수 있었는데, 문제는 초창기여서 과학고가 어떤 곳인지 검증이 되지 않았다는 것이다. 학교에 계셨던 아버지는 과학고가 앞으로 괜찮을 거라고 고개를 끄덕거렸다. 게다가 학비도 들지 않고, 전원 기숙사에서 책임을 진다는 대목이 특별히 마음에 들었던 것 같다.

"그럼 대학은 어떻게 하고?"

"과학기술 대학이나 일반 대학에도 갈 수 있고, 하여튼 과학자가 되는 거지."

"아직 그 학교 출신들이 어떻게 되었는지 아무도 모르잖아요?"

"그래도 나라에서 적극적으로 밀어주니까, 걱정할 것은 없어. 그리고 뭐든지 1회나 2회에게 혜택이 많은 거야. 남들이 다 덤비면 그 때는 힘들어져."

결국 엄마가 과학고로 가겠다는 동생을 일반고에 진학시킨 것은 사실 동생을 기숙사에 떼어놓기 싫어서였다. 엄마

는 당신 눈으로 자식들을 직접 확인해야 직성이 풀리는 성격이었다. 어린 막내를 기숙사에 떼어놓고 불안해서 견딜 수 없었기 때문에 완강하게 반대를 하고 나섰다. 결국 아버지와 동생이 슬그머니 물러설 수밖에 없었다.

고등학교 때에도 그럭저럭 열손가락 안의 순위를 유지하던 동생이 서울대학교에 낙방하고, 재수를 하고서도 다시 고배를 마신 뒤에 동생은 원하지 않던 대학으로 진학할 수밖에 없었다. 그 때부터였을까, 동생은 매사에 소극적이고 의욕을 보이지 않았다. 건성으로 학교에 다니는 것 같았고 군대를 갔다 와서 복학을 한 후에도 열의를 내지 않았다. 그래도 어떻게 취직은 되었는데, 화학이라는 이름이 붙은 회사는 바닷가인 울산이나 여수, 아무리 가까워도 인천에 자리 잡고 있었기 때문에 어차피 집에서 다닐 수는 없었다. 더구나 공단이 위치해 있는 도시는 공기가 나쁘다고 해서 엄마는 늘 걱정이었다. 동생이 서울에서 직장에 다닐 줄로 기대하다가 멀리 떨어지게 되자, 엄마는 '공대에 보낼 게 아니다'라는 말로 불만을 나타냈다. 유독 막내에게 집착을 보였던 그만큼 엄마는 동생을 멀리 보내는 것이 마음에 내키지 않았다.

'그렇게 공부를 잘하던 애가, 대학을 제대로 못 가다니, 왜 저 애가 학교에 갈 때마다 입시제도가 바뀌는 걸까. 학교 운도 따로 있는 모양이지.'

엄마는 동생 이야기가 나오면 끌끌 혀를 찼다. 그 다음에 '그 때 돼지 망태를 풀어서 데리고 오는 건데……'라는 말이 후렴으로 붙었다.

사원용 기숙사에 살던 동생은 처음에는 일주일에 한 번씩 집에 오더니 점차 한 달에 한 번으로 느슨해졌고 나중에는 계절이 바뀔 때나 옷을 가지러 집에 오곤 했다. 그 애는 생기가 없이 주어진 일을 기계적으로 처리하고 있는 사무기기처럼 보였다.

"그 애가 지금 어린 애야? 독립하고 장가들 나인데 뭘 그렇게 걱정해? 아직도 탯줄이 안 떨어졌어?"

엄마의 안달에 아버지가 가끔 쐐기를 박았다. 동생은 좋게 말해서 모든 것에 초월한 사람, 아니면 모든 것을 포기한 사람 같았다. 특별히 좋은 일도 또 싫은 일도 없는 사람처럼. 다른 형제들이 그럭저럭 제 갈 길을 찾은 것과는 달리 그 애가 하는 일은 무엇이든지 엄마의 기대에 못 미쳤는데, 결혼도 예외가 아니었다. 엄마의 말에 따르면 어느 날 동생의 반토막쯤 되는 여자 아이가 함께 짐을 들고 집에 왔다는 거였다.

"요새 애들이 웬만하면 다 크지 않냐? 이건 해도 너무한다. 초등학생인 줄 알았는데 같은 과 동창이래나. 어쨌든 무슨 관계냐고 물었더니 아무 사이도 아니라니 다행이다. 초등학생도 그 애보다는 크겠다. 그런데도 예감이 좀 이상하긴 해. 네 언니가 긁어 부스럼 만들지 말고 그냥 덮어놓으라고 해서 가만히 있는 중이다."

그런데 엄마의 이상한 예감대로 그들은 정말 아무 사이가 아닌 게 아니었다. 그 다음 소식으로 엄마의 단식투쟁과 그 여자아이의 호소가 이어졌다. 동생은 엄마의 말에 대답도 않고 이렇다 저렇다 반응이 없었다. 헤어지라는 엄마의 말에 '참견하지 마시오'라고 대꾸한 것이 엄마의 부아를 폭발시켰다. 열흘째 자리를 보전하던 엄마는 '저도 크고 싶었는데 키가 안 크는 걸 어떡해요'라는 여자아이의 읍소에 머리에서 수건을 풀고 일어섰다. '저는 얼마나 스트레스가 많았

겠냐. 고칠 수 없는 걸 가지고 자꾸 따져봤자 소용이 없지. 마음씨만 괜찮으면……'

그렇다고 해서 동생이 크게 기뻐한 것 같지는 않다. 어쨌든 결혼식을 올리고 엄마는 막내까지 여의고 홀가분하게 노년의 삶을 즐길 참이었다. 그러는 와중에 동생은 서울 가까이 있는 전자회사로 이직을 했고 분당에 터를 잡았다.

"애, 나영아, 좀 이상한 마음이 든다. 내가 꿈을 꾸었는데 말할 수 없는 소용돌이가 집에 몰아치는 거야. 모두 다 날아가게 생겼어. 그래서 뭐든지 붙잡으려고 안간힘을 쓰는데 칡덩굴 같은 게 하늘에서 내려오더라. 다행이다 싶어 그거라도 잡으려고 아우성인데, 아니 글쎄 네 올케 같이 생긴 애가 칡덩굴을 그네처럼 타고 내려오지 않겠니? 왜 옛날 텔레비전에 나왔던 타잔 있잖냐? 그 타잔같이. 그러더니 순식간에 바람이 잠잠해지더라구. 이게 무슨 꿈일까?"

"그게 올케인지 어떻게 알아? 엄마가 똑똑히 봤어?"

엄마의 꿈 이야기라면 현기증이 나서 나영은 볼멘소리를 했다.

"얼굴은 못 봤지만 몸집이 조그마한 게 영락없이 네 올케

더라."

"올케가 나타나서 소용돌이가 가라앉았으면 잘 된 일이네, 뭐."

"그럴까? 그 애 때문에 시끄러운 일은 없을까?"

엄마는 뭐든지 일단 안 좋은 방향으로 생각하는 경향이 있다. 꿈을 빌미로 남의 외출을 막는다든가, 밤길을 조심하라고 겁을 주든가.

아닌게 아니라 엄마의 신통한 꿈대로 동생네 집에서는 사단이 난 모양이었다. 꿈자리가 뒤숭숭해서 아무래도 마음이 안정되지 않은 엄마가 동생의 집을 열심히 탐문한 결과 동생 부부가 이혼 직전에 이르도록 상황이 나쁘게 돌아가고 있음을 알게 되었다.

"네 올케가 밥을 안 준단다. 그게 남의 아들을 굶겨 죽이려고 작정을 했나?" 흥분하던 엄마는 "무슨 가정주부가 밤 열두 시에 들어오냐? 회사에서 회식이 있다고 하던데 근 한 달 동안 매일 그 모양인가 봐. 이제 아이도 낳아야 하니 회사를 그만두라고 해야겠다"라고 횡설수설했다. "네 동생의

댁이 혹시 바람이 난 거 아닐까?" 하다가 "엄마, 그동안 연속극을 너무 많이 봤어"라는 언니의 말에 "하긴 그 콩만한 걸 어느 남자가 건들겠니?"라고 스스로 답을 찾기도 했다.

참견하지 말라는 언니의 말에도 아랑곳없이 동생의 집에 쳐들어간 엄마는 화장대 위에 놓여있던 이혼 서류를 발견했고 처음에는 노발대발하다가 나중에는 올케를 달래다가 갈팡질팡 했다.

"그 쬐그만 게 눈을 착 내리깐 채 눈도 안 마주치고 가관이야. 온몸에 독이 올라서 무섭더라구. 그래도 명색이 시어머니가 타이르면 듣는 척이라도 해야지, 이게 무슨 일이냐. 어차피 오래 못 갈 거면 헤어져야 할까, 이혼이 아무리 유행이라고 해도 남의 집 일인 줄 알았더니 무슨 날벼락인지. 그러나 저러나 이유나 알자고 해도 입을 꽉 붙이고 아무 말도 안 해. 혹시 재영이 이놈이 무슨 실수를 한 걸까?"

언니의 정보망에 포착된 동생 부부의 불화는 어이없는 일에서 발단이 된 것이었다. 동생이 매일 밤마다 늦게 들어와서 올케가 신경이 예민해졌다. 그런데 왜 늦느냐고 물었더니 카페에 가서 한잔하고 들어온다며 친절하게 카페 이름까지 가르쳐 주더란다. 친구를 만난다든가, 하다못해 상갓집 핑계라도 둘러댔으면 낫겠는데 혼자서 카페에 앉아있다 온 다는 것이다. 정공법이 오히려 의심을 덜 사는 길인가, 갸우뚱하던 올케가 도저히 참지 못하고 그 카페에 몰래 가보았더니 정말 남편이 혼자서 멍하니 앉아 있다는 것이다. 흰 와이셔츠 바람으로 빈 맥주병을 앞에 놓고 앉아있는 품이 영화에 나왔으면 멋지다고 했겠지만 올케의 눈엔 청승으로 비쳤다. 시간대를 달리해서 몇 번 그 카페를 탐문할 때마다 매번 혼자 있는 것으로 보아 여자 문제는 아니라는 결론에 도달했다.

그런데 왜? 라는 물음이 올케의 가슴에 솟구치기 시작했다. 회사 일도 아니고, 여자 문제도 아니고, 올케의 물음에 동생도 시원하게 대답하지 않았다. 아니, 자신도 모르게 발길이 카페로 향하는 것 같았다. 차라리 여자 문제 같으면 해결책이라도 있을 텐데, 방법이 없다는 거였다.

"그놈이 미쳤구나. 뭐에 씌워도 단단히 씌웠어."

언니의 종합 보고를 받고 나서 엄마가 한 말이었다. 엄마는 아는 사람들에게 자문을 구하고 사주풀이, 꿈풀이, 운명

철학을 하는 사람들의 조언을 받아 동생이 조상신에 들린 게 아닌가, 조심스럽게 의견을 말했다.

"그러다가 더 나가면 묏자리 탓을 하면서 이장하라고 하게 생겼네. 다 쓸데없는 소리예요."

언니가 나서서 퉁박을 주었다. 다른 사람 말이라면 몰라도 언니 말에는 엄마도 좀 조심을 하는 편이었다.

"사주고 팔자고, 다 본인이 하기 나름이지. 핑계댈 게 없으니까, 조상 탓, 묏자리 탓 하는 거라구요. 막말로 명을 길게 타고 났음 뭐해? 식물처럼 누워서 10년도 넘게 사는 사람 봤는데, 깨끗이 가는 게 피차 좋은 거지. 그리고 이왕 명이 정해져 있다면 우리가 신경을 곤두세운다고 달라질 것도 없는데, 사는 동안 즐겁고 건강하게 살아야 할 거 아니우. 그러니까 엄마도 쓸데없는 소리 듣고 너무 신경쓰지 마세요."

"……."

엄마는 의외의 반격을 당하자 잠시 당황해서 머뭇거리더니 이윽고 전열을 가다듬고 언니를 향해 눈을 흘겼다.

"야, 잘난 척하지 마. 옛말에 그른 것 없다. 조상 잘 섬긴

집안치고 복 안 받은 집이 없고, 풍수 잘 지켜서 손해난 일
없다."

"재영이가 일이 잘 안 풀려서 그러나 본데, 왜 애를 미친
놈 취급하느냐구?"

"그럼, 저녁마다 일없이 카펜가 뭔가에 가서 우두망찰하
는 놈이 미친놈이 아니면, 발가벗고 거리를 뛰어다녀야 미
친놈인가?"

엄마도 만만치 않은 기세로 언니를 향해 돌진했다.

"그럼, 엄만 아들이 진짜 미친놈이 되었으면 좋겠수? 마음
에 고민이 있나 본데, 그 애가 내성적이어서 그러고 있는
거지. 당분간 그냥 좀 놔둬. 엄마나 올케나 너무 조바심을
내고 사람을 피곤하게 하는 스타일이야."

언니도 가는 데까지 가볼 요량인지 쉽게 물러설 기미가
아니었다.

"부처님 가운데 토막 같은 소리하고 있네. 그래, 너는 마
음이 한없이 넓어서 쉽게 이해가 가나 본데, 장 서방이 저녁
마다 카페에 가서 죽치고 있으면 네 입에서 그런 말이 나오
자 보자."

"엄마는 자식한테 악담을 하우? 일이 이 지경이 되었으면 어떻게 해결을 해보려고 해야지, 웬 조상신을 들먹거려요? 그러다가 굿판이라도 벌일 작정이세요?"

"잘 되기만 한다면 못힐 게 또 뭐 있니? 내 돈 가지고 내가 한다는데……."

"남이 들으면 돈이나 퍽 많은 줄 알겠네. 그럴 돈 있으면 올케 데리고 백화점이나 가서 기분 전환용으로 쇼핑이나 하시든지."

언니가 목소리를 한 수 낮추었고, 나도 그게 좋겠다고 거드는 바람에 엄마의 목소리도 한풀 수그러들었다.

"그런데 그 애가 지금 시에미하고 백화점에 갈 기분이겠냐?"

엄마는 땅이 꺼지라고 한숨을 쉬었다.

"저러다 재영이 잘못되면 어떻게 하니?"

이번에는 아주 애처로운 모습으로 말했기 때문에 엄마의 모습은 안쓰럽기까지 했다.

"엄마는 머릿속에서부터 나쁜 생각을 지워버리세요. 사람의 일은 생각하는 대로 된다고 하는데 엄마가 자꾸 안 좋은 쪽으로 생각하면 어떻게 해요? 세상에 자식 앞세우고 싶어서 앞세우는 사람이 어디 있겠어요? 사람이 할 수 없는 일이니까, 따라 죽을 수 없으니까, 그냥 사는 거지. 도대체 엄마는 뭐가 그렇게 두려운 거예요?"

언니가 의외로 강하게 신경질을 부렸기 때문에 엄마는 주춤하고 물러설 기미를 보였다.

"나는 자식 앞세우고는 못산다. 차라리 내가 먼저 목숨을 끊고 말지. 자식이 고통당하는 모습을 어떻게 보니?"

"바로 그런 각오로 씩씩하게 사세요. 엄마가 자꾸 자식들 일로 신경을 쓰면 우리들도 무척 불편해요. 우리는 엄마가 즐겁게 사시는 걸 보고 싶다니까요. 엄마가 어떤 꿈을 꾸었건 지금까지 잘 살아왔잖아요. 이만하면 건강하고, 병원 신세 질 만한 일도 없었고."

"야, 그런 입찬소리 하지 마라. 그런 말을 하면 어떤 재앙이 올지 몰라. 그저 천지신명께 감사하고 겸손해야 한다."

엄마는 언니의 불경스런 말 때문에 마치 큰일이라도 생길 듯이 두려움으로 몸을 떨었다.

"내가 밤낮으로 지성을 드리는 게 바로 너희들 건강하

고 무탈하라는 거야. 요새처럼 사고도 많고 험한 세상에서……, 휴."

"하지만 엄마가 불안해하신다고 달라질 게 있어요? 엄마는 잘 모르겠지만, 난 엄마 때문에 너무 너무 스트레스 많이 받았어요."

언니가 오늘은 엄마와 끝장을 보려는 듯이 결연히 나섰다. 그럴 리가 없다는 듯 엄마의 놀라는 표정에 아랑곳하지 않고 언니는 말을 쏟아냈다. 옆에 있던 나영이 오히려 언니의 옷자락을 슬며시 잡아당길 정도였다.

"엄마가 나 결혼할 때 장 서방보고 녕이 짧을 것 같다고 그랬지, 생각나요?"

엄마는 생각이 날 듯 말 듯 애매한 표정을 지었다.

"그게 얼마나 큰 스트레스였는지……, 사실은 그 말 때문에 결혼을 안 할까 생각도 해봤어요. 아무리 사람이 좋아도 일찍 과부가 되는 건 누구도 원치 않는 일이니까. 하지만 돌팔이 점쟁이 말을 믿고 내 인생을 결정할 수는 없다는 생각이 들었어. 그리고 캠퍼스 커플이었던 우리가 몇 년 동안 같이 다녔던 세월이 아깝기도 하고, 그래서 닥치면 할 수 없다는 심정으로 결혼을 한 거예요. 사실 우리 시어머니는 장 서방이 몇 시에 태어났는지도 잘 모르겠대. 해산하고 미역국을 먹고 나니까 닭이 울었다고 했어. 엄마가 생년일시를 알아오라고 하도 조르기에 그것도 이런 저런 말 끝에 간신히 알아낸 거였지. 시댁은 예수를 믿어서 그런지 아예 무관하게 살더라고. 그런데 엄마가 한 말이 가시처럼 박혀서 정말 마음이 곪아터질 지경이었어. 그리고 아무에게도 그런 말을 할 수가 없어서 나 혼자 끙끙 앓았단 말이에요. 엄마 생각 나?"

엄마는 상당히 미안한 표정을 지었고 늘 엄마의 비위를 맞춰주던 자식들이 반란을 일으킨 데 대해 적지 않게 당황스러워 하고 있었다.

"엄마는 지나가는 말로 했을지 모르지만 나는 장 서방이 감기만 걸려도 간을 졸였어. 의사라고 병에 안 걸리는 건 아니니까, 오히려 병에 노출될 위험이 더 많아요. 늘 피곤하고할 일도 많고……, 장 서방이 아프면 잘해주는 게 아니라 오히려 더 짜증을 내는 나를 그이는 이해하기 힘들었을 거예요. 나는 장 서방이 아픈 것을 용납할 수가 없었어, 너무 두려워서. 남편이 아프면 도와줄 생각은 않고 신경질을 내는 나를 그 사람도 이해할 수가 없었대."

나영은 언니에게 그런 아픔이 있었나, 숙연해졌다. 엄마도 잠잠히 마룻바닥만 내려다보고 있었다.

"그런데 어느 날 택시를 탔는데 길이 아주 많이 막혔어요. 차가 엉금엉금 기면서 미터 요금이 계속 올라가고 있는 고약한 상황이었는데, 기사가 하는 말이 심심하니까 생년월일을 대보라는 거예요. 그래서 내 것을 먼저 가르쳐줬더니 공부를 잘 했겠다고 하더라구. 그러더니 장 서방의 사주를 보고 하는 말이 '사모님, 어디서 보면 이 양반더러 명이 짧다고 하지 않아요?' 그러는 기야. 귀가 번쩍 했지. '하지만 잘 몰라서 그래요. 이 양반 아주 오래 살아요. 그리고 오래 살면 좋은 일이 많이 있어요'라는 거예요. 그 순간 내 마음을 누르던 돌덩이가 순식간에 사라졌어요. 자유를 얻었다는 말을 나는 그제야 실감할 수 있었다구."

언니가 처음으로 털어놓은 말 때문에 엄마는 꽤 미안해하는 표정이었다. 엄마는 확실히 당황하고 있었다. 그동안 자식들에게 군림하던 엄마의 위상에 금이 가고 있었다. 그동안 엄마에게 대들어 보고 싶었지만 그것은 생각뿐, 엄마 앞에 가면 스르르 기가 죽는 이상한 마법에 걸린 것 같았다. 그런데 엄마가 막상 언니에게 궁지에 몰리자 오히려 안쓰러운 생각이 들었다.

"그러니까 엄마도 매사를 좋은 쪽으로 생각하고 사세요. 우리 시아버지도 당신은 칠십을 못 넘긴다고 하셨어요. 집안 남자들이 칠십 넘게 사신 분이 한 분도 없다면서. 요샌 평균 수명이 길어졌다고 아무리 말을 해도 듣지를 않으셔요. 그러면서 효도할 것 있으면 미리 해라, 조금만 편찮으면 자식들 불러 모아라, 상당히 신경이 날카로우셨잖아요. 칠순이 다 되어 가니까 잔치 준비 할 거 없다며 툭 하면 신경질을 내시는데 어머니가 많이 힘들었어요. 하도 짜증을 내기에 옆 사람들까지 불안할 지경이었어요. 현수 아빠가 하루는 정색을 하고 '아버지는 우리 형제가 다 칠십 전에 죽기를 바라세요?'라고 물었죠. 시아버지가 깜짝 놀라서 가만히 계시데요. '아버지가 힘을 내서 오래 사셔야 우리에게도 희망이 있지, 아버지가 칠십 전에 돌아가시면 우리도 집안 내력에 따라서 일찍 죽어야 하잖아요.' 시아버님이 가만히 듣고 계시더니 그 다음부턴 다시는 그 말을 입 밖에 내지 않으시고 지금은 칠십 오세인데 정정하세요. 그러니까 생각하기 나름이라니까요."

나영이 조심스럽게 언니 편을 들었다. 딸들의 반란에 엄마는 말문이 막혔는지 가만히 있었다. 그 모습이 처량해 보일 정도였다.

"엄마가 우리를 사랑하는 건 잘 알아요. 그러니까 엄마 제발 태몽인지 뭔지, 그 꿈에서 그만 나오세요. 우리 형제들 다 오래 살 거니까 걱정 마시고. 엄마, 내기할까? 우리가 엄마 잘 보내드리고 나중에 가는 거?"

엄마는 우두커니 아버지 살아계실 때 마지막으로 함께 찍은 가족사진을 올려다보았다. 핼쑥한 얼굴의 아버지는 거실 중앙에서 자식들에게 둘러싸여 행복하게 웃고 있었다.

"나는 아무것도 모른다. 평생 네 아버지 발뒤꿈치만 따라다니며 살았는데……."

엄마는 느닷없이 돌아가신 아버지에게 구원 요청을 보내려는 것일까, 뜬금없는 말을 중얼거리더니 돌아앉아 벽바라기를 시작했다.

디저트

메뉴를 뒤적이는가 싶더니 어느새 슬쩍 뒤 페이지로 넘긴
다. '또?'라는 그녀의 날카로운 눈길과 부딪치자 그는 머쓱
해져서 눈길을 돌리더니 거꾸로 넘기기 시작했다.

"왜 군것질부터 하는 거예요?"

그녀의 목소리에 칼이 들어 있다.

"군것질이라니? 요샌 디저트만 파는 디저트 레스토랑도
있어. 먹고 싶은 것조차 마음대로 못 먹나? 먹는 데도 순서
를 꼭 지켜야 하는 거야?"

입으로는 미소를 짓고 있지만 절대 양보할 것 같지 않은,
부드러우면서도 결연한 말투로 그가 말했다. 그녀는 왠지
모를 힘에 사로잡혀 스르륵 깃발을 내리고 굴복하고 만다.

부드러운 남자를 좋아하는 시대라고 하지만 그와 함께 있으면 아이스크림 같이 살살 녹아드는 그의 미소 때문에, 아니 그 미소 뒤에 있는 어떤 힘에 끌려서 할 말을 슬그머니 거두어들이게 된다. 그녀는 눈꼬리에 힘을 약간 빼고 어이없다는 듯이 웃어보였다.

그녀 앞에서 천진하게 웃고 있는 저 남자라는 호수에 풍덩 빠지고 싶은 욕구랄까, 어떤 격한 충동이 일었다. 하지만 그는 정식으로 그녀에게 청혼을 한 적이 없다. 생각해 보니 늘 친절하기만 했을 뿐 그는 어떤 경계를 완강하게 지켜오곤 했다.

"오늘은 뭘 먹을까요?"

그녀는 심드렁하게 물었다.

"그거야 결정만 하시면, 나는 무엇이든 따라서 먹을 준비가 되어 있답니다."

그들은 하하 소리를 내어 웃었다. 분위기 좋은 레스토랑에서 가격에 구애받지 않고 음식을 고를 수 있다는 사실이 삶의 격조를 한층 높여주는 것 같았다. 그래서 동급생들보다는 경제력을 갖춘 나이 많은 남자를 좋아한다고 누군가 말했나보다. 분식센터를 전전하다 무슨 기념일이 되면 기껏해야 패밀리 레스토랑에서 세트 메뉴로 만족해야 하는 젊은 친구들에 비해서 안락하고 우아한 식사로의 초대가 그녀의 진정한 가치에 대한 정당한 보답이라는 생각이 들곤 했던 것이다.

오늘은 퓨전 레스토랑에 왔다. 지난 번 만났을 때, 그는 새로 알게 된 자그마한 퓨전 레스토랑이 있는데 가보지 않겠느냐고 넌지시 물어왔다. 연륜 탓인지 그녀보다 그가 알고 있는 곳이 훨씬 더 많았고 식사 비용을 지불하는 것도 늘 그의 몫이었으므로 사실 그녀의 의견은 중요하지 않았다. 그러나 그는 주도권이 그녀에게 있다는 듯이 늘 그녀의 의견을 존중했고 언제나 그녀를 우위에 놓아 주었다.

삼청동 길은 보도가 좁은 데다 사람이 많아서 장터 거리를 연상시켰다. 그렇고 그럴 것 같은 낡은 집들을 요리조리 개조해서 수많은 카페와 레스토랑과 옷가게들이 빼곡하게 들어서 있었다. 인사동부터 거리를 따라서 걷는 것도 묘미였는데 길가뿐 아니라 골목까지 조그마한 간판들을 내걸고 있는 것이 동네 전체가 모조리 식당으로 탈바꿈한 것 같았다. 경복궁과 청와대, 총리공관과 금융연수원, 감사원 등, 그이름만으로도 무겁고 폐쇄적일 것 같은 칙칙한 동네에 왁자하게 젊음이 몰리면서 삼청공원까지 환하게 활기가 넘쳐났다. 그 사이 사이 골목마다 조그마한 식당이며 카페들이 들어앉아 저마다 단장을 하고 손님을 부르고 있었다.

지난번 포크커틀릿이라고 이름 붙인 흔하디흔한 돈가스를 시켰는데 기존의 돈가스와는 다른 방식의 웰빙 음식이었다고 했다. 파삭하게 튀긴 고기에다 그 집만의 특수한 소스가 따로 나왔고 대파와 양배추, 래디시, 상추 잎이 오색실처럼 곱게 채처져서 가지런히 놓여졌다. 그 곁에는 헝클어진 실타래처럼 색색의 새싹채소가 앙증맞게 자리 잡고 있었다. 신선로를 연상시키는 흰색과 연두색의 밀전병에다 쌈을 싸서 먹는 것이라는 설명도 곁들였다.

"푸른 밀전병은 부추를 갈아서 반죽한 거예요."

주황색 앞치마를 두른 여사장은 자부심에 넘치는 목소리로 설명했다.

"요 작은 절구로 깨소금을 갈아서 소스에 원하는 만큼 섞어 드세요."

그는 손바닥에 쏙 들어갈 만한 소꿉놀이 같은 옹기에 손가락만 한 절구 공이를 빙빙 돌리면서 깨를 으깨고 있었다. 손님들을 직접 요리에 참여시키는 기발한 발상이었다. 이집은 요리를 좋아하는 주부 네 명이 심심풀이로 개업을 했다는데 문전성시를 이루어서 이미 지점을 하나 낸 상태였다. 마가렛이라는 이름처럼 아담하고 예쁜 음식점이 취미생활을 넘어 사업으로 자리 잡게 되자 아이러니하게도 사장들은 주방에 매여서 옴쭉달싹 못하게 되었다고 했다.

"이번엔 장어덮밥이 어떨까? 장어전문 요리점과는 또 다른 묘한 맛이야. 아주 부드러워."

"맛있는 거 보면 내가 생각나요?" 그녀는 약간은 실없다 싶은 말로 그를 흔들어보고 싶었다.

"아무래도 정선일 먹이고 싶지. 맛있게 먹는 모습도 보고 싶고."

그는 멋쩍게 미소를 지었다.

"내가 잘 먹어서 생각나는 거예요?"

"꼭 그런 건 아니지만 보고 싶고, 만나서 맛있는 거 먹으러 다니는 것도 재미있잖아."

그는 말을 마치고 뭐가 잘못된 게 있냐는 듯 뜨악한 눈길을 보냈다. 퓨전 장어덮밥은 국산 민물장어를 삶아 말린 다음에 타마리소스로 구워내 깊고 부드러운 맛을 지니고 있다고 했다. 장어구이 위에 앙증맞은 초록색 무 싹을 한 잎씩 얹고 생강을 가늘게 채쳐서 무늬를 만든 것이 상큼해 보였다.

"아예 요리 품평가로 나서지 그래요? 미슐랭 가이드 같은……. 전국에 있는 맛집 순례 같은 거요. 혹시 미식가예요?"

"그 정도는 아니야. 어차피 나는 밖에서 식사를 해결해야 하는 데다, 이따금 매일 먹는 일상식에서 탈피하고 싶을 때가 있잖아. 가끔 분위기가 다른 곳에서 색다른 음식을 먹는 것은 여행하는 것과 같아. 기분 전환에 효과적이지."

퓨전 장어요리는 정말 부드러웠다. 와인을 한 잔 곁들인 맛은 요리도 예술이라는 생각이 들게 만들 정도였다. 그가 후식으로 따로 청한 초콜릿 무스 케이크의 차가운 입자가 입안에서 체온과 섞여 달착지근한 맛을 더했다.

'왜 여태 결혼을 안 하셨어요?' 하마터면 계란 노른자 빛

의 조명과 달달한 맛에 무르녹아서 그렇게 물어볼 뻔했다.

하지만 그녀는 입술을 잘근잘근 깨물었다. 그가 먼저 입을

열 때까지 묻지 말자고 몇 번이나 다짐한 터였다.

"혼자서 매일 어떻게 식사를 해결해요?"

"아침은 크라상이나 토스트에 커피를 곁들여서 간단히 해

결하고 점심은 회사에서 동료들고 먹거나 클라이언트하

고 먹을 때가 많아. 저녁은 스케줄에 따라서 해결할 때도 있

고 집에서 간단히 요리해서 먹을 때도 있어. 사실 정선이 만

나는 날은 나도 영양 보충하는 셈이지."

그는 하찮은 질문에도 자상하고도 성실하게 답을 하는 사

람이었다. 그래서 고객들이 좋아할 거라는 생각이 들었다.

그는 정선이 전화를 할 때면 특별한 사정이 없는 한, 언제나

흔쾌히 응해 주었다. 정선은 디저트를 맛있게 먹고 있는 그

를 물끄러미 바라보았다.

"그래도 식사를 충실하게 해야죠. 후식은 후식일 뿐, 이름

그대로 어디까지나 디저트잖아요. 성훈 씨는 다 좋은데 밥

보다 디저트를 더 좋아하는 게 좀 그래요."

그는 작은 스푼을 손에 쥔 채 잠시 눈을 내리깔았다. 왜

그렇게 디저트에 집착을 할까? 생각이 미치는 순간 그가 입을 열었다.

"난 디저트 음식들을 좋아해. 예쁘기도 하고 맛도 있고, 위에 부담도 없고……, 본 음식을 다 먹으면 배가 불러서 디저트를 먹는 재미가 반감되거든. 그래서 디저트부터 먹고 여백을 다른 것으로 채운다고 이해하면 돼."

'그게 이해가 잘 안 되니까 그렇지. 주문 받으러 온 사람이 이상하다는 듯이 쳐다볼 때마다 기분이 꿀쩍한데.'

정선은 대답 대신 그를 똑바로 바라보았다.

"이해가 안 되는 일을 꼭 이해하려고 애쓸 필요가 있을까? 그냥 있는 대로 봐주면 안 돼? 디저트를 먼저 먹는다고 해서 남에게 피해를 주는 것은 아니잖아?"

그는 정선의 속마음을 들여다보고 있다는 듯이 또 웃었다. 정선의 표정이 풀어지지 않자 그는 식탁으로 눈길을 주었다.

"꼭 설명을 원한다면 내가 어렸을 때 먹고 싶었던 걸 이제야 먹는다고 생각하면 돼. 나는 가난한 집에서 자랐거든. 조금이 아니라 아주 많이 가난했지. 내 삶이 그대로 대물림된

다는 것이 어린 마음에도 너무 억울하다는 생각이 들었어. 그 가난에서 벗어나기 위해 공부를 열심히 했고, 달동네와 작별하기 위해서 대학엘 갔지. 입학금 한 번만 대주면 나머지는 알아서 하겠다고 사정을 했어. 물론 부모님이 열심히 일을 했지만 살림이 크게 나아지는 건 아니었지. 우리 집은 우리나라의 경제 성장 속도의 평균에서도 뒤처지고 있었거든. 달동네에 어울리지 않게 명문대학 법대에 진학을 했을 때 우리 아버지는 기뻐서 눈물을 흘렸어. 내 아들이 이제 판사가 되겠구나, 그 기대로 아버지는 열심히 일을 하셨지. 식당에 야채를 대주는 일을 하셨는데 가는 데마다 자식 자랑이 늘어졌어."

세련된 그의 옷매무새와 식사 매너가 가난한 집 출신의 모든 흔적을 가려주었기 때문에 그의 말은 의외였다.

"나는 집안의 희망이었을 뿐 아니라 우리 동네 희망의 횃불이 되어야 했어. 다른 집 부모들은 한결같이 성훈일 봐라, 너희도 할 수 있다, 이런 식이었지. 그 때마다 난 상당히 부담스러웠어. 당연하게 판사가 되어야 할 것 같았거든. 우리 동네 사람들은 법대를 가면 모두 판사가 되는 줄 알았다니까."

그가 사적인 말을 많이 하는 것은 아주 드문 일이었다. 그는 영화, 역사 혹은 시사 등 그녀가 알지 못하는 것을 많이 이야기해 주었다. 때문에 맛있는 음식을 먹는 즐거움에 공부를 한다는 지적인 즐거움까지도 더해져서 그와의 만남에 한층 보람을 느낀 것도 사실이었다. 그는 아주 친절하고도 알기 쉽게 비유를 들어서 설명하는 데 탁월한 재주가 있었다. 차라리 교수를 했으면 좋았을 거라고 그녀가 말하자, 교수가 되려면 오랫동안 공부 밑천을 대주는 든든한 후원자가 있어야 한다고 허허로운 웃음을 웃었다.

"어쨌든 고시를 패스했으니까 변호사가 된 거잖아요. 진짜 변호사 맞아요?"

"맞으니까 다들 그렇게 부르겠지? 그런데 나는 판사가 못되었어. 그게 나의 한계, 어쩌면 태생의 한계였지. 용은 개천에서 나는 것이 아니라 용천에서 난다는 말을 이해할 수 있어? 개천에서 용이 난다 해도, 얕은 물에서는 용이 몸을 뒤척일 수가 없는 거야. 용은 물론이고 주변사람도 정말 피곤해져. 그래서 용은 깊은 물에서 살아야 유유하게 움직이고 서로 편하지. 하지만 나는 지금의 내 모습에 대해서도 스

스로 감사해. 야채장수 아들이 변호사가 되었으니. 이 정도의 로펌에 근무하게 된 것도 감지덕지해, 정말이야. 얘기가 옆으로 샜는데, 어쨌든 나는 어릴 때 주로 밥만 먹고 자라서 디저트를 먹는 사람들이 무지 부러웠어. 디저트라는 것이 먹으면 호사스럽고 안 먹어도 사는 데는 아무 지장 없는 음식이라고는 하지만, 그래도 가끔 디저트를 먼저 먹고 싶을 때가 있어. 본 음식을 다 먹고 나면 배가 불러서 디저트 맛을 제대로 음미할 수가 없거든."

"그래도 건강을 생각해야죠. 아무리 맛있어도 디저트는 디저트지, 뭐."

그녀가 볼멘소리를 하자 그는 다음부턴 순서를 지켜서 먹겠다고 새끼손가락을 내밀었다. 그와 손가락을 걸고 약속을 하면서 그의 손가락에 반지가 없는 것이 안심이 되었다. 도대체 이 남자의 본심은 무엇일까. 손을 잡고 걷는 것은 물론, 헤어질 때 그녀의 이마에 가벼운 키스까지 할 정도로 둘 사이가 발전을 했는데도 도무지 더 이상 진도를 나갈 기미가 보이지 않았다.

나이 차이가 너무 많이 나서 망설이는 것일까? 열 살 넘게 나이 차가 나다 보니 미안해서 결혼하자는 말을 못하는 것인지……, 아니면 상처를 했는지도? 그도 그녀를 싫어하는 것 같지는 않다. 일 년 넘게 지켜봐도 성실하고 자상하고 실력 있고 매너도 좋고 훤칠한 외모까지 빠지는 구석이 없었다. 나이가 많은 것이 문제가 될 뿐, 아니다. 생각하기에 따라서는 그가 나이가 많은 것이 아니라 그녀가 어린 것이다. 그를 만나고 돌아올 때마다 이제나 저제나 기다리던 말이 나오질 않자 그녀는 그들의 관계는 무엇일까? 회의에 빠지기도 했다.

대학을 졸업한 후, 막 개업한 이모네 빵집에서 아르바이트 겸 도와주고 있던 참이었다. 이모네 옆에도 다른 브랜드의 빵집이 있었는데 당연하게 경쟁 관계였다. 하지만 이모네 빵집이 사거리 모퉁이라서 좀 더 유리한 입지에 있었다. 빵만 아니고 매장에서 생과일주스나 여러 종류의 커피까지 취급했기 때문에 매장 한 편에는 아늑한 의자와 테이블을 갖추고 있었다. 그런데 어느 날 이모네 가게에 느닷없이 명령서가 전달되었다. 매장 시설의 일부가 주차장을 용도 변

경해서 쓰고 있다는 고발장이 접수되었다는 것이다. 집주인과 계약 당시 이모는 거기까지 신경을 쓰지 못했던 모양이다. 매장 크기를 보고 상당한 가격에 계약을 했는데 명령서에 따르면 매장을 축소해야 하는 것이다. 오븐을 두는 곳과 음료 전용 테이블이 차지한 만큼의 면적을 줄여야만 했다. 이모를 더 화나게 했던 것은 주인의 태도였다. 매장 면적이 줄어드는 만큼 임대료를 깎아달라는 이모의 요구를 묵살했을 뿐 아니라 싫으면 그만두라는 위압적인 태도를 보였던 것이다. 게다가 빵집은 유명 브랜드의 프랜차이즈 시스템이었기 때문에 그만두면 가입비를 고스란히 날리게 되어 있었다. 매장에서 화를 삭이던 이모는 폭발 직전에 이르자 급기야 법에 호소하기로 작정했다.

"옛날에는 법 없어도 사는 사람이 좋은 줄 알았더니, 그게 아니더라. 무법천지야. 우리 같은 사람은 법이 지켜줘야 살지, 무슨 재주로 살겠니? 돈이 좀 아깝기는 하다만 아무래도 변호사한테 물어봐야겠어. 이런 법이 어디 있니? 주인이 애초에 주차장 자리까지 넣어서 매장을 만들어 놓은 걸 나 보고 어떡하라구. 그 넓은 데 인테리어 하느라고 돈이 또 얼마나 들어갔는데, 열병이 나서 죽게 생겼다. 별 볼 일 없는 가게에다 인테리어해서 그럴 듯하게 해놓으니까 외려 큰소리를 치네. 법에다 호소라도 해보고 어떻게 하든지 해야지."

씩씩거리는 이모를 대신해서 변호사 사무실로 심부름을 갔던 것이 인연이 되었다. 옆집에서 고소를 자꾸 하면 어쩔 수 없이 매장을 뜯어야 한다고 해서 결국 보름 동안이나 문을 닫고 주차장만큼 축소하는 공사를 다시 했다. 단장한 지 얼마 되지도 않은 멀쩡한 실내가 뜯겨지는 것을 지켜보는 이모의 마음은 자신의 살점을 도려내는 것 같았을 것이다. 매장이 줄어들면 전기세도 덜 나오고 음료 부문이 없어지면 아르바이트생을 덜 써도 되니까 운영이 좀 더 수월해질 거라는 위로와 체념으로 이모의 분노는 일단 수그러들었다. 하지만 언제 퇴직할지 모르는 이모부를 대신해서 노년 대비용으로 문을 열었던 빵집 때문에 오히려 노후 대책을 위해 모아놓은 돈만 날리게 되자 이모는 울상이 되었다.

"야, 빵집 함부로 할 거 아니다. 가만히 서서 빵만 팔면 될 거 같지? 그건 모르는 사람들이 하는 소리야. 빵 이름 외워야지, 가격도 알아야지, 카드마다 다른 서비스 종류 외워야지. 포인트 올려줘야지, 복잡한 게 한두 가지가 아니다."

어쨌든 계약기간 2년을 채워야 하는 데다 초기 투자 비용
이 만만치 않아서 이모는 울며 겨자 먹기로 빵집을 계속할
수밖에 없었다. 이모는 가게 때문에 손해를 봤다고 신세한
탄을 하지만 그녀는 이모 덕분에 로펌이라는 곳에 심부름을
가게 되었던 것이다. 그가 다니는 로펌은 변호사가 수십 명
이나 있는 그런대로 규모가 있는 곳이었다. 그는 처음부터
변호사를 지망했기 때문에 나름대로 자기 분야에 전문성이
있는 것 같았다. 그는 친절하고 자상했으며 상거래 관계와
계약 쪽을 담당하는 것 같았다.

변호사라는 후광에 끌려서 무조건 그가 좋게만 보이는 것
이 아닌가, 정선도 스스로를 점검해보기도 했다. 그러나 꼭
그것만은 아닌, 무엇인가 끌리는 것이 있었다. 부모님에게
는 뭐라고 말해야 하나, 서로의 관계가 조금씩 진전되면서
그것이 정선의 근심거리였다. 하지만 막상 그를 만나 보면
부모님도 호감을 가지게 될 것이라는 막연한 자신감이 있
었다.

"이모, 그 변호사 싱글이던데 사귀면 어떨까?"

정선의 조심스런 질문에 이모는 한참 동안 아무 말도 하지 않았다.

"글쎄, 요새 당사자가 좋다는데 누가 감히 말릴 수 있겠니? 사람은 정말 괜찮아 보이더라. 나이가 좀 걸리긴 한데, 남 주기엔 아깝고……, 이게 바로 계륵이라는 거야, 계륵."

이모의 그 말이 정선에게는 찬성한다는 소리로 들렸다. 그런데 막상 당사자는 아무런 제스처가 없는 것이다. 떡 줄 사람은 생각도 없는데 김칫국부터 마시는 형국이 되지 않을까, 우려 속에 정선은 이번 가을이 지나면 스물여덟이 되는 자신의 나이를 가만히 헤아려 보았다. 열세 살 차이, 기절초풍할 엄마의 얼굴이 잠시 정선을 어지럽혔다. 만남을 거듭할수록 어떤 식으로든 매듭을 지어야겠다는 초조가 정선을 엄습해 왔다.

"그 남자 어디에 이상이 있는 거 아니야? 성불구 그런 거 있잖아. 그 정도 나이가 들었으면 결혼을 서두르는 법인데, 이상하다. 직장 든든하겠다, 잘생겼겠다. 이상한 사람이 아니라면 그동안 주위에서 그런 일등 신랑감을 가만히 뒀겠냐? 요새처럼 골드미스가 지천으로 깔린 세상에."

정선의 고백을 들은 친구들이 저마다 열을 올렸다.

"아니면 무슨 사연이 있을 거야. 애인하고 헤어진 지 얼마 안 됐거나."

"야, 그 남자가 완벽해 보이면 너도 그만한 카드가 있어야 할 거 아니야. 하긴 젊음도 자산이지. 열 살이 넘는 나이 차이를 감수하겠다는 거니까."

약간 빈정거리는 투로 누군가 말했다.

"어쩌면 소극적 성격일 수도 있어. 그런 남자들은 여자가 먼저 리드해야 해."

"이 말 저 말 다 필요 없다. 네가 정말 이 남자다, 이 사람이 맘에 든다, 후회하지 않을 것 같다, 라는 확신이 들면 일을 확 저질러. 그게 제일 간단해. 가을 여행 가자고 해서 일을 벌여. 아이라도 덜컥 가지면 금상첨화고. 네 부모님의 반대부터 모든 것을 한 방에 해결할 수 있는 게 바로 임신하는 거야."

"너, 연속극을 너무 많이 봤구나."

까르륵, 숨이 넘어갈 듯 웃음소리가 요란했다.

"예전에는 속도위반하면 창피했는데, 요새는 뱃속에 애를 가지고 시집가는 게 제일 큰 혼수라잖아."

친구들이 깔깔대는 속에서도 정선은 일을 벌이라는 말에 귀가 번쩍 띄었다.

"난 직장 다니기 싫다. 어렸을 때부터 시집가서 살림하는 게 꿈이었는데, 나 같은 현모양처를 어느 놈이 빨리 안 데려가나."

"그러게. 요샌 남자들도 여자를 경제력으로 판단하잖니? 직장이 없으면 능력 없는 여자라고 아무도 쳐다보지 않는데, 뭘."

"우리 엄마들 시절이 좋았어. 아휴, 경제력이 없으면 미모라도 출중하든가 이것도 저것도 아닌 어정쩡한 사람들은 어떻게 하냐?"

웃음이 차차 한숨으로 바뀌어 가는 속에서 정선은 성훈을 잡아야겠다는 결심을 굳혔다.

성훈은 정선이 전화를 하면 늘 미소를 물고 만나러 왔다. 그런데도 항상 그 자리였다. 결혼하자는 말을 하기가 염치가 없어 그럴까, 그렇다면 여자 쪽에서 먼저 말을 건네는 것도 해결책이 될 텐데.

"성훈 씨는 여자들이 결혼하고 직장 생활 계속 하는 거 어떻게 생각해요?"

'씨'라는 말을 붙이기도 민망했지만, 아저씨나 오빠라고 부르기도 편치 않았다. 정선은 어린이 학원 강사를 하고 있는 자신의 처지를 빗대서 은근히 그의 생각을 떠볼 요량이었다.

"꼭 하고 싶으면 말릴 생각은 없지만 누가 그러던데, 여자 월급이 이백만 원 이하라면 집에 있는 것이 더 낫다고. 아이들 때문에도 그렇고……, 맞벌이 부부는 남자도 살림에 기여를 해야 하는데 사실 그것도 쉽지 않지. 직장에서 힘들게 일하고 집에 들어가면 집안 잘 정리하고 맛있는 밥을 해주는 상냥한 아내가 반갑게 맞아주는 게 남자들의 로망이지. 하지만 요새 누가 감히 그걸 강요하거나 바랄 수 있겠어? 특별한 경우를 빼놓고는."

"그럼 본인은 특별한 경우에 해당하나요?"

"…… 그렇게 하고 싶었지." 성훈의 목소리가 잦아들었다.

"혹시 여행 좋아하세요? 가을 여행 떠날 계획 없어요? 주

말을 이용해서 어딜 다녀오면 좋을 것 같은데."

정선은 명랑을 가장하며 어리광을 부렸다.

"어디 특별히 가고 싶은 데라도 있어?"

그는 정선이 장소만 결정하며 곧 데려다 줄 듯이 눈을 깜
박거렸다.

"그러는 성훈 씨는 가고 싶은데 있어요?"

"난 사실 서울을 떠난 적이 별로 없어서……, 가을이라,
그럼, 설악산엘 갈까?"

정선은 하루 만에 돌아올 수 없는 먼 곳이 적격이라는 계
산을 해 둔 터였다. 요새는 도로 사정이 좋아져서 설악산은
하루 만에 돌아올 수도 있다.

"설악산도 좋지만 수학여행으로 몇 번 가봤던 곳이라,
……제주도에 가면 산굼부리에 갈대가 장관이래요. 전국에
갈대로 유명한 곳이 신문에 났는데 장흥 천관산하고, 제주
도하고, 또 순천만인가, 하여튼 산에 있는 것은 갈대가 아니
고 으악새라고도 하던데요."

"제주도라……"그는 생각에 잠긴 듯했다.

"정말 가고 싶어?" 한참 만에 그가 물어왔다.

정선은 고개를 끄덕이는 것으로 대답을 대신했다.

"바쁘면 가까운 곳으로 드라이브나 가구요. 제주도엔 많이 가봤죠?"

"아니."

'그 나이에 아직까지'라는 말이 튀어나올 뻔했지만 정선은 정신을 가다듬었다.

"그럼 비행기는 타봤어요?"

그녀가 너무 진지하게 물었기 때문에 성훈은 큰 소리로 웃었다. 외국엔 여러 번 다녀왔는데 이상하게도 제주도에는 아직 갈 일이 없었다는 것이다.

"이번 기회에 한번 가볼까?"

성훈이 의외로 순순히 응해주었기 때문에 정선은 제주도로 여행을 갈 구체적인 계획을 세우기 시작했다. 2박 3일 정도면 금요일 오후에 떠나서 일요일에 돌아올 수 있을 것 같았다. 부모에겐 친구들과 놀러간다고 핑계를 만들어 두었지만 가슴이 두근거리다 못해 벌렁거렸다. 마침 성훈도 초행이라니, 마치 성훈이 일생에 첫 번째로 만난 여자가 정선이라는 착각이 들었다. 아마 공부하고 일에 파묻혀서 여자를 만날 기회가 없었겠지, 사귀던 여자가 있었느냐고 묻고 싶은 유혹이 들 때마다 스스로를 위안하는 말이었다. 하긴 그 나이까지 아무런 사연이 없다는 것이 더 이상한 일이 아닌가, 과거는 전혀 문제될 것이 없을 것 같았다.

나머지는 다 성훈이 알아서 예약했기 때문에 따로 신경 쓸 것이 없었다. 계획으로 그치는 것이 아니라 계획이 구체적으로 실행될 수 있다는 사실이 능력있는 사람과 보통 사람의 차이구나 싶었다. 누구처럼 평생 해외 여행 계획만 짜다 그만두는 것이 아니라, 갈까? 그 다음은 바로 티켓팅으로 이어지는 그런 실행력 말이다. 말이 곧 실행인, 친절하고 능력 있는 남자 하나쯤 평생 내 남자로 붙잡고 살 만하다는 친구들의 말이 실감났다. 금요일 저녁 비행기였기 때문에 우선 호텔에 짐을 풀고 토요일 오전부터 천천히 관광을 하기로 했다.

호텔 로비에서 성훈은 정선에게 방 키를 건네주었다. 막연하게 한 방을 쓰리라고 기대해 온 정선에게 방을 두 개 예약했다는 사실은 말할 수 없는 착잡함으로 다가왔다. 그래도 그 대목에서는 배려해주어서 고맙다는 듯이 예의 바르고 공손하게 열쇠를 받아들었다. 성훈의 방이 바로 옆이라는 사실이 약간의 희망을 품을 수 있는 가능성이었다.

"호텔보다는 바닷가 야경이 좋은 레스토랑으로 나가볼까? 바닷가 근처에 분위기 좋은 레스토랑들이 있다는데. 스파게티를 잘하는 이태리 레스토랑도 있고 와인과 해산물 샐러드가 유명한 지중해식 레스토랑도 있대. 인터넷에는 언덕 위에 하얀 집이라고 소개되어 있던데."

그는 열심히 정보를 수집해 온 것 같았지만 정선은 왠지 서운한 마음이 앞섰다. 여자가 먼저 안기겠다는데 뒤로 빼는 모양새는 무엇인가. 싫다면 분명히 싫다고 할 것이지, 여기까지 와서 각방을 쓸게 뭐람. 서운함이 지나쳐 창피스러운 마음이 들었다. 그녀는 고분고분 지중해식 레스토랑에 들어섰다. 입맛이 없다는 핑계로 크림 스파게티를 시켜놓고 그를 멍하게 바라보았다. 그는 메뉴를 뒤적이더니 그녀를 한번 바라보았다.

"아, 여기 크랜베리 푸딩이 있네."

그는 뜻하지 않은 곳에서 반가운 친구를 만난 듯 눈을 반짝이며 올리브 오일 스파게티와 함께 푸딩을 주문했다. 정

217

선은 디저트를 먼저 시키는 그의 습관에 기분이 상했지만 이번에는 아무런 내색도 않고 관대하게 웃어보였다. 그녀의 미소에 용기를 얻었는지 그는 초콜릿색 시럽이 반짝이는 푸딩을 정선에게도 한번 맛을 보라고 권하기까지 했던 것이다.

"저는 원래 주식부터 해결한 다음에 디저트를 먹어요. 어디까지나 디저트는 디저트라니까요."

앵도라진 정선의 표정에 그는 자세를 바로잡았다.

"요샌 디저트 레스토랑도 있어. 디저트 음식을 좋아하는 사람들도 꽤 많아. ……사실 내가 왜 디저트를 좋아하느냐 하면……, 물론 식사를 하고 나면 배도 부르고 디저트 맛도 떨어지긴 해. 또 디저트까지 다 챙겨 먹으면 열량이 과다 섭취되니까 체중 조절 문제도 있어서, 좋아하는 거 먼저 먹으려고 그러는 거야. ……그리고 이야기하기는 뭐한데……. 정선이 이해할지는 모르겠지만 나는 그 사건 이후부턴 좋아하는 일을 먼저 하자. 그리고 만나는 사람에게 최선을 다해 친절하게 대하자. 이 두 가지가 나의 좌우명처럼 되었어. 사실 오늘 만난 사람을 내일 또 만날지 아무도 모르잖아. 돌아

가다가 사고를 당할 수도 있고…….”

“어쩌다 일어날 수 있는 일을 너무 일반화시키는 것은 아닌가요?”

“그렇지만 그런 일이 실제로 일어나니까…….”

“……혹시 그 사건을 이야기해주시면 안 될까요? 지금의 설명만으로는 디저트를 먼저 시켜먹는 게 이해가 잘 안돼요.”

여자가 남자를 사랑하게 되면 그 남자에 관련된 모든 것을 알고 싶어진다는 말이 실감났다. 개입할 수 없었던 그 남자의 모든 과거까지도 질투하게 된다는 말이 사실인 것 같았다.

“별로 유쾌한 이야기가 못 되는데. 하지만 지금쯤은 정선에게 이야기를 해야 할 때가 된 것 같아.”

공연한 이야기를 꺼냈다는 후회가 일순 스쳐갔지만 그래도 알고 싶은 호기심이 더 크게 꿈틀거리는 것은 사실이었다.

“난 학창시절부터 사귀던 여자가 있었어. 사귀던 여자라고 하니 너무 일반된 느낌이야. 너무 평범하게 사귀던 여자라고 표현하는 내가 나쁜 놈이라는 생각이 들지만, 달리 표현할 재주가 없군. 복학한 후 같은 학년이었으니까 나보

다 세 살 아래였지. 명랑하고 재치도 있고 어쨌든 사랑스러
운 사람이었어. 도서관학과에 다니고 있었는데 고시실에서
근로 장학생을 하고 있었거든. 우리는 늘 도서관에서 만나
고 공부하고 같이 밥을 먹고……, 결국 잠자는 걸 빼놓고는
모든 생활을 같이 한 셈이지."

"그런데 왜 결혼을 하지 않았나요?" 결국 올 것이 왔구나,
하는 심정이 정선을 침착하게 만들었다.

"안 한 게 아니라 못 한 거지."

그는 쓸쓸하게 웃었다. 눈물을 흘리는 것보다 웃는 것이
차라리 더 진한 슬픔을 표현한다는 말이 틀린 말이 아니라
는 것을 정선은 그 때 깨달았다.

"사람이 완전히 으깨져서 죽는 게 어떤 것인지 상상할 수
있어? 너무 끔찍한 일이야."

그녀가 지진으로 무너진 건물더미에 깔린 영상을 떠올리
고 있는 동안 그는 악몽이 떠오르는 듯 눈을 감았다. 그의
애인이 죽었다는 말이 다른 사람과 결혼했다는 것보다는 안
심이 되었다. 하지만 이루어질 수 없는 사랑일수록 여운이
오래가고 추억이 깊다는 것을 정선도 알 만한 나이가 되어

한편으론 두렵기도 했다.

"그 해 고시 2차 시험을 치르고 합격의 소식을 기다리고 있었어. 그 애는 졸업하고 모교 도서관에서 수습직원으로 근무하고 있었지. 시험이 끝나면 갈 곳도 많았고, 할 일도 많았지. 나중에 하기로 미뤄놓은 일들이 얼마나 많았는지……, 그 앤 맛있는 거 먹으러 가자고 조르기도 했어. 시험 때문에 도서관에만 박혀 있다가 갑자기 세상으로 나오니까 현기증이 났어. 갑자기 시간이 무한대로 증폭되는 것 같아 적응이 안 됐지. 사실 그 때 나에게는 돈이 없었어. 그래서 나중에 돈 벌면 이것저것 해주겠다고 달래곤 했지. 영화 보는 것, 가까운 근교에 놀러가는 것, 그 정도만 내가 해줄 수 있는 한계였지."

그의 애인은 10월 21일 청량한 가을날 아침에 성수대교에서 떨어져 강물로 부서져 내렸다. 그 날은 금요일이었다. 그는 그녀와 주말여행을 가기로 하고 오후에 만나기로 되어 있었다. 그런데 왜 그녀가 그렇게도 이른 시간에 집을 나와서 하필이면 그 버스를 탔는지 그동안 수없이 되짚어 보았지만 알 길이 없었다. 고시에 붙으면 당당하게 결혼을 하자고, 돈을 벌면 많은 것을 해주겠다면서 그녀가 하고 싶다던 많은 일들을 제지했던 일이 얼마나 뼈를 에이는 고통이 되었는지, 그는 오래된 일을 어제 일처럼 생생하게 추억했다.

"사실 그 때도 통장에 돈이 좀 있었어. 그동안 과외 아르바이트도 했고 짬짬이 모아 두었던 돈이 아주 없지는 않았는데, 좀 더 모아서 확실하게 쓰고 싶었지. 그럴 줄 알았으면 맛있는 것도 많이 사주고, 더 잘해 주었을 것을……, 나중에 잘해 주겠다고 미루다가 그만 돌이킬 수 없는 변을 당하고 말았어."

오랜 세월의 풍상에 그의 상처가 무뎌졌을 법도 한데 그는 이제 딱지를 막 떼어낸 것처럼 아파하고 있다. 그들을 가로막고 있던 어떤 벽의 실체가 바로 죽은 그녀였다.

"그 다음부터 나는 좋아하는 일부터 하기로 작정했던 거야. 그래서 내가 좋아하는 디저트를 먼저 먹게 된 거고. 아니지, 처음엔 밥맛이 없어서 아무거나 먹었다고 하는 게 옳겠지. 남들이 이상하게 생각할지 모르지만 디저트를 먼저 먹는다고 남에게 해를 끼치는 것도 아니고 내가 좋아서 하는 일이니까, 상관없잖아."

정선의 머리가 쇠망치에 맞은 듯 멍했다. 그가 디저트를 먹는 습관을 이해하게 되었다 해도, 정선의 남자가 되기에 그는 너무 먼 곳에 있었다. 그는 정선의 남자가 아니라 아직도 죽은 여자의 애인이었다.

"디저트 먼저 먹는 습관은 못 고친다 해도 결혼은 해야 할 것 아닌가요? 그동안 집안에서는 가만히 있었어요?"

"그런 말은 하도 많이 들어서 이젠 면역이 됐어. 많은 사람들이 나서서 소개를 해준다고 법석을 부렸고 성화에 못 이겨서 맞선을 보기도 했는데……."

"다들 맘에 안 들었겠네요?"

"그런 게 아니고 내 마음이 준비가 안 된 거겠지. 막상 선을 보러 가면 공연히 죄의식이 들곤 해서. 물론 어떤 사람의 말대로 내가 죽인 것도 아니고, 내 잘못으로 그렇게 된 것도 아닌데. 지금 여유가 생기고 무엇인가 해줄 수 있는 여력이 있게 되니까, 그동안 나중에 해준다면서 못 해줬던 것들이 떠올라서 더 괴로워. 그래서 혼자 많이 돌아다니기도 했어. 같이 걸었던 곳이나 같이 갔던 음식점, 혹은 그녀가 가고 싶어 했던 레스토랑, 백화점 등. 사실 그 애가 제주도로 여행 가자고 졸랐었는데 가까운 곳으로 다녀오고 말았지. 자기 돈으로 가자고 했는데 내가 알량한 자존심 때문에 고집을 부려서 못 가게 된 거야. 그래서 그동안 제주도 여행을 꺼렸는지도 몰라."

"같이 여행을 다니기도 했어요?"

그 와중에도 정선은 그들의 관계가 어디까지인지 가늠해보고 싶었다.

"비교적 쉬운 곳, 예를 들면 부여 같은."

그는 고개를 끄덕이며 정선이 묻는 말에 순순하게 대답했다. 이 세상에 없는 사람을 향해서 슬그머니 질투가 나려고 했다. 아니 질투할 대상이 사라져버렸다는 것이 정선을 더욱 약 오르고 난감하게 만들었다. 결국 이 남자는 안 되겠구나, 아직도 그 여자에게서 벗어나지 못하고 있구나, 눈앞이 캄캄했다.

"그럼, 그 분은 지금 어디에 있어요?"

"뭐? 무덤을 말하는 거면 용인 공원묘지에 있고, 영혼은 천국에 있겠지. 그리고 다른 것을 묻는 것이라면, 즉 질문의 요지가 정확히 뭘 말하라는 건지…….”

화들짝 놀랐던 그의 눈이 목소리와 함께 감겨들었다.

“변호사도 말을 더듬네요.”

“…….”

일을 저지르겠다는 정선의 계획은 수정될 수밖에 없었다. 성훈의 죽은 애인의 환영과 함께 영원히 살 수는 없는 노릇이었으니까. 성훈이 예약해 놓은 호텔방에서 뒤척이던 정선은 그와 잠시 거리를 두어야겠다고 생각했다. 한동안 떨어져 지내면서 서로를 냉철하게 바라볼 필요가 있었다. 그동안 성훈의 태도를 미루어보면 만나는 사람에게 친절하자는 자신의 신조 때문에 정선에게 다정했던 것만은 아닌 것 같았다. 신조 이상의 감정이 흐르고 있었다. 그도 정선에 대해 예사롭지 않은 감정 때문에 혼란스러운 것 같았다.

제주도 여행 중에 아름다운 경치와 훌륭한 음식에 감탄을 보내면서도 정선의 마음은 여러 가지 생각들로 오락가락 복잡했다. 다음 날이라도 한 방을 쓰자고 하면 어떻게 대답해야 할까, 안 된다고 내숭을 떨까. 하지만 그는 다음 날도 ‘잘

자'라는 인사와 함께 그녀의 어깨에 가볍게 손을 얹었을 뿐이었다. 그의 손이 어깨에 닿을 때 그녀의 몸은 부르르 전율했다. 몸을 관통하는 전류가 찌르르 그녀의 감성을 흔들었다.

"다음 주엔 뭘 할 거예요?"

돌아오는 비행기 속에서 그는 정선의 물음에 선뜻 대답을 하지 않았다.

"대답하기 싫으면 안 해도 돼요."

정선이 화난 표정을 짓자 그는 정선의 손을 잡았다. 적당히 부드럽고 따뜻하고 큰 남자의 손에 정선의 손이 폭 안겼다. 손만 닿아도 감전이 되는 듯 가슴이 울렁거렸다.

"서울숲에 갈 거야. 거기에서 추모식이 열려. 성수대교에서 희생된 사람들의 가족들이 모여서. 점점 발길이 뜸해지긴 하지만, 꽃이라도 가져다 줘야지."

"사실 가족도 아니잖아요. 결혼도 안 했으면서……."

정선은 더 이상 참을 수 없었다. 그동안 이 남자를 놓고 허황한 기대를 품었던 것이 오히려 창피할 지경이었다. 이 남자가 나이만 먹었지 철이 안 들었네. 혼자서 분해 하다가 그 여자가 죽은 때가 지금의 정선의 나이쯤 되지 않을까, 그 생각에 이르자 몸이 덜덜 떨려 왔다.

공항에서 헤어진 후에 정선은 성훈에게 전화를 하지 않았다. 어차피 그와 맺어질 인연이 아니라면 서로에게 상처 주는 일 없이 깨끗하게 헤어지는 것이 현명한 일이다. 성훈이 보고 싶을 때마다 그렇게 자신에게 최면을 걸면서 쓸쓸한 가을이 지나갔다. 주변머리 없는 성훈 역시 정선에게 전화를 하지 않았다. 정선이 전화를 하면 반겨줄까, 그는 정말로 서울숲에 갔을까, 그가 먼저 한 번만이라도 연락을 해준다면…….

가뜩이나 짧은 가을은 오는 듯싶더니 바로 냉정하게 가버렸다. 쌀랑한 기온과 허전한 마음 탓에 정선은 남들보다 먼저 코트를 꺼내 입고 목을 움츠리면서 겨울을 맞이하고 있었다. 거리를 온통 뒤덮은 크리스마스트리의 휘황한 불빛도, 청계천과 시청 앞 광장을 불야성으로 만든 화려한 조명도 휑한 마음을 채울 수 없었다. 다른 무엇으로도 채울 수 없는 그 빈 곳은 오직 한 사람으로만 충족될 수 있을 것 같았다. 이게 사랑인가, 정선은 전화기를 꺼내 들었다. 사랑하는데 자존심이 문제 될 것이 없었다. 게다가 오늘은 크리스마스가 아닌가. 크리스마스 이브를 혼자 보낸 것만으로도 충분히 괴로웠는데, 한 해가 바뀌기 전에 연락을 해야 할 것 같은 조바심이 그녀를 재촉했다. 신호음이 가는 동안 긴장감이 돌았다. 전화번호는 바뀌지 않았는지, 그새 다른 변화가 일어났는지, 여러 가지 생각들이 한꺼번에 달려들었다.

"정선?"

전화를 받는 그의 목소리에 반가움이 묻어나왔다.

"어쩌면 그동안 한 번도 연락을 안 해요? 궁금하지도 않아요?"

정선의 어리광을 그는 웃음으로 받아주었다.

"크리스마슨데 다른 계획 있어요?"

그는 지금 용인에 있으니 곧 올라가겠다고 여느 때처럼 친절하게 대답했다.

"용인이라구요? 용인엔 왜요?"

이상한 느낌이 들었다.

"그냥 일이 좀 있어서."

"무슨 일인데요?"

"별일 아니야. 그냥 돌아다니고 싶어서……."

"추운데 실없이 돌아다니면 안 돼죠."

"크리스마스잖아. 쓸쓸할 것 같아서……."

"디저트는 디저트라니까. 디저트가 밥을 대신할 수는 없다니까요."

정선은 소리치며 휴대폰의 화면을 절망적으로 닫았다. 아직도 죽은 사람의 무덤가를 배회하다니, 괘씸했다. 화면의 빛이 꺼지고 액정화면은 다시 어두워졌다. 이 사람과는 도저히 불가능하다고 고개를 떨구는 순간, 화면이 빛을 발하며 문자 메시지가 나타났다.

'미안, 이제부턴 정말 디저트가 아니라 밥부터 먹을게. 마지막 인사를 하러 왔어. 이젠 다 잊을 거야. 성훈.'

화면 위로 굵은 눈물이 한 방울 툭 떨어졌다. 마침내 그가 돌아오고 있다.

상사화相思花

"그 박스는 뜯지 마. 내가 나중에 정리할 테니까."

최근에 평수를 좀 늘려서 이사를 하고, 아직 정리를 채 끝내지 못한 몇 개의 박스 중에서 유독 그 상자만을 짚어서 지나가는 말로 한 마디 한 것이 공연히 화를 자초하고 말았다. 나에 대해서 유달리 후각이 예민한 아내는 엘리베이터 앞까지 따라 나와 출근하는 나를 배웅하자마자 바로 그 박스를 뜯어보았던 모양이다. 나 역시 사무실에 도착한 후에도 어떤 이상스런 예감으로 종일토록 마음이 편치는 않았다. 하지만 그 박스는 신혼 때부터 한 번도 뜯지 않고 베란다의 창고 안에 방치해 두었던 것이므로, 새삼스레 아내의 관심을 끌지 못하리라는 근거 없는 믿음에 의지해 불안한 마음을 누르고 있었다.

그러나 퇴근해서 현관에 들어서는 순간, 내 눈 앞에는 박스 속에 고이 넣어서 테이프로 몇 번씩 봉해 놓았던 편지 묶음들이 풀어 헤쳐진 채, 아무렇게나 펼쳐져서 딩굴고 있었다. 어쩌면 아내는 편지의 내용들까지 이미 검토한 것 같았다.

순간, 사태를 어떻게 수습해야 할지, 아무런 생각이 떠오르질 않았다. 변명을 하자면 너무 길어질 것이고 또 내 심정을 아내가 헤아려 준다는 보장도 없을 뿐더러 어느 대목에서 아내의 부아를 돋우게 될지 모르는 일이었다. 그렇지만 나의 마음 한 구석에서는 아내로부터 드러내 놓고 따귀를 한 대 맞은 것 같은 모욕감을 억누르기 힘들었다. 그러면서도 아내가 의외로 냉정한 것이 오히려 마음에 걸렸다. 아내는 팔짱을 낀 채로 가만히 서서 짐짓 나에게 눈길을 주지 않았는데, 그녀의 자존심이 보통 여자들처럼 '바가지 긁기'를 허락하지 않는 것 같았다.

"이 박스 들고 내려가시죠."

아내는 흩어진 편지들을 주워 담으며 온기 없는 목소리로

말했다.

"이 저녁에 어딜……"

나는 공연히 버텨보려는 심산으로 입을 열었다가 아내의 손에 꼭 쥐어진 라이터를 보고 나머지 말을 목구멍으로 밀어 넣었다. 아내는 말없이 앞장을 서고 나는 거역할 수 없는 어떤 힘에 이끌려 박스를 들고 아내의 뒤를 따랐다. 아내에게 무슨 말을 해야 할지, 그리고 어떤 방책을 세워야 할지를 아주 잠시 동안 혼란스럽게 궁리했다. 그러나 일이 되어 가는 대로 맡기다 보면 무슨 대책이 생길 거라는 평소의 소신처럼 막연한 기대에 힘입어 아무런 저항도 못하고 아내의 뒤를 따라나서게 되었다.

아내가 아파트 뒷마당의 구석에다 박스를 내려놓게 하고 편지를 낱낱이 펼쳐 주면서 라이터를 내게로 내밀었을 때야 비로소 사태의 심각성이 피부에 와 닿았다.

"낮에 태워 버릴 수도 있었지만……, 당신이 직접 하세요."

아내는 이런 상황에서도 침착성과 그녀 특유의 온순함을 잃지 않았다.

올 것이 왔구나 싶어 나는 건네주는 대로 라이터를 받아 들었다. 이 상황에서 별 다른 대책이 생길 것 같지 않았다. 갑자기 절망감이 가슴을 후려쳤고 나는 이내 자포자기의 심정이 되었다.

"참, 승현인 어디 있어?"

나는 상황에 어울리지 않게 승현을 입에 담았다.

"낮에 고모가 데려 갔어요. 어머니가 보고 싶어 하신다면서……"

그러고 보니 아내가 오늘 저녁에 나와의 한 판을 단단히 벼르고 만반의 준비를 했을지도 모른다는 생각이 뇌리를 스쳐갔다. 모든 잘못이 순전히 내 쪽에 있기 때문에 애초부터 지게 되어 있는 싸움이었다. 나는 아내가 펼쳐 주는 대로 빛 바랜 편지지에다 마치 분신자살이라도 하는 심정으로 비장하게 불을 확 그어댔다. 바삭바삭하게 마른 종이의 한 귀퉁이에서 붉고도 투명한 주황색 불길이 일기 시작하더니 불꽃은 종잇장을 얄팍한 검은 재로 부서뜨리면서 다음 장으로 옮겨 붙었다.

나는 혀를 날름이며 춤추는 불꽃 위에다 아내가 펼쳐 주

는 대로 말없이 편지를 한 장씩 올려놓았다. 마치 신에게 거룩한 희생 제물을 드리는 사제처럼 아내와 나는 아파트의 한 귀퉁이에 쭈그리고 앉아서 자못 엄숙하게 의식을 거행하고 있었다. 편지 봉투에 불길이 옮겨 붙을 때, 우표의 색깔에 따라서 파랗고 노란 불길이 뿜어져 나오기도 하고, 초록색과 보랏빛 불꽃이 할랑이기도 했다.

"당신과 구체적으로 결혼 말이 오간 여자만 해도 여럿이더군요."

아내는 자신의 속마음을 내비치지 않으려고 어지간히 애를 썼지만 그녀의 목소리는 평소답지 않게 흔들리고 있었다. 무관심을 가장하여, 마치 잊고 있다가 이제 막 생각난 듯이 불쑥 말을 꺼냈지만 그녀의 말투는 이미 평정을 잃고 있었다. 이 말을 하기 위해서 아마도 그녀는 온종일 몇 번이나 비슷한 문구를 짜서 마음속으로 되뇌었을 것이다. 나는 아무런 대꾸도 하지 않고 아내가 내미는 편지를 받아서 불길 위에다 올려놓았다.

"굉장히 인기가 좋았었나 봐요. 그 많은 여자들 다 놔두고 하필이면 왜 나 같은 사람과 결혼했는지 모르겠네."

아내는 아까의 질문에 대한 최소한의 변명을 바라고 있었는지 아무 말도 않고 있는 나를 향해 빈정거리며 그 문제로 관심을 돌리려 했다. 그러나 어찌 한마디의 말로 나의 이 복잡한 심정을 설명할 수 있으랴. 그저 입을 다물 수밖에 없었다. 하지만 아무 말을 하지 않는 것이 아내를 더욱 짜증스럽고 초조하게 만들고 있었기 때문에 무엇인가 반응을 보여야 한다는 생각으로 나도 나름대로 쫓기고 있었다.

"인기는 무슨……, 그 당시에 할 일이 없으니까 이리 저리 쓸데없는 편지질이나 하고 있었던 게지."

나는 남의 일처럼 심드렁하게 대꾸했다.

"편지를 보니 당신보다도 주로 여자 쪽에서 더 적극적이었던 것 같아요."

아내는 나의 대답에 위안이 되었는지 목소리가 한결 누그러져 있었다. 하긴 그들에게로 보내버린 내 편지는 여기에 남아있지 않으므로 그렇게 생각하는 것도 무리는 아니었다. 그러면서도 그 저녁 안으로 한 상자의 편지를 몽땅 태워 버릴 양으로 아내는 쉬지 않고 편지를 펼쳐서 내밀었다. 아내는 자기 나름대로 편지를 여러 갈래로 분류를 해 놓은 것 같왔다. 결혼을 하자는 편지, 아무래도 당신을 사랑하게 된 것 같다는 등의 치기 어린 연애편지, 자잘한 일상 생활을 묻고 답하는 안부 편지, 그리고 그 시발점이 중학교 시절까지 거슬러 가는, 취미와 장래 희망 혹은 학교 생활들이 쓰여 있는 청소년기의 편지들로 대략 나누고 있는 듯했다.

그런 생각을 하게 된 까닭은, 편지를 태우면서 흘깃 보니 결혼 말이 오간 편지들이 제일 먼저 재로 사라지고 있었기 때문이었다. 결혼 말이 오고 가기는 했어도 그 여자들에 대한 기억은 감감하게 사라진 지 오래였다. 이따금 길을 걷다가 어느 모퉁이에서 그 여자들을 홀연히 만날 수도 있겠다는 생각을 막연히 품어본 적이 있기는 했다. 그러나 그녀들에 대한 추억이 내 마음을 후벼파거나 상처를 내지는 않았던 것이다.

마치 모닥불 앞에 사이좋게 앉아 있는 연인처럼 아내와 나는 편지들을 한 통 한 통 삼키는 불길에 눈을 고정시키고 있었다. 주위는 점차 어두워지고 놀이터 근처에서 자작자작 타는 불길에 깜짝 놀란 경비 아저씨가 달려 왔다가 우리의 심각한 얼굴을 보더니 아무 말도 않고 돌아가고 말았다.

말없이 편지를 받아 태우고 있던 나는 이러한 되먹지 못한 상황에 처하게 된 사실에 슬그머니 짜증이 나기 시작했다. 하지만 화를 터뜨릴 마땅한 구실이 없었기 때문에 잠자코 삭이느라 나름대로 무진 애를 써야 했다. 그나마 다행인 것은 이 편지 뭉치가 내가 쓴 것이 아니라는 점이었다. 물론 내가 먼저 여자들에게 결혼 운운하는 수작을 걸었을 테지만 상대방의 편지만 가지고는 그 당시 나의 상태를 아내가 속속들이 알 수 없으리라는 점이 그나마 한숨을 돌리게 했다.

한 상자가 좋이 되는 편지를 태우는 일만 해도 꽤 많은 시간이 걸렸다. 아마도 이 많은 편지들을 가려내느라 아내는 하루 종일 다른 일은 하지 못했을 것이다. 내가 생각해도 정말 많은 편지들이었다. 중학교 시절부터 시작해서 고등학교를 거치는 동안 공부는 하지 않고 편지질만 했다고 몰아붙여도 할 말이 없을 정도였다. 거기에다가 없는 영어 실력에 펜팔까지 한답시고 머리를 치렁하게 내려뜨린 외국 여자 아이의 사진까지 끼워 둔 편지도 있었다. 을지로인가 청계천에 있던 메아리 펜팔협회에 찾아가서 고른 편지였을 것이

다. 외국인과 펜팔 하는 것이 학생들 사이에서 유행이던 시절이었다.

"이것은 어떻게 할래요?"

아내가 그 사진을 보며 미안한 듯이 내게 물었다.

"어떻게 하긴, 태워 버려야지."

나는 짐짓 목소리에다 신경질을 얹어서 더욱 무뚝뚝하게 대답했다.

"당신 마음대로 해요. 내가 언제 꼭 다 태우라고 했어요?"

이번에는 아내 쪽에서 한풀 꺾였는지 저자세로 나왔다. 그러자 이상하게도 참았던 부아가 솟구쳐 올라서 나는 기다란 금발 머리를 내려뜨리고 웃고 있는 사진을 불 속에 던져 넣으면서 언성을 높이고 말았다.

"먼저 태우자고 한 게 누군데 그래? 시작을 했으면 끝을 봐야 할 거 아냐?"

불 속에 던져진 사진은 뜨거운 불길에 뒤틀리면서 우는 상으로 변하더니 곧 시커멓게 타들어 가기 시작했다.

"누가 언제 사진까지 태우라고 했어요? 왜 화를 내고 그래요? 정작 화를 낼 사람은 따로 있는데. 아주 국제적으로 놀고 있던데, 재미 교포와 결혼 말이 오간 편지들도 있더라구. 참 발도 넓으셔."

아내도 성깔을 꼿꼿하게 세우며 나를 노려보았다. 나는 아내의 말에 뜨끔해서 이번에는 상당히 누그러진 목소리로 대꾸를 했다.

"당신이 나의 젊은 시절을 송두리째 태우고 있는데 화가 안 나게 생겼어?"

"이게 당신의 젊은 시절이에요? 도대체 당신은 젊었을 때 편지만 쓰고 살았어요?"

"……."

"어쩐지 편지를 기가 막히게 잘 쓰더라니까, 결국 내가 그 편지에 넘어갔지만."

"그래도 당신에게 한 말은 진심이었어."

나는 아내를 자극하지 않으려고 될 수 있는 대로 진중하게 말을 받았다. 주황색 불길에 싸여 재로 변해 가는 편지들을 보면서, 기억 저편에 아스라이 묻혀 있던 과거의 토막들이 돌아올 수 없는 캄캄한 암흑으로 밀려들어가고 있다는 느낌이 들었다. 그러지 않아도 거의 잊힌 과거의 단편들이었다. 하지만 가물가물한 기억들도 편지를 다시 읽기만 하면 생생하게 되살아날 것 같았다. 언제고 마음이 내키는 때에 그 추억들을 다시 꺼내서 볼 수 있거니, 안심하고 모든 감정과 추억들을 모조리 편지 상자 속에 봉해 두고 있었다. 마음의 준비도 없이 갑자기 파헤쳐져서 이제 한 줌의 재로 변해 버린 추억의 흔적들을 바라보니 섭섭한 마음을 누를 길이 없었다. 박스 속에서 살아서 꿈틀대던 많은 말들이 살해되어 한 줌의 재로 화장되고 있는 중이었다. 이따금 한가할 때면 공상에 잠겨 박스 속에 들어 있는 편지의 주인공들과의 일들을 되새김질하면서 은밀한 기쁨을 느낀 것도 사실이었다. 이제 그 근원지가 사라지고 보니 갑자기 정신이 확 드는 생경한 느낌도 있었다.

"여기 무슨 필름이 있네요."

"그것도 불 속에 넣어 버려. 오래된 것일 거야."

"그래도 당신 사진도 들어있을 거 아니에요?"

"전에 초등학교 동창회에 갔다가 찍은 걸 거야. 필요 없으니 던져 버려."

"그래도, 사진이 무슨 죄가 있어요?"

아내는 필름을 뒤로 빼놓으면서 우물우물 말꼬리를 흐렸다. 아내의 목소리는 거의 평상시의 상태로 돌아와 있었다. 남들이 보았다면 부부가 사이좋게 무슨 쓰레기를 태우고 있다고 여길 정도로 우리는 나란히 앉아 편지를 태우고 있었다. 처음에는 긴장을 했다가 그 다음에는 나도 모르게 화가 치밀었지만, 편지를 거진 반 태워 버린 후에는 그 편지들을 건져 보겠다는 희망을 포기해서인지 이상하게도 마음이 차차 가라앉고 있었다.

"이제 그만할까요?"

내 눈치를 살피고 있던 아내가 불안했던지 먼저 나의 의사를 물어 왔다.

"아니야, 내친김에 다 태우자구. 얼마 남지도 않았는데……."

"그래도 나중에 내 청춘을 돌려달라고 할까봐 겁나네요. 기념으로 몇 장 가지고 있어요. 박스 속에다 꽁꽁 묶어서 숨겨 놓지 말고, 아예 당신 책상 서랍 속에다 넣어 뒀다가 흘러간 청춘이 그리울 때 간간이 읽어보지 그래요."

"그렇게 비비 틀지 말고 마저 태워."

"비꼬는 게 아니라 진심이라니까요."

아내는 무슨 마음을 먹었는지 마지막 한 움큼의 편지를 남겨 두고는 벌떡 일어섰다. 그리고 놀이터에서 모래를 쥐어다가 불 위에 뿌리더니 발로 비벼서 불을 꺼 버렸다.

"이까짓 편지 남겨두면 뭘 해? 태우는 김에 다 태우자니까."

"그래도 다 없애버리면 너무 섭섭하잖아요. 과거의 흔적이다 생각하고 놔두세요. 제일 건전한 것만 남은 걸요. 학교생활 어떠니, 공부 열심히 하자, 뭐 그런 내용인 것 같던데요. 그런 편지는 두고두고 읽어도 괜찮을 테니까."

나는 못 이기는 척 따라 일어서서 아직도 열기로 버석거리는 재를 다시 한번 지그시 밟아 주었다. 가슴이 떨려서 심호흡을 해야만 했다. 정말로 아내는 한 움큼의 편지들을 내게 돌려 주었고 미안하다는 말까지 덧붙였다. 하지만 아내는 내가 가장 아끼던 편지가 그 속에 있으리라고는 꿈에서도 생각하지 못했을 것이다.

아내는 열어서는 안 될 상자를 열어준 판도라처럼 상자속에 고요하게 잠들어 있는 추억을 흔들어 깨우는 과오를

저지르고 말았다. 나는 저녁을 먹는 둥 마는 둥 서둘러 수
저를 놓고, 할 일이 있다고 핑계를 대고는 편지 묶음을 들고
내 방으로 들어갔다. 아내는 설거지를 끝내고 아까의 일이
마음에 걸렸던지 커피를 끓여다 주면서 내 눈치를 살폈다.

"회사 일로 할 일이 좀 있으니 졸리면 먼저 자. 사실 읽어
보지도 않는 편지 다발이 처치 곤란이었는데 당신 덕분에
잘 처리한 것 같아. 나, 아무렇지도 않으니까 걱정 말고. 하
지만 내가 당신에게 썼던 편지는 절대로 태우면 안 돼, 알았
지? 나중에 승현이가 자라면 아빠가 엄마를 얼마나 사랑했
는지 보여줘야 하니까."

나는 아내의 손을 꼭 쥐었다. 아내는 책상 앞에 앉아 있는
나의 어깨를 가볍게 쓰다듬고는 방을 나갔다. 아내에게 한
말은 진심이었다. 좀 섭섭하기는 했지만 편지를 태우고 나
자 왠지 홀가분해졌던 것이다. 나를 보이지 않게 감고 있던
질긴 밧줄을 끊어버린 듯, 어떤 자유로움이 내 안에서 숨쉬
기 시작하는 것 같았다.

아내가 나간 뒤에 방문을 잠그고, 책상 서랍에서 불살라
질 위기를 모면한 편지 다발을 끄집어내서, 그 중에서 장혜

선이라고 쓰인 세 통의 편지를 찾아냈다. 오래된 편지 봉투는 누렇게 빛이 바래 있었으나 장혜선이라는 이름 석 자만은 나의 가슴속에서 금빛으로 또렷이 떠올라 왔다. 아내가 아무런 의심을 하지 않은 그 편지는 나의 고요한 기억의 샘물에 파문을 일으키면서 힘차게 파닥거렸다.

사실 곰곰이 따져 보면 혜선일 의식하지 않고 살았던 날이 단 하루도 없는 듯하다. 어쩌다 스쳐 지나가는 멋진 자동차의 여자 운전자가 그녀가 아닐까, 등산을 가거나 길을 다니면서도 그녀를 만나는 공상을 자주 해 보았고, 심지어는 붐비는 지하철 속에서도 그녀의 그림자를 나도 모르는 사이에 찾고 있었다. 그러기에 밖에서 생활할 때 약간은 늘 긴장했다. 지하철에서도 함부로 다리를 벌리고 앉지도 않았고 침을 흘리며 잠을 자지도 않았으며 식당에서도 단정한 자세로 식사를 했다. 어디선가 그녀와 마주치더라도 추한 모습을 보이기 싫다는 생각이 암암리에 나를 지배하고 있었다. 그러나 십여 년의 세월이 지나는 동안 같은 하늘을 이고 살기에 혹 우연히 마주치지 않을까 하는 헛된 기대는 한 번도 제대로 맞아 주질 않았다.

장혜선이와는 오학년, 육학년 때 내리 같은 반이었다. 어린 시절의 기억을 아름답게 미화하고 착색했다고 비난한대도 할 말이 없다. 유치한 말이기는 하지만, 그 애는 핏줄이 푸르게 드러나 보일 정도로 희고 고운 살결을 가지고 있었고 게다가 공부도 잘했다. 옷매무새도 단정해서 그 애를 생각할 때면 공주님이라는 말이 저절로 떠오르곤 했다. 그도 그럴 것이 그 애는 여름이면 레이스가 달린 흰 원피스를 입고 다녔는데, 진하고 긴 속눈썹을 내리깔고 글씨를 쓰고 있는 옆모습을 훔쳐보면 영락없는 공주님이 우리 교실에 와서 앉아있는 것 같은 느낌이 들곤 했다. 그 아이에 대한 인상을 한 마디로 말하면 눈이 부셨다는 것이다. 다른 아이들도 그렇게 생각해서인지 그 아이 앞에서는 약간은 긴장을 하게 마련이었다. 그러나 다른 아이들보다도 내가 가장 떨었던 것 같다. 큰맘을 먹고 그 아이에게 말을 걸면 장혜선은 아무렇지도 않게 생글생글 웃으며 대답을 했기 때문에 오히려 내 쪽에서 더 당황하곤 했다.

그러나 사람이란 묘한 동물이어서 말하지 않은 내면의 소

리도 곧잘 감지하는 능력이 있다. 그것을 예감이라고 한다면 그 당시 우리 반 아이들은 장혜선에 대한 나의 예사롭지 않은 감정을 예감하고 있었는지 '장혜선이와 안우진이는 신랑 각시래요' 하면서 짓궂게 놀려대었다. 나는 화들짝 놀라서 고개도 들지 못한 채, 아이들을 향해 주먹을 흔들어 보임으로써 무안한 표정을 감추려 애를 썼다. 은밀히 숨겨둔 속마음을 다른 아이들에게 들켜버린 것이 창피해서 죽을 지경이었다. 그러면서도 정말 그렇게 되었으면 하는 바람도 함께 생겨났다. 그러나 정작 장혜선은 입을 꼭 다물고 아무런 반응을 보이지 않았기 때문에 놀리는 아이들이 맥이 빠지고 말았다. 나는 사실 놀려대는 아이들보다도 아무런 반응을 보이지 않는 장혜선이 더 두려웠다. 감히 상대가 되지도 않는 나 같은 것을 끌어다 놀려먹어서 화가 났을까, 하는 걱정으로 그 애의 눈치를 보게 되었다.

그러던 어느 날 우리 반 남자 아이들은 한 시간 내내 엎드려뻗쳐를 하는 벌을 받게 되었다. 장혜선의 엄마가 예쁜 바바리코트를 입고 선생님을 찾아 온 다음에 벌어진 일이었다.

"혜선일 놀린 녀석들은 다 앞으로 나와!"

선생님의 호령에 아무도 앞으로 나서는 사람이 없었다. 한참 동안이나 자수를 권했는데도 불구하고 꼼짝 않고 앉아있는 아이들 때문에 선생님은 점점 더 부아가 나셨고, 마침내 남학생 전원이 운동장에 집합하게 되었다. 그리고 반성을 강요당하며 운동장의 모랫바닥에 엎드려서 단체 기합을 받았다. 쳐들고 있어야 할 엉덩이가 내려가는 사람에게는 몽둥이가 사정없이 떨어졌다. 나는 다른 아이들과 함께 기합을 받으면서도, 장혜선이 나를 싫어했기 때문에 집에 가서 이른 것이 아닌가 하는 생각으로 몹시 괴로웠다. 이 일 때문에 그 애가 나를 미워하지 않기를 간절히 바라면서 나는 기합이 힘들어서가 아니라 괜스레 서러워서 운동장의 모랫바닥에다 점점이 눈물을 떨어뜨렸다. 다행히 모두들 엎드려 있었기에 나의 눈물을 보지는 못했을 것이다.

그렇게 해서 초등학교를 졸업하고 중학생이 되었다. 한동안 새로운 생활에 적응하느라 아무 생각 없이 지내다가 중학교 3학년이 되자 불현듯 장혜선이 보고 싶어졌다. 장혜선의 소식은 엄마로부터 간간이 들어서 조금은 알고는 있었다. 엄마들끼리는 연락을 끊지 않고 있어서 가끔씩 그 아이의 소식을 바람결에 들을 수가 있었다. 하지만 엄마가 하는 말은 '여전히 공부 잘하고 있단다'는 말뿐이었고 그녀가 얼마나 자랐는지 어떻게 변했는지 정작 궁금한 내용은 모조리 빠뜨리고 있었다.

나는 혜선의 아버지처럼 우리 아버지가 대학 교수가 아닌 것이 불만이었고, 혜선의 엄마처럼 둘이 아니라 다섯이나 줄줄이 아이를 낳은 우리 엄마가 창피했다. 엄마는 공무원인 아버지의 벌이로는 많은 아이들을 가르칠 엄두가 나질 않는다며 끌끌대다가 홍제동 뒷골목에 마당이 넓은 허름한 집을 사서 여인숙을 차렸다. 그러다가 세월을 잘 만나서 여인숙은 오층 건물로 바뀌었고, 도로가 확장되는 바람에 여인숙 건물은 모텔이라고 간판을 갈아붙이고 맨 앞줄로 나앉게 되었던 것이다. 그래서 일층에는 커피숍을 겸한 레스토랑까지 들어서게 되었다. 덕분에 의대 다니는 큰형과 공대에 막 입학한 작은형, 고등학생이던 누나와 나 그리고 내 동생까지 아버지의 얄팍한 월급봉투에 기대지 않고도 걱정 없이 학교에 다닐 수가 있었다. 그러나 나는 혜선일 생각할 때면 모텔을 한다는 것이 항상 창피했다.

중학교 3학년 때 몇 날을 두고 고민한 끝에 나는 혜선에게 편지를 쓰기로 작정을 했다. 그것이 한 박스나 되는 편지질을 시작한 시초였던 것이다. 앨범을 뒤져서 혜선의 주소를 찾아내었고 엄마를 통해서 넌지시 혜선이 아직도 거기서 산다는 사실을 알아내게 되었다. 그것을 알아내기 위해서 나는 이리 저리 머리를 써서 어머니에게는 아무렇지도 않게 보이면서도 그 말이 나오게끔 유도했다. 그리고는 떨리는 가슴을 간신히 누르면서 혜선에게 편지를 썼다. 내용이라고는 나를 기억하고 있는지, 학교생활이 어떤지, 취미가 무엇인가를 묻는 것뿐이었다. 하지만 그 편지를 보내 놓고 몇 날을 남모르는 설렘 속에서 지냈고, 학교에서 돌아오자마자 식구들 모르게 편지통을 열어 보는 습관까지 붙게 되었다. 쉽게 답장이 오리라고는 꿈도 꾸지 않았지만 그 애의 답장을 받는 장면을 상상하는 것이 하루의 일과가 되어 버렸다. 편지를 보낸 지 열흘이 지났을까, 어느 날 편지통 속에 들어 있던 한 통의 편지 겉봉에 '안우진에게'라고 쓰인 글씨를 보았을 때, 나의 기쁨과 놀라움은 언어의 한계를 초월하는 것

이었다.

나는 그 편지를 남이 볼세라 몰래 싸안고 방으로 돌아와서 문을 잠갔다. 그 때는 동생과 함께 방을 쓰고 있었기 때문에 동생이 없는 틈을 타서 문을 잠그고 들어앉은 것이었다. 장혜선은 아무렇지도 않게, 마치 오랫동안 소식을 주고받았던 사이처럼, 편지를 잘 받았고, 학교생활도 그럭저럭 잘해 나가고 있으며, 그 당시 유행처럼 취미로 우표를 모으고 있노라고 썼다. 그리고는 잘 지내기를 바란다는 말을 덧붙이고 편지를 끝맺었다. 아무런 내용이 없는 이 편지는 바로 그 이유 때문에 불길에 싸일 운명에서 벗어나게 된 것이다.

나는 형의 우표책을 뒤져서 제일 괜찮아 보이는 우표들을 골라 셀로판지로 곱게 싼 다음에, 나에게 두 장씩 있는, 여분의 것을 보내 준다는 거짓말까지 섞어서 혜선에게 보내고 말았다. 당시에는 그 우표 때문에 형에게 얻어맞는 것 따위는 조금도 겁나지 않았다. 편지를 보낸 지 한 달이 다 되어 갈 무렵, 혜선은 우표를 잘 받았다며 고맙다는 인사를 했고 자기는 보내 줄 것이 별로 없어서 미안하다며 학교의 수돗가 옆의 라일락 나무에서 땄다는 라일락 꽃잎 말린 것을 함께 넣어서 보내 왔다. 나는 그 연보랏빛 꽃송이를, 나를 좋아하는 혜선의 마음으로 이해하고 싶었다. 그래서 행여 말린 꽃이 부서질세라 일기장의 속표지에다 스카치테이프로 꼭 붙여 두었다.

그렇게 두 번의 편지를 받고는 고등학생이 되었다. 나중에 알았지만 엄마는 내가 혜선에게 편지를 했다는 사실을 알고 있었다. 혜선이 내 편지를 받고는 자기 엄마에게 답장을 쓸까 하고 물었고, 혜선의 엄마는 네 마음대로 하라고 대답하고는 우리 엄마에게 넌지시 알려 주었던 것 같다. 혜선이 불광동에 있는 고등학교에 배정을 받았다는 소식을 들었다. 나는 사직공원 근처에 사는 그 애가 날마다 홍제동을 지나다닌다는 사실에 약간은 흥분했다. 운이 좋으면 한번 만나 볼 수도 있고, 아니면 버스 차창으로 지나치는 모습이라도 바라볼 수 있지 않을까 해서 가끔 정거장에서 지나가는 버스들을 한동안 서서 바라본 적도 있었다.

공부를 하라는 엄마의 등쌀에도 아랑곳없이 공부는 뒷전에 팽개쳐 두고 나는 혜선일 자연스럽게 만날 수 있는 기회를 찾느라 머리를 짰다. 그러다가 생각해 낸 것이 6학년 때 우리 반의 아이들을 모아 반창회를 여는 것이었다. 몇몇 동창들을 부추겨서 창경궁에서 반창회를 가지자는 합의를 본 후에, 내가 연락을 맡기로 했다. 혜선에게도 연락을 하기는 했지만 과연 그 애가 나와 줄까 하는 것이 커다란 의문 사항이었다. 사실 혜선이만 만날 수 있다면 다른 아이들은 아무래도 좋은 심정이었기 때문에 나는 혜선과 가깝게 지내던 경인에게 편지를 해서 마음에도 없는 안부를 묻고 반창회에 꼭 나와 줄 것을 부탁했다. 물론 넌지시 둘러서 혜선일 꼭 데리고 나오라는 암시를 했건만 경인이가 그 뜻을 알아들었는지는 알 수 없는 일이었다.

어쨌든 여름의 느낌이 물씬한 6월의 화창한 일요일에 창경궁에서 가진 반창회에 장혜선은 나오지 않았다. 그 애를 만나기 위해서 머리를 짜내어 만든 모임이었는데, 아무런 보람이 없이, 다른 아이들의 왁자한 수다 속에서 나의 마음은 허망하게 무너져 내리고 말았다. 그동안 몰라보게 자란 여자 아이들과 남자 아이들이 서로 인사를 나누고, 각자의 이야기에 정신을 팔고 있었다. 내 귀에는 아무 말도 걸리질 않았고 혜선일 데려오지 않고 달랑 혼자서 나온 경인이가 얄미워지려고 하는 판국이었다.

그 후에 혜선에게 몇 번인가 더 편지를 썼다. 그러나 답장이 오지 않았다. 혹시 이사를 갔나 해서 은근히 엄마에게 혜선이네 집 이야기가 나오도록 유도해 보아도 그런 내색은 없었다. 혜선의 소식이 궁금하기도 하고 혜선에 관한 것이라면 같은 소리를 백 번을 듣는대도 지루할 것 같지가 않았다. 그래서 경인이나 재옥이 등 혜선과 연락을 하고 지낼 만한 여자 아이들에게 편지질을 시작했던 것이다. 물론 그 여자 애들이 나의 속마음을 눈치채지 않도록 하기 위해서 더 많은 말들이 필요했다. 그래서 편지는 자꾸만 길어지고 또 잦아졌다. 그 수많은 말들의 덩굴 속에 혜선에 대한 집요한 나의 관심의 뿌리가 도사리고 있다는 것을 그 아이들은 눈치채지 못했을까.

그러면서 세월이 흐르고 지지부진한 성적으로 고3의 문턱을 넘고도 가끔씩 혜선이 어떤 모습으로 변해 있을까 몹시 궁금했다. 지난 번 반창회에 혜선이 나오지 않았기 때문에 입었던 상처가 아물어 가자 다시 한번 반창회를 열어야겠다는 생각이 머리를 쳐들었다. 이번에는 창경궁이 아닌 모교 교실에서 6학년 때 담임선생님을 모시고 공식적으로 열기로 작정을 했다. 나의 모교는 사립학교이기 때문에 선생님들이 다른 학교로 전근을 가지 않는다는 장점이 있었다. 스승의 날, 수년 만에 선생님을 찾아가 뵙고 계획을 말씀을 드렸더니 대단히 반가워하셨다.

그래서 나는 '선생님을 모시고'라는 글귀에다 힘을 주고 장혜선에게 편지를 보냈다. 바쁜 고3 생활이지만 시간을 쪼개어 서로 얼굴도 보고, 고달픈 고3 생활을 서로 위로하고, 못 뵈었던 선생님을 만나는 자리에 꼭 참석을 했으면 좋겠다는 의사를 간곡히 적었다. 그리고 현충일 오전 10시에 모교의 6학년 3반 교실에서 모임을 가진다는 소식을 알렸다.

남모르는 기대와 설렘 그리고 말할 수 없는 불안감 속에서 그 날을 손꼽아 기다렸다. 어찌나 신경을 썼던지 삶은 콩에서도 싹이 틀 지경이었다. 그 날 정말 꿈을 꾸고 있는 것처럼 혜선이 나타났다. 그리고 아무렇지도 않게 나를 쳐다보고는 "우진아, 그동안 잘 있었니?"라고 인사를 했다.

순간 온몸에서 맥이 빠져 달아나는 느낌이었다. 그동안이라니? 그 괴롭고 길었던 나날들을 혜선은 그동안이라는 말로 간단히 처리하고 있었다. 나는 정신을 수습해서 아주 자연스럽게 웃어 보이기까지 했지만 등줄기에서 식은땀이 흐를 만큼 긴장하고 있었다.

혜선은 초등학교 때보다는 살이 올라 있었고 얼굴색도 약간 검게 그을린 듯이 보였지만 내 눈에는 여전히 화사하게 피어난 복숭아꽃이나 청초하게 핀 사과나무꽃처럼 보였다. 경인이나 재옥이가 와서 아는 체를 했고 여자 아이들은 자기들끼리 모여서 이야기를 나누고 남자 아이들은 그들대로 킬킬거리며 서로가 변한 모습에 놀라고들 있었다. 이십 명 가까이 참석한 그날의 모임에 선생님은 대단히 흡족해 하셨다. 다 큰 제자들의 모습이 대견해서 점심으로 자장면을 시켜 주시겠다고 자청을 하실 정도였다.

"혜선이도 왔구나."

혜선이의 손을 잡아보시는 선생님의 말투는 그 날의 자장면이 혜선의 덕인지도 모른다는 생각이 들게 할 정도로 사랑에 넘쳐 있었다. 교실은 크게 변한 것이 없었다. 뒤의 게시판에는 언제나처럼 솜씨를 자랑하기 위해 아이들이 그린

수채화들이 걸려 있었고 화분의 위치까지도 별로 바뀐 것이 없었다.

"선생님, 정말 변한 것이 없네요. 우리도 저런 화분을 놓고 그림을 그렸었죠?"

나는 마치 세월이 흘러가지 않고 그대로 멈춰 버린 듯한 착각이 들어서 선생님께 여쭈었다.

"그랬어? 비슷하게 생기기는 했지만 너희 때 있던 것은 아마도 군자란이거나 아마 다른 난초의 일종이었을 거야. 이건 다른 거야, 상사화라고. 최근에 구한 건데, 아직 꽃은 안 피었지."

선생님이 미소를 한껏 지으며 말씀하셨다.

"그래요? 생긴 거는 꼭 난초를 뻥튀기해 놓은 것 같은데요."

"그래. 우진이가 보긴 잘 보았다. 그래서 개난초라고도 부르지. 원래 이름은 상사화인데 수선화과의 꽃이란다. 왜 상사화라는 이름이 붙었는 줄 아니? 저 잎이 모두 지고 나면 비로소 꽃대가 올라와서 꽃을 피운다. 잎이 지고 나서 꽃이 피기 때문에 잎과 꽃이 서로 만나질 못해. 견우와 직녀처

럼 잎과 꽃이 그리워하기 때문에 상사화라고 부른대. 슬픈
의미에서는 이별초라고도 해. 보통 상사화라고 부르는 것들
은 꽃무릇이라는 다른 종류고, 이게 진짜 상사화야. 그리고
꽃이 있으면 열매가 맺히는 법인데, 이 꽃은 열매를 맺지 못
한대요. 좀 별난 꽃이지? 나는 이 꽃에 아주 흥미가 많단다.
왠지 이루지 못한 꿈이 오랜 세월 동안 쌓이고 닦여서 아름
다운 꽃으로 피었다가 세상에 살았던 흔적도 남기지 않고
미련 없이 떠나는 것 같아서 말이야. 내 나이가 되면 뭔가
아스라한 옛 추억이나 빛바랜 기억 같은 것이 소중하게 여
겨지거든. 그래서 너희들이 이렇게 찾아 준 것이 더없이 기
쁘고……."

　선생님은 빙긋이 웃으셨지만 나는 충격과 두려움에 말을
잃을 지경이었다. 세상에 상사화의 꽃과 잎처럼 비껴가는
인연들이 있다니. 그리고 살았던 자취조차 남기지 않고 사
라지는 꽃이 어떻게 멸종되지 않고 살아남아 있는 것인지.

　점심을 마치고 교실을 정돈하고 나서 준비해 간 카메라로
그 날의 모습을 담기 위해 밖으로 나갔다. 운동장에서 학교
교사를 배경으로 해서 동창생 전원이 선생님과 기념 촬영을

하고 각자 둘씩 셋씩 짝을 지어 사진을 찍었다. 혜선과 여자 아이들이 함께 서 있는 사진도 찍었다. 나는 물론 혜선이하고 사진을 찍고 싶었지만 차마 입밖에 내지는 못하고 마음에도 없는 경인이며 수경이며 재옥이 등과 번갈아 가면서 사진을 찍었다. 그러자 누군가 혜선일 왜 빼놓느냐고 퉁을 주었다. 멋쩍게 서 있는데 "혜선아, 이리 와" 하는 소리가 들리고 혜선은 내가 다른 여자 아이들이랑 사진을 찍던 벤치에 와서 내 곁에 앉았다.

혜선이가 내 옆에 앉아서 웃으며 카메라 렌즈를 바라보고 있는 동안 나는 거의 숨이 막혀서 죽을 지경이었다. 혜선과 단 둘이 사진을 찍는 데 성공했다는 기쁨을 느낄 사이도 없이 가슴이 어찌나 두방망이질을 치는지 심장 뛰는 소리가 그 애에게 들릴까봐 걱정이 되었다. 몸과 마음이 모두 해이해지기 쉬운 여름철이고, 긴장이 풀어지기 쉬운 시기가 되었으니 마음의 고삐를 당겨라. 남은 고3 생활을 새로운 각오로 임하기 바란다는 선생님의 간곡한 당부를 끝으로 그날의 모임은 막을 내렸다.

나는 혜선과 함께 찍은 그 필름을 현상소에 맡기고 나서,

사진을 찾기로 한 사흘 동안을 거의 흥분 상태에서 보냈다. 자연스러운 혜선의 모습에 비해서 웃음을 지으면서도 표정이 굳어 있는 나를 느낄 수 있었다. 나는 그 사진을 책상 속 깊이 감추어 두고 아무도 없을 때 방문을 걸어 잠근 채 몰래 꺼내보곤 했다.

그러다가 여름 방학이 되어 정말 대학에 가야만 혜선일 또 만날 수 있을 것이라는 생각에 공부를 하기로 결심을 하고 머리를 박박 밀어 버렸다. 그동안 놓쳐버린 공부를 뒤늦게 따라 잡으려고 밤늦게까지 과외다 학원이다 쫓아다니며 안간힘을 썼지만 그 잃어버린 시간을 보충하기에는 힘이 부쳤다. 더구나 책상 속의 혜선의 사진 때문에 정신이 한군데로 모아지질 않았다. 그렇다고 사진을 버릴 수도 없는 일이어서 혜선의 얼굴이 나온 사진을 모아서 혜선에게 보내 주었다. 나에게는 필름이 있으니 언제라도 사진관에 가서 현상만 하면 혜선의 얼굴을 다시 볼 수 있으리라. 그렇게 해서 사진을 보내 주어서 고맙다는 혜선의 세 번째 편지를 받게 되었다. 물론 혜선은 열심히 공부하자는 말과 원하는 대학에 합격하기를 바란다는 말도 잊지 않았다.

나는 일차 대학에 실패하고 턱걸이로 이차에 합격하여 지방으로 내려가면서 어머니를 통해 혜선이 소위 명문대학에 합격했다는 소식을 들었다. 재수를 시켜봤자 별 진전이 없을 것이라는 식구들의 판단 하에 어머니와 두 형이 지방 대학에라도 들어가야 한다고 강력하게 나를 밀어붙였다. 물론 그동안의 노력에 대한 당연한 결과였지만, 서울을 떠나 충청도로 내려가야 하는 내 마음은 대학의 차이만큼 혜선과 멀어질 생각으로 착잡했다. 그녀는 나와는 달리 더욱 높은 곳을 향해 가고 있었다. 아마도 대학을 졸업한 후에는 유학을 가게 될 것이고, 그 때는 내 손이 닿지 않는 아주 먼 곳으로 떠나 버릴 터였다.

부모의 간섭이 없는 지방의 자취 생활은 묘한 매력이 있었다. 어머니는 방을 하나 얻어 주고는 혀를 끌끌 차고 올라가셨다. 밤새도록 몰려다니며 술을 마시고 포커 판을 벌려도 누구 하나 간섭하는 사람이 없었다. 그리고 지방의 여학생들은 서울에서 내려온 학생들에 대해 일종의 경외심을 가지고 있었기 때문에 손닿는 곳에 데이트 상대는 얼마든지 있었다. 그러나 미팅을 하거나 여학생과 함께 차를 마실 때도 마음 속 깊이에선 혜선에 대한 갈망이 살아서 꿈틀댔다.

그럭저럭 2학년을 마치고 나서 권태로운 대학 생활에 잠깐 쉼표를 찍고 군에 입대하기로 하였다. 같은 과 친구들과 서클의 선후배들이 앞을 다투어 송별회를 열어 주었지만 돌아오는 발걸음은 늘 쓸쓸했다. 대학생이 되고 나서는 혜선에게 편지를 쓸 용기가 나질 않았다. 다만 혜선과 왕래가 있을 것 같은 경인이나 재옥에게는 가끔 편지를 썼고 그녀들은 꼬박 꼬박 답장을 보내 주었다.

혜선을 가슴에 묻어둔 채 군대에서 첫 번째 휴가를 받아 집에 오면서 나는 어떻게 해서든 혜선일 만나고야 말겠다는 결심을 단단히 했다. 몇 날을 궁리한 끝에 혜선이 살고있는 사직동 근처의 지하 다방에서 전화를 걸었다. 혜선의 엄마는 반가워하며 식구들의 안부를 두루 묻고는 혜선을 바꾸어 주었다.

"너 군대갔다면서? 우리 엄마가 그러시더라. 고생 많겠구나."

나는 순간 화가 치밀어 올랐다. 혜선이 나에 대해서 전혀

긴장하지 않고 있다는 사실이 모욕처럼 느껴져서 얼굴이 후 끈 달아오를 지경이었다.

"나, 너희 집 근처에 있어. 버스 정류장 지나서 길모퉁이 에 있는 내자 다방 알지? 거기 있으니까 좀 나와 봐."

홧김에 용기를 내서 말을 하고는 그녀의 대답을 기다렸 다. 잠시 침묵이 흐르는 시간이 어찌나 길게 느껴지던지. 그 녀는 가만히 있더니 알았다고 했다.

정말로 혜선은 잠시 후에 다방 문을 밀치고 들어왔다. 긴 머리를 뒤로 늘어뜨리고 흰 셔츠에 청바지를 입고 빨간 운 동화를 신은 채로. 그리고 잠시 두리번거리더니 내게로 곧 장 걸어 와서는 맞은편에 자리를 잡았다.

"야, 머리 깎으니까 정말 군인 아저씨 같다."

혜선이 손 빗질로 머리를 뒤로 넘기면서 웃었다.

순간 갑자기 비참한 생각이 들었다. 나는 너를 만나기 위 해 몇 날을 궁리하고 거울 앞에서 몇 시간이나 보내고 이 자 리에 왔는데, 너는 전화를 받자마자 평소의 모습대로 아무 렇지도 않게 운동화를 꺾어 신고 나오다니. 너에게 있어서 나의 존재는 그렇게도 대수롭지 않은 것인지.

"학교 생활은 재미있니?"

하지만 나는 마음에도 없는 말을 묻고 있었다.

"그냥 그렇지. 매일 데모다 뭐다 해서 수업도 제대로 되질 않구. 나는 뭐가 뭔지 모르겠어. 하지만 닭장차에 끌려가는 애들 보면 왠지 미안한 기분도 들고……."

혜선이 심드렁하게 대답했다.

"대학 졸업하면 뭐 할 거니? 대학원에 갈거니?"

"졸업하려면 아직 일 년 가까이 남았으니까 생각 좀 해 보고. 지금 생각 같아선 그렇게 할 것 같아."

얼마나 별러 오다 만난 자린데, 겉도는 대화를 나눈 채 헤어져야 한다는 절망감이 나를 아프게 몰아쳤다.

"미팅 많이 해 봤니? 남자 친구는 있고?"

나는 좀 더 본질적인 질문으로 들어가고 있었다.

"응, 몇 번 해 보긴 했어. 남자 친구라면 좀 뭣하지만 가끔 만나는 사람은 있어."

나의 감정을 조금도 고려하지 않고 아무렇지도 않게 하는 그 말이 날카로운 비수가 되어 나의 마음을 사정없이 찔러 댔기 때문에 내 얼굴에서 핏기가 싹 가셨는데도 혜선인 전혀 눈치채지 못한 듯했다.

"뭐 하는 사람인데?"

나는 아무런 감정도 내보이지 않으려고 목소리를 짐짓 명랑하게 꾸며서 물었다.

"복학해서 지금 4학년이야. 같은 학교 경영학과 다니는 사람인데, 친구가 소개시켜 줬어. 몇 번 만났는데 사람을 편하게 해주더라. 별로 특별한 점은 없고. 참, 너는 식품공학과 다닌다면서 재미있니?"

"할 수 없이 거기까지 간 거지, 재미는 무슨? 그리고 지금은 학생이 아니라 국토방위의 신성한 의무를 수행하는 몸이야."

이대로 헤어질 수는 없다는 불안감에서 혜선일 더 붙잡아둘 구실을 찾아내느라 나의 머릿속은 복잡했다.

"나, 군대에서 첫 휴가 나왔는데, 설마 이대로 보내지는 않겠지? 여기 오래 앉아 있었으니까 그만 자리를 옮기자."

순간 혜선의 얼굴에는 당혹감이 스쳐갔지만 내가 워낙 강경하게 나갔기 때문에 그녀는 얼떨결에 따라 일어서고 말았다. 그리고 그녀는 카운터에 가서 커피값을 계산했다. 아마 그녀는 가볍게 커피 한잔 마시고 들어갈 요량으로 나온 것 같았다. 그러나 나는 절망감에서였는지 아니면 혜선에 대한 엇나가는 심사가 작용해서였는지 될 대로 되라는 식으로 그녀를 재촉해서 근처의 레스토랑으로 찾아 들어갔다.

저녁을 먹기에는 좀 이른 시간이었지만 그 집에서 제일 비싼 음식을 시키고, 휴가 온 군인에 대한 예우라며 맥주도 한 병 시켰다. 나의 강청으로 그녀는 마지못해 맥주를 한 잔 비웠고 어쩔 수 없이 나의 포로가 되어 내 앞에 앉아 있었다. 그녀에게 미안한 마음이 잠시 들었지만 곧 통쾌감이 대신 그 자리를 갈아들었다. 나는 맥주를 한 병, 또 한 병 시켜서 나 혼자 따라서 마셨다. 그러는 나를 보고 혜선은 가만히 있었다. 나는 혜선 앞에서 흠뻑 취해서 울고 싶었다. 그동안 묻어 두었던 가슴 속의 말들을 쏟아내고 싶었는데 이상하게도 정신은 더욱 또렷이 살아나서 그러는 나를 막고 나섰다. 혜선은 망연하게 약간은 근심스러운 듯이 나를 바라보았다. 그녀의 그런 모습을 보자 나도 모르게 심사가 더욱 뒤틀려서 마음에도 없는 투정을 부리고 말았다.

"혜선아, 오늘 저녁은 네가 사는 거야. 휴가 온 군인 친구

에게 저녁 사 주는 게 민간인들의 몫 아니니?"

혜선은 아무 말도 하지 않고 눈을 내리 깔고 탁자의 모서리를 손톱으로 긁고 있었다. 하마터면 나에게 돈이 있다고, 사실은 너에게 저녁을 사주고 싶어서 이리로 데리고 온 것이라는 말이 튀어나올 뻔했다. 하지만 그녀를 보는 순간 휴가를 나온 나에게 그녀가 정말 저녁 한 끼쯤은 대접해야 한다는 억지가 생겨났던 것이다. 그녀는 카운터에서 돈을 지불하더니 나가자고 했다.

"미안해. 다음에 휴가 때는 내가 정말 근사한 저녁 사 줄게."

그녀는 대답은 하지 않고 제 발끝을 내려다보면서 보일락 말락 하게 웃었다.

"괜찮아. 그나저나 너 취해서 집에 갈 수 있겠니? 택시 잡아줄까? 아직도 홍제동에 살고 있니?"

"내가 홍제동에 사는 것도 기억하고 있었니?"

"그럼, 내가 바보니? 네가 나한테 편지도 여러 번 보냈었잖아. 그리구 나 고등학교 때 불광동으로 학교 다녔잖니. 버스 타구 지나가면서 너를 본 적도 있어. 언젠가 인왕 모텔인가 거기서 나오더라."

"그럼 부르지 그랬어?"

"차 속에서 다른 아이들이 다 쳐다보는데 어떻게 불러? 그것도 모텔에서 나오는 애를, 안 그래?"

혜선이 이번에는 나를 보고 배시시 웃었다.

그게 혜선일 본 마지막이었다. 제대하고 복학을 하고도 한동안 뜸을 들이다가 용기를 내서 혜선의 집에 전화를 걸었다. 지나가는 인사치레로 졸업한 지가 언젠데 시집도 못 가고 있느냐고 농담을 했다.

"글쎄 말이야. 더 있다간 너한테 노처녀 소리를 들을까봐, 다음 주 토요일에 시집간다. 꼭 와."

"뭐? 상대가 누군데? 혹시 그 때 말했던 그 사람 아니야?"

"그래 맞아. 별걸 다 알아맞히네."

나는 망치로 한 대 얻어맞은 듯이 정신이 마뜩했다. 혜선인 아무렇지도 않게 자기의 결혼 소식을 알리고 있었다. 거기다가 꼭 오라고까지 하면서.

"나, 아무래도 못 갈 것 같아. 리포트도 써야 하고, 복학하고 보니까 그동안 머리에 녹이 슬어서 그런지 머리가 잘 돌

아가지 않거든. 그래서 다른 사람들보다 더 바쁘다."

나는 먹혀들어 갈 것 같지도 않은 변명을 늘어놓았다.

"바쁘긴 뭐가 바빠? 누군 대학 안 다녀 봤나, 뭐. 그래, 정 바쁘면 할 수 없지. 경인이도 온다고 하기에 겸사겸사해서 오라고 한 거니까 너무 부담 갖지 마."

"그런데 너는 대학원 다닌다면서 어떻게 결혼을 하니?"

나는 그 애가 대학원 졸업할 때까지는 결혼을 하지 않을 것이라고 마음을 턱 놓고 있었기 때문에 충격이 더욱 컸다.

"논문만 남아서 괜찮을 거 같아."

그러고 나서 무슨 말을 하고 전화를 끊었는지 지금도 생각이 나질 않는다. 나는 그 길로 충청도 자취방으로 내려가서 근 한 달 동안 서울에 오지 않았다. 결혼식에 다녀오신 어머니 말로는, 혜선이가 자랄 때 보면 못해도 판사나 의사, 아니면 굉장한 집안으로 시집을 갈 줄 알았는데 평범한 회사원에게 시집을 가더라고, 아이가 보기보다 의외로 소탈한가 보다 했다. 혜선의 부모는 사윗감이 썩 마음에 차지는 않았지만 딸이 좋다고 하고 또 남자가 성실해서 장래를 믿고 결혼을 허락했다고. 남자 쪽에서 조그마한 시영 아파트 전세를 얻었다는 것을 보니 재력이 없는 집에 시집을 가나 보다고 혀를 찼다. 가만히 있으면 제 엄마가 좋은 데다 중신해서 보내 주었을 터인데, 혜선이 연애를 한답시고 아무래도 손해를 많이 본 것 같다는 말도 무심코 덧붙였다.

그 후에 나는 경인이나 재옥에게 더 이상 편지를 쓰지 않았다. 대신 오다가다 만난 수많은 여자들에게 유치한 연애편지를 쓰기 시작했다. 의대, 공대 나와서 제 앞길을 척척 헤쳐 가는 형들과 달리, 하는 일마다 시원치 않은 나 때문에 골치가 아팠던 어머니는 차라리 재미교포 여자에게 장가를 들어 멀리 가서 살라는 말까지 했다. 그래서 소위 국제적인 혼담의 편지들이 오고 가기도 했던 것이다.

그러나 그 이름조차 아스라한 수많은 여자들에게 사랑한다는 등의 유치한 연애 감정을 노골적으로 드러내는 숱한 편지를 썼던 것은 일종의 자학이었다. 혜선에게 한 번도 드러내지 못했던 속마음을 다 끄집어내어서 많은 사람들 앞에서 갈가리 찢어 난도질을 하고 천박하게 헤집는 행위에 불과했다. 그런 식으로 나 자신을 학대하면서 세월을 보내다가 나이 삼십 줄에 들어서야 겨우 마음을 잡았다. 거기다가

운이 좋게 괜찮은 회사에 취직을 해서 어머니의 근심 하나를 덜어 드렸고 어머니가 등을 떠다미는 대로 맞선을 봐서 참한 아내와 결혼도 했다. 행여 빗나갈까 봐 걱정했던 아들이 정상 궤도로 돌아오는 듯하자 반가운 마음이 앞선 어머니는 내가 결혼을 하자 형들에게도 아껴 두었던 작은 아파트를 내 이름으로 등기해 주었다.

혜선 엄마에게 결혼 소식을 알리자 혜선 엄마는 대뜸 "우진이가 경인이하고 결혼해요?"라고 물어서 어머니를 당황하게 만들었다고 했다.

"경인이 때문에 네가 공부도 안 하고, 그렇게 멀리까지 대학을 가게 된 것도 억울한데……, 혜선네 집에서는 네가 경인이하고 결혼하는 줄 알았단다. 그 계집애 때문에 네가 맘을 못 잡고 내 속을 끓인 걸 생각하면, 그 앨 어떻게 며느리로 보겠니? 네가 얼마나 경인이, 경인이 했으면 혜선이가 제 엄마한테 네가 경인이랑 결혼할 거라는 말을 했겠어? 어쨌든 이제 다 지나간 일이니까 이렇게 웃으며 옛 이야기를 한다."

어머니는 나의 결혼에 몹시 흡족해서 연신 싱글거리면서

그 이야기를 전했다. 나는 다시 한 번 충격으로 몸을 가누지 못할 지경이었다. 이제 겨우 간신히 잠재운 혜선에 대한 미련이 다시 고개를 쳐들었던 것이다.

한 번만이라도 그녀를 향해 손을 내밀었었다면, 어쩌면 혜선이가 내 손을 잡아 주었을지도 모른다는 회한이 아프게 가슴을 쳤다. 그녀는 그렇게 높은 곳에 있지도 않고, 아주 먼 곳에 있지도 않았다.

나는 혜선이와 둘이 찍은 그 필름을 불빛에 비쳐 보았다. 겨우 두 사람의 형체만이 간신히 윤곽을 드러내고 있었다. 내일이라도 사진관에 가서 맡기기만 하면 한 시간도 못되어 선명한 색채로 살아날 것이었다. 아내와 함께 아들을 낳고 오순도순 일상의 재미를 느끼면서 살아오고 있던 터에, 아내가 풀어헤친 편지 상자로 인해 나의 옛 상처는 다시 더치고 있었다. 도대체 혜선의 존재는 나에게 무엇이었던가. 그녀는 손에 잡히지 않는 막연한 그리움이었나. 아니면 젊은 날, 내가 만들어낸 환상이었나. 그것도 아니라면 이루지 못할 꿈이었던가. 내 곁에 앉아서 사진을 찍던 그녀는 다른 사람이 아닌 바로 나 자신이 아니었던가.

아마 이런 저런 생각 끝에 화장실에 다녀오기도 하고 커피를 한 잔 더 마시기도 하다가 책상에 엎드린 채로 잠이 들었던 것 같다. 아침 식사를 준비하러 일찍 일어난 아내의 따뜻한 손이 어깨에 가만히 얹히는 느낌에 나는 눈을 번쩍 뜨며 일어났다.

"일이 그렇게 많았어요?"

"아니야, 별로 많지 않아서 다 했는데. 어떻게 하다 보니 나도 모르게 깜박했군."

"어떡하죠? 잠이 부족할 텐데. 이대로 회사에 가면 피곤하겠어요."

"아니야. 잠을 많이 잤다니까. 일을 끝내 놓고 자니까 오히려 더 상쾌한 걸."

나는 일어서서 기지개를 크게 펴 보였다. 아내는 다행이라는 듯이 고개를 끄덕이며 방을 나가려고 했다. 나는 아내의 손을 잡고 아침 햇살처럼 환하게 미소를 지었다.

"어제 당신의 행동이 옳았어. 그리고 밤에 생각한 건데……, 어제 태우다 만 편지를 아무래도 마저 태우는 것이 좋겠어."

"당신의 청춘을 태운다고 화낼 때는 언제구요?"

아내는 입을 삐죽하며 살큼 웃었다.

"내가 마저 태우고 올께."

나는 책상 속에 넣어 두었던 한 움큼의 편지를 가지고 놀이터 뒤뜰로 나갔다. 하지만 마지막 순간에 혜선의 편지 세 통과 필름이 아까운 생각이 들었다. 만약 그 필름을 태우면 영원히 혜선의 얼굴 윤곽조차 기억나지 않을 것 같았다. 잠시 숨결을 가다듬다가 나는 편지 뭉치에다 확 불을 질렀다. 아침 햇살에 빛이 바랜 노오란 불꽃은 편지들을 할금할금 훑으며 재로 만들고 있었다. 손이 가늘게 떨렸다. 마침내, 넘실대는 불꽃 속에다 마지막으로 혜선의 편지 세 통과 필름을 던져 넣었다.

지중해

"난 언제나 지중해의 파아란 물을 그리며 살았다. 실제로 지중해를 본 건 마흔여덟 살 때니까, 오십이 다 될 때까지 마음속에 지중해를 품고만 있었던 거지. 실제로 보면 실망스럽지나 않을까 하는 두려움이 그렇게 망설이게 했을지도 모른다. 그런데 막상 가 보니까 내가 그리던 모습과 별 차이가 없더라.

그래, 끝 간 데 없는 수평선이며 눈에 가득 차 오던 하늘 바다……, 하늘과 바다의 경계가 스러지고 그냥 같은 색이더라. 참 색깔이 곱기도 하지. 그림엽서에 박혀있던 모습보다 더 시원스럽더라구. 물색이 너무 짙푸르면 뭐랄까, 그 밑에 어떤 침침하고 우울한 세계가 숨겨져 있을 것 같은

데⋯⋯, 물속의 모래까지 알알이 비추어 낼 듯 경쾌한 느낌의 바다였어. 아주 맑고 상쾌하지. 마치 영혼까지 비추어 낼 수 있을 것처럼."

선생님은 거품이 스러진 맥주잔을 다시 잡았다.

"그런데 왜 하필이면 지중해를 그토록 그리셨어요?"

약간은 실없는 질문이다 싶으면서도, 동해도 아니고 남해도 아닌, 본 적도 없는 지중해를 그토록 애틋하게 그리워했다는 대목에서 그렇게 묻지 않을 수 없었다. 나도 몇 년 전에 논문의 자료를 구하러 프랑스에 갔던 길에 지중해를 보기는 했다. 푸른 물 위에 나비 같이 떠 있는 하얀 요트며 눈부신 햇살이 폭포처럼 쏟아져 내리던 아름다운 해변에서 그 여유로운 풍경에 감탄하고 부러워도 했지만 그렇다고 내 것이 되지도 않을 것을 평생토록 마음에 품고 다닐 생각은 없었다. 나만 그런 생각을 했던 것이 아니라 말을 내지 않았을 뿐이지 그 자리에 동석한 선배 교수며 다른 사람들도 선생님이 그토록 지중해에 애착을 가졌다는 게 궁금하기는 마찬가지였을 것이다.

"글쎄, 그걸 말로 어떻게 설명하겠냐만 일단 이름이 멋있

지 않아? 지중해, 이름 그대로 육지 가운데 들어있는 바다. 바다가 그렇게 육지 깊숙이 들어와 있을 수가 있니? 지도를 놓고 보면 생긴 게 마치 어머니의 자궁 같기두 하구. 마치 생명의 원천처럼 그 바다 둘레에 유럽과 아시아와 아프리카 대륙이 자리 잡고, 그리스와 로마의 문명 그리고 이집트의 문명이 꽃피지 않았어? 터키 제국도 융성했었고 말이지. 인류의 모든 문화와 문명이 지중해를 중심으로 활짝 피어났다고 해도 과언이 아니지. 기후도 좋고 땅도 비옥하고 또 전해오는 말에 따르면 원래 지중해 사람들은 지성인이란다. 뭐랄까, 지구상에서 인간이 살 만한 가장 이상적인 장소라는 생각이 들었어. 좀 촌스럽게 들릴지 몰라도 '유토피아' 말이다. 이제 와 생각하니 땅으로 둘러싸인 가운데 그토록 깊고 파아란 바다가 자리 잡고 있다는 것이 꽉 막힌 듯한 내 젊은 날의 어떤 희망처럼 여겨졌다고나 할까? 만약 지중해가 닫혀 있는 호수였다면 그렇게 마음이 끌렸을지 모르겠다. 어쩜 환상이었는지도 모르지, 하하하. 너희들 나이에 지중해라는 말을 들으면 가슴이 막 뛰질 않니? 아무렇지도 않아? 하긴 너희들은 부모를 잘 만나고 시절을 잘 만나서 일찍들 건너가서 공부를 했으니 두고두고 그리워 할 틈도 없이 지중해를 먼저 보아버린 탓도 있겠구나."

세 번째 논문 심사를 마치고 심사위원들과 저녁 식사를 하면서 이런 저런 문제점을 주고받던 딱딱한 분위기가 갑자기 주심인 지도 교수의 지중해 이야기로 인해 봄바람에 눈 녹듯 풀어지기 시작했다. '박사 학위 받기 전날과 학위 받은 다음날의 실력 차이가 얼마나 나더냐? 학위라는 게 이만하면 앞으로 학문을 할 바탕이 되었다는 것을 증명해 주는 증서에 불과한 것이지'라는 선생님의 말씀을 기화로 논문 이야기는 접어두고 다른 이야기로 넘어가게 되었다. 심각한 표정들이 풀어지고 활기가 생기면서 분위기가 화기애애하게 되자 오히려 당사자인 나는 갑자기 송구스러워 좌불안석이었다. 본교의 교수님들은 십여 년간 얼굴을 맞대 온 터였고, 다섯 명의 심사위원 중 한 분은 다른 대학교수여야 한다는 조건도 형식만 갖추었을 뿐 선배였기 때문에 우리 과에서 가장 연로하신 선생님은 별 거리낌 없이 말을 놓으셨다. 요사이는 대학에서 깍듯하게 교수님이라고 부르지만, 본인이 직명인 교수보다는 '선생님'이라는 호칭을 좋아하셔서 모두들 그렇게 부르고 있었다.

　십여 년 전에 내가 대학에 입학할 때만 해도 중후한 중년
이었던 선생님은 얼굴 여기저기에 검버섯이 피고 머리숱도
많이 줄어든 데다 그나마 검은 머리는 거의 찾아볼 수가 없
는 '노신사'가 되어 있었다. 선생님은 첨단의 문학 이론을
기대하던 불문과의 젊은이들에게 「도르젤 백작의 무도회」
만 10년 넘게 강독을 하신다든지 「소설미학」이나 재미없는
「문학사」 강의만을 고집하신 것 때문에 나를 포함한 대다수
의 학생들은 그 시간을 그저 학점이 후하게 나오는 강의쯤
으로 밖엔 인식하질 못했다. 소리는 크게 지르셔도 마음이
약해서 학점은 잘 주셨고, 시험을 못 봐도 출석만 완전하게
하면 B학점은 보장되었으며 군대를 갔다 온 복학생들에게
는 취직해서 먹고 살아야 한다며 대개 별탈이 없으면 A학점
을 주셨기 때문이다. 또한 선생님은 지나치게 까다로울 정
도로 정확하게 해석을 시키면서, 단어 하나에도 특별한 뉘
앙스를 부여하면서 눈을 부릅뜨고 야단을 치셨다. 그런데
야단을 친 뒤에는 다시 경직된 분위기를 무마하려는 듯이

헛웃음을 과장되게 웃으셨기 때문에 선생님을 무서워하는 학생들은 별로 없었던 것 같다. 그러다 보니 진도가 어찌나 느리게 나가는지 한 학기 내내 원서 이십 쪽을 읽기도 벅찼다. 더 솔직하게 이야기하자면 학생들 사이에선 실력 없는 구닥다리 교수로 치부하는 분위기가 팽배했다. 어쨌든 선생님은 세련된 불문과의 소설 전공 교수로 인식되질 않았다는 이야기다.

사실 학부 졸업 때에는 제출한 졸업 논문에 띄어쓰기라든지 표현이 틀린 곳만 빨간 볼펜으로 체크해서 돌려 주셨고, 석사 학위 논문 심사 때는 몇 줄의 표현을 문제 삼는 것에 그쳤다. 그걸 부러워하는 친구들도 있었지만 동료들 간에는 불만이 많았다. 다른 지도 교수들처럼 작가를 선택하는 일에서부터 읽어야 할 책까지 구체적으로 지도해 주기는커녕, 박사 논문 때문에 상의를 하러 갔을 때에도 어느 작가에 대해서 공부를 할 것인가 묻고는 열심히 해보라는 말만 하셨다. 좋을 대로 하라는 식이어서 한편으로는 편하면서도 모든 것을 혼자 알아서 해야 하기 때문에 논문의 모양새가 제대로 갖추어질까, 다소 불안한 마음이 있었다. 논문에 대해

물으면 일단 다 써 가지고 와서 이야기를 나누자고 하실 뿐이었다. 이미 학위를 받은 선배의 말을 빌리면 그렇게 방임을 해 두다가도 정작 논문 심사를 할 때는 서슬이 시퍼렇게 야단을 치더라고 했다.

처음에 논문의 초고를 완성해서 약속 시간에 댁으로 가지고 갔을 때 책장으로 빙 둘러싸인 서재의 가운데 자리 잡은 앉은뱅이책상 위에는 얌전하게 깎은 과일 접시와 따끈한 녹차 잔이 놓여 있었다. 사모님은 어느 방에 계신지 기척도 없었다. 불광동 주택에 사실 때만 해도 연구비를 탄 돈으로 증축한 미니 이층에 방이 딱 하나 있었는데 선생님은 그 방에 '인간 살롱'이라는 이름을 붙였다. 설이다 추석이다 우르르 몰려다니면서 가지고 간 술이 다 떨어지면 광에 담가 놓은 매실주 항아리를 사모님 모르게 슬쩍해 오라고 특사를 보내기도 했는데, 그 때도 사모님은 계속 빈대떡을 부쳐서 내보낼 뿐 주방에서 나와 보시지도 않았다. 그러다 두 노인이 살기에 불편했는지 학생들이 뻔질나게 드나들던 인간 살롱이 있는 집을 처분해서 목동의 아파트로 이사를 하셨다. 선생님 성품으로는 아파트에 사시는 것이 어울리지 않았으나 춥지 않아서 좋다는 말씀을 자주 하셨다.

"집사람이 요샌 교회가 어딘가를 간다구 나갔다. 늙은이들 둘만 있으니까 적적할 것도 같아서 동네 사람들과 어울리라고 그냥 놔뒀지. 아주 심하게 빠지지 않고 심심풀이로 다닐 것 같으면야……."

선생님은 말을 끊었다. 이따금 강의 시간에 교회 이야기만 나오면 결기를 세워서 눈을 부릅뜨고 야단을 하시던 모양이 새삼스러웠다.

"참, 큰따님이 브라질로 선교하러 가셨다면서요? 고생이 많으시겠네요."

"고생은 뭘, 다 저 좋아서 하는 일 아닌가? 누가 시킨 일이라면 몰라도."

"아직도 큰따님이 목사님에게 시집간 것이 못마땅하세요?"

"내가 뭣 때문에 남의 자식이 못마땅하겠니? 우리 애 하는 짓이 맘에 안 드니까 하는 소리지. 서양화를 전공하고 대학원 공부까지 한 애가 원 세상에. 사실은 얼마 전에 돌아왔어. 아들 하나 있는 게 중학교에 들어갔는데, 과외 시킬 형

편도 못되는 거 같고, 그냥 두고 보자니 답답하고. 나도 모르겠다. 안 보는 게 속 편하지."

큰따님의 이야기를 선생님은 한마디로 일축하시고는 새빨갛게 줄이 그어진 논문을 내어 놓으셨다. 그날 두 시간 가까이 무릎을 꿇고 앉아서 논문의 내용을 잠깐 언급하신 것 외에 학문하는 자의 자세와 몸가짐 그리고 인간의 양심에 대한 설교를 장시간 듣고 발에 쥐가 날 지경이 되어 자리에서 일어났다. 그래도 그 날은 '가면假面' 이야기를 안 하신 게 다행이었다. '인간은 누구나 가면을 쓰고 사회 생활을 한다. 그래도 자신이 가면을 썼다는 사실을 아는 사람은 언젠가 벗을 수가 있다. 그러나 가면이 너무 착 달라붙어서 가면을 쓴 사실조차 망각하게 되면 가면을 벗을 수 없기 때문에 정말로 위험한 인간이 된다'라는 요지의 이야기를 선생님은 언제나 처음 하듯이 힘주어 말씀하시곤 했다.

다행히 그날은 외국 문학을 하기 전에 우선 한국어를 제대로 정확하게 쓰는 훈련을 하라는 말씀과 배은망덕한 선배들에 대한 이야기가 이어졌다. 아마도 두 노인만 지내시기가 상당히 쓸쓸하셨던 모양으로 그동안 공들인 제자들이 자주 찾아뵙지 않는 것에 대해 '괘씸죄'를 적용하신 것이었다. 한두 번 들은 소리가 아니었으므로 그냥 네네 건성으로 박자를 맞추는 것 외에 내가 할 수 있는 일이 따로 없었다. 그러면서도 한편으로 선생님은 뭘 그리 대단한 연구를 하셨다고……, 유명하지도, 잘 팔리지도 않는 책 몇 권 쓰신 것 외에 인생에 이렇다 할 만하게 남긴 게 뭐가 있다고 그러시나 하는 생각이 뒤꼭지에 늘 붙어 있었다.

그러나 집에 돌아와 논문을 펼치는 순간 페이지 구석구석을 접어서 일일이 체크하고 보완 사항을 적어 놓으신 알뜰함에 왈칵 미안한 생각이 들었다. 이걸 읽으시느라 얼마나 수고를 하셨을까, 십여 년 가까이 선생님께 지도를 받아 오면서도 솔직히 말하면 내 스스로 알아서 했다고 생각했던 것이 부끄럽게 느껴지는 순간이었다. 아니 십여 년 만에 처음으로 선생님이 내게 알뜰한 관심을 보여주신 증거였다. 그런 식으로 세 번이나 거듭 검토를 받고 논문은 심사에 올랐다. 개인적으로는 심하다 싶은 소리를 예사롭게 하시던 선생님이 막상 논문을 심사하는 자리에서는 민망할 정도로 내 편을 들어주시는 것이 야단을 치는 것보다 더욱 견

디기가 어려웠다. 다른 부심들의 지적 사항에 대해 '내가 그렇게 하라고 지도했다' 아니면 '이 정도 했으면 되었다, 다른 사람도 마찬가지일 것이다'라는 식의 논지로 밀고 나갔기 때문에 오히려 연소한 다른 심사위원들은 맥이 풀릴 지경이었다.

"논문 심사를 법정에 비유한다면 다른 부심들은 검사에 해당할 것이요, 논문을 지도한 나는 변호사에 해당할 것입니다. 박사 논문이라는 게, 이만하면 학문하는 자세가 확립되었다는 의미에서 통과시키는 것이지, 특별히 독창적인 논문을 써야 하는 것은 아니라고 생각합니다."

이렇게 서두를 떼고 심사를 시작하니 자연히 김이 빠질 수밖에 없었다. 그동안 냉정한 편이던 선생님으로부터 기대 이상의 변호를 받고 보니 황송하기도 하고 사람이 변하면 죽는다는데 하는 생각으로 불안하기도 했다.

"내가 너한테 해준 것이 없잖니? 또 그만하면 논문도 웬만큼 썼고. 아무튼 꾸준하게 열심히 공부해야 한다. 내가 너한테는 야단도 많이 쳤지만 그건 지도할 때나 그렇지, 다른 사람들 앞에서도 그렇게 뭐야. 나이 삼십이 훌쩍 넘은 애들을 데리고……, 문학이라는 게 결국 사람 사는 이야기 아니냐. 소설이나 논문이나 우선 편하게 읽혀야 되는 거고. 한국 사람이니까 국어 문장을 정확하게 쓰는 훈련을 하고 소설을 한번 써 봐라. 너는 문장력이 있는 거 같더라. 공부도 좋아하는 거 같고. 뭐니 뭐니 해도 문학은 좋아서 해야 한다."

심사가 끝나고 식사하러 가기 전에 연구실에 잠깐 들렀을 때 선생님은 덤덤하게 말을 하시더니 어서 나가 보라고 등을 돌리셨다. 하긴 선생님은 나에게 해 준 것이 없는 정도가 아니라 다 된 일도 안 되도록 방해를 놓은 장본인 아닌가. 학부 시절에 학교 신문사에서 논문 현상 공모를 한 적이 있었다. 상금이 한 학기분의 등록금에 해당하는, 거액이라면 거액이었다. 마침 신군부가 들어서서 뜬금없이 과외를 금지시켰기 때문에 대학생들의 삶은 팍팍해졌다.

나도 예외가 아니라서 내심 등록금 문제가 절실했다. 그래서 공부를 핑계로 열심히 논문을 썼다. '아이덴티티'라는 제목으로 까뮈와 앙드레 지드, 그리고 생텍쥐페리의 소설을 통해서 정체성 혼란과 확립의 문제를 다루었다. 당시, 나 자신이 어떤 사람인지, 스스로 혼란했기 때문에, 이를테면

'나'를 규정하고자 하는 욕구가 논문에 더욱 몰두하는 동력이 되었다. 그랬는데, 결과는 낙방이었다. 여러 작가의 소설과 연구서들을 읽느라고 거의 날밤을 새우는 날이 많았다. 나 스스로 정체성 문제에 몰입하고 있었기 때문이었다.

"너는 건방져. 임마, 한 작가를 평생 해도 모자라는 판에 덜컥 세 사람을 잡아? 그것도 대가를? 겁도 없이. 사실, 네가 당선되었다. 신문사에서 연락이 왔어. 그 학생 논문이 제일 뛰어나다구. 그런데 내가 안 된다고 했지. 당시 신문사 주관이던 영문과 조 박사가 다시 생각해 보라고 나한테 몇 번인가 전화를 했는데, 내가 결사반대를 했다. 지도 교수로서 학생을 그렇게 키우면 제가 잘난 줄 알아서 안 되는 거야. 끓기도 전에 넘치는 격이지. 그때 아마 신학과 학생에게 상이 돌아갔을 거다."

박사 과정에 입학해서 논문 주제를 상의하러 갔을 때 교수님이 꺼낸 말은 나에겐 충격이었다. 지도 교수가 학생을 키우는 게 아니라 죽이는 거였다. 당시 나에게 상금이 얼마나 필요했는데, 그리고 학문적 소양이 부족한 나 자신에게 얼마나 실망하고 좌절했는지……, 첫 단추를 잘못 끼어서인지 그 다음부터 나에겐 상이란 상은 모조리 비껴갈 뿐 아니라 그 흔한 대학의 연구비 한번 제대로 걸리지 않았다.

그날 저녁 논문을 부드럽게 통과시킬 요량이셨던지 선생님은 혈압 때문에 평소에 삼가고 있던 약주를 자청해서 드시며 분위기를 풀어보시느라 힘겨운 노력을 하시는 것 같았다.

"지금은 저세상 사람이 된 영문과의 모 교수와 그전에 마장동 시외버스터미널엘 갔더란 말이야. 그런데 버스가 한참이 지나도 떠날 생각을 하질 않는 거야. 나는 그러려니 하고 앉아있는데 영문과 그 친구 성깔이 급하거든. '이 놈의 똥차가 왜 안 가구 있어?' 하니까 운전기사가 뭐래는 줄 알아? '똥이 차야 가지요' 그러더라구. 하하하, 교수가 똥이 됐지. 예전엔 영문과 그 친구와 돌아다니면서 그런 말들을 다 수첩에다 기록해 두었는데……, 그때만 해도 젊었다. 그러구 보니 식사 시간인데 지저분한 이야기를 해서 미안하게 되었네."

그래서 모두들 한바탕 웃었고 그 다음부터 논문 심사니

뭐니 그런 의식조차 희미해져서 아주 사적인 이야기에서부터 우리 학과의 초창기의 에피소드들이나 그 자리에 없는 다른 동료들에 대한 이야기까지 말밥에 오르게 되면서 자리는 활기를 더해갔다. 그러다 보니 자연히 선생님 가정에 대한 이야기와 요사이 둘째 딸에게서 외손자를 보신 소감 등으로 이야기가 옮아갔다.

"둘째 사위는 좀 마음에 드세요?"

누군가가 조심스럽게 물었다.

"다 그놈이 그놈이지만, 그 녀석은 싹싹하니까 좀 낫지. 우리 큰사위는 내성적이잖아. 눈만 크게 떠도 얼굴빛이 달라지는데 작은 녀석은 아무리 뭐라고 해도 아버님, 아버님 하고 말을 거니까 속으로 좋기는 좋더라. 나도 이렇게 간사하다니까. 작은 사위도 사람은 괜찮은데 가진 게 너무 없어서 솔직히 맘에 안 들었다. 그런데 어쩌겠어, 자기들이 좋다는데. 소위 문학을 한다는 애비가 딸에게 가난한 놈이니까 시집가지 말라고 할 수 있어? 사람 사는 게 다 그런 거지, 뭘, 하하하."

"그래두 선생님은 아들 손자만 보시네요. 굉장히 예쁘시죠?"

"글쎄, 요새 그놈이 재롱을 상당히 부리더라구. 나는 좀 냉정한 편이니까 나한테는 잘 오지 않아도 제 할머니는 여간 귀엽지 않은가 봐. 매일 심해가 오든지 아니면 집사람이 뻔질나게 그리루 가는 것을 보면 모녀지간에 무슨 일이 있기는 있는 거지. 애가 얼마나 설쳐대던지 혼자서 보기가 벅찬가 봐. 남자 아이들은 확실히 억센가 보더라. 나는 딸만 둘 키워 봐서 잘 모르지만."

"선생님이 따님들을 키우셨다구요? 남자들은 그저 아이들 잘 놀 때 눈으로만 쳐다보고도 밖에 나가서는 아이를 키운다고 하더라니까요."

그 자리에 동석하고 있던 선배 여교수가 가시를 박았다.

"야, 돈 벌어다 먹여 살리는 것도 애를 키우는 거지, 너 또 여권운동 시작하냐? 남자들도 알고 보면 다 불쌍한 존재들이야. 요새야말로 여자들 팔자가 늘어졌지 뭘 그래. 아침에 남편 차 태워 출근시키고 나서 그 차 몰고 놀러 다니다가 아이들이 돌아올 때쯤 집에 들어간다며? 그러다 보니 탈선하는 여자들도 많고. 내가 일본에 있을 때 말인데, 일본 주부들은 남편이 퇴근하면 대야에 물 떠가지고 와서 발을 씻겨

주더라. 하긴 그게 또 좀 그래. 자기들끼리 있을 때면 몰라도 손님이 있는데도 아랑곳없이 그러니까 보기에 영 민망하더라구. 그래서 내가 왜 그러느냐고 물어봤지. 그랬더니 그 주부의 말이 남편은 집안의 기둥이라는 거야. 기둥을 깨끗이 닦는데 남이 있건 말건 무슨 상관이냐구 하더라."

"선생님은 제발 그런 말씀 좀 그만하세요. 여자들이 남자들에게 납작 엎드려 절대 복종했으면 속이 시원하시겠지요?"

여교수는 눈을 흘기며 매섭게 대꾸했다.

"애, 너는 나만 보면 그런 말을 하더라만 내가 여자를 차별하겠다는 것이 아니라, 여자는 여자의 일이 있고 남자는 남자의 일이 따로 있다는 말이다. 그런데 여자들이 요새 남자의 영역을 자꾸만 넘보지 않니? 여자가 남자들이 입는 바지를 입구 어딜 활개를 치구 돌아다니니? 치마를 입구 다소곳이 다녀야지."

"어머, 기가 막혀. 선생님, 그런 생각가지고 여학생들 가르치세요? 그럼 치마 입고, 밥 짓고, 아이 키우는 것이 여자만의 일이라는 거지요? 선생님은 다 좋은데 그게 탈이세요. 맨날 여자들 어쩌구 하시면서."

"야, 그게 아니라, 요새 여자들은 부끄러움을 몰라서 매력이 없다는 거야. 그래도 다소곳이 부끄러움 탈 줄도 알고, 남편을 떠받들 줄도 알아야 하지 않니? 남자들이 강해 보여도 얼마나 나약한 존재들인데. 집안의 기둥처럼 생각해 주면 얼마나 힘이 나냔 말이야. 일본 여자들처럼 좀 다소곳해져야 해. 우리나라 여자들은 너무 억세거든."

"그러는 일본 여자들은 정절이나 잘 지킨답디까?"

여교수는 선생님을 향해 노골적으로 눈을 치켜떴다.

"결혼 전에는 어떤지 몰라도 대개 결혼 후에는 정조를 지키지. 그건 남녀 간에 하나의 약조처럼 되어 있어. 과거를 문제 삼지는 않지만 결혼이라는 계약을 한 이상 계약을 위반하면 보복을 당해도 마땅하다는 분위기가 지배적이야. 일종의 사무라이 정신이라고 할까. 그건 어쨌든 한 가정의 주부도 중요하지만 책임져야 할 아이가 있는 어머니라는 자리는 얼마나 중요하냐? 여성들의 호칭 중에 어머니보다 더 애틋하고 소중한 이름이 있니? 하나님이 사람을 만들었다지만 여성들이 아이를 낳지 않아? 그게 얼마나 귀한 일이냐? 그것도 모르고 요새 여자들이 자꾸만 밖으로 나가려고 하니까 하는 말이지."

선생님은 이야기를 하면서 눈을 허공으로 향했다.

"참, 그런데 선생님은 일본에서 왜 돌아오셨어요? 그 당시 국내 형편이 엉망이었을 텐데요."

선생님과 여교수가 입씨름 하는 양을 보고 있던 다른 교수가 끼어들었다.

"사실 나도 한참 갈등을 하다가 돌아왔다. 1966년에 우리나라의 사정은 정말 형편없었지. 나는 그때 여권도 없이 그냥 왔다. 여권을 만들어 가지고 와야 고국 방문으로 처리돼서 다시 일본으로 돌아갈 수가 있는데, 여권을 가지고 있으면 마음이 흔들려서 일본으로 돌아가고 싶을까 봐 그냥 왔다. 어렸을 때 건너갔으니까 이십 년 넘게 일본에서 살면서 거기에서 뼈가 굵어지고 청춘을 보낸 셈이지. 비록 문화 환경도 좋지 않고 전쟁 후에 경제 사정도 좋지 않았지만, 단한 가지 이유, 조국이니까 오고 싶었다. 그런데 들어오자마자 안기부에서 조사를 하더구나."

"그럼, 일본에서 정치 활동 하셨어요?"

교수를 안기부에서 보자는 게 걸렸던지 다른 사람이 물었다.

"그게 아니고 말하자면 사정이 복잡하다. 사실 안기부에서 나에게 훈장을 줘도 모자라는데 조사를 받았잖니. 기가 막혀서. 일본에 있을 때 북송선을 타려는 교포들을 설득해서 북한으로 가지 못하게 하는 연설을 하고 다닌 적이 있어. 나보고 말을 잘한다고 한번 해보라고 해서. 일본에는 전라도 사람과 경상도 사람들이 많았거든. 그래서 우리 조금만 더 기다리다가 고향에 가자고 했지. 고향에 가려면 북송선을 타면 안 된다고 설득을 했어. 사람의 마음을 제일 약하게 하는 것이 고향 아니냐, 어머니 품이고. 어쨌든 내가 맡은 지역에서는 북으로 간 사람이 없었으니 대성공이었지. 그만하면 대한민국 정부에서 나한테 상을 줘도 모자라는 판에 조사를 하다니, 웃기는 이야기지. 사실 돌아올 때 일본인 친구들이 가지 말라고 많이 말렸는데, 그래도 내 나라라는 게 뭔지 돌아오고 싶더라. 이제 모두 다 지난 일이지."

사실 십수 년을 선생님과 만나오면서도 그런 이야기는 금시초문이었다. 막연히 일본에서 오래 살다 오셨고 학위도 일본 대학에서 하신 것 외엔 아는 것이 없었다.

"그럼 직장을 잡아 놓지도 않고 오셨더란 말씀이세요?"

"그랬지. 공부해 놓은 게 있으니까 그걸 믿었는지 어느 정도 배짱이 있었어. 그런데 곧이 들리지 않겠지만 그 당시에 대학 교수 월급이 교사 월급보다 적었다. 그것도 전임이나 되면 다행이게? 이 년 동안 꼬박 시간 강사를 하고서야 어렵게 자리를 얻었지."

"선생님, 그럼 그동안 생활은 어떻게 하셨어요?"

여교수가 근심스럽게 물었다.

"자네 같이 부자 부모를 둔 사람들이 어떻게 상상이나 할 수 있겠어? 제일 어려웠던 게 우리 큰딸애를 전학시키는 문제였어. 일본에서 중학교 일학년까지 다니다 온 놈이거든. 공부를 아주 잘했다. 전학을 시켜야겠는데 그때는 중학교도 전부 입학 시험을 봤지 않았겠어? 우리 딸은 재일교포니까 외국인 자격으로 처리해서 경기여중에 넣을 수도 있었어. 그래서 찾아갔더니 기부금 오십만 원을 내라고 하더라. 그 때 오십만 원이면 얼마나 큰돈인데……, 비싸다고 하니까 그것도 특별히 봐주는 거라면서 그 돈 내고 들어오라면서로 오려고 덕수궁 담 끝까지 줄을 선다는 거야. 안 되겠다 싶어서 이화여중을 찾아갔지. 그랬더니 거기는 사립이라고 한술 더 떠서 백만 원을 내래요. 그래 여기저기 찾아다녔는데 다른 데도 마찬가지야. 그때는 중학교도 시험을 봐서 가던 때라 학교 이름이 있지 않냐. 너무 처지는 학교로 전학을 시키면 애가 실망해서 성격이 비뚤어질까 봐 걱정이 되었지. 그래서 안국동에 있는 P여학교까지 가게 되었다. 학교 수준을 그 밑으로는 도저히 내릴 수가 없더라구. 그래 교무주임을 만나서 통사정을 했지. 그랬더니 삼십만 원을 이야기하더라. 그래서 난 돈이 삼만 원 밖에 없다고 솔직히 털어놓았다. 아주 난처한 표정을 짓더군. 돈이 없는 대신 일본에서 가져온 소니 텔레비전이 있는데 그걸 학교에 기증하겠다고 했어. 그 때는 텔레비전도 상당히 귀한 물건이었으니까. 그래서 그렇게 타협을 하고 아이를 전학시켰는데 나중에 교장선생님 하는 말씀이 어떻게 집에 있는 텔레비전까지 떼올 수 있느냐구, 그만두라는 거야. 그러니까 결국 단돈 삼만 원에 아이를 전학시킨 셈이지. 예나 지금이나 정직이 최선의 방책이란 말이야. 공연히 있는 척을 했어봐라, 하하. 그러기에 사람은 언제나 솔직해야 한다."

선생님은 지금 생각해도 흡족하다는 듯이 크게 숨을 돌리

목욕하는 남자

고 다시 맥주잔을 끌어당기셨다.

"사모님을 거기서 만나셨다면서요. 결국 큰따님이 선생님 중매하신 거네요."

"그런 셈이지. 그 때만 해도 학부모 소집이다 뭐다 해서 학교에 갈 일이 꽤 있었어. 다른 아이들은 어머니가 가는데 우리 애만 늘상 아버지가 가니까 교무 주임이 신경이 쓰였던 모양이야. 그런데 우리 아이가 다른 공부는 다 잘하는데 가사가 형편없다고 호출이 왔어. 우리 집사람이 그때 우리 아이를 담당한 노처녀 가사 선생이었지. 따지고 보면 교무 주임이 중신을 한 거야. 난 지금도 명절 때면 그 양반 찾아가서 술도 한잔씩 하고 잘 지낸다. 좋은 친구지."

선생님이 상처를 했는지 아닌지는 알 수 없지만, 일본에서 한국으로 올 때 식구라고는 홀아비와 중학생 딸 단둘이었던 것은 확실하다. 선생님이 그 일에 대해 일체 입 밖에 내질 않으니 알 도리가 없다. 전처가 돌아가신 것이 아니라 선생님이 약주가 과해서 도망갔다는 설도 잠시 있었으나 그 일에 대해 정확하게 아는 사람이 없었다. 전처 운운하는 것도 제자 중 누군가가 주례를 부탁하자 선생님 자신은 아들

도 못 얻었고 결혼도 두 번 했으니 주례할 자격이 없다고 거
절하시는 과정에서 알려진 사실이었다. 그리고 제자들 사이
에는 술좌석에서조차 선생님의 가정 일에 대해서 입에 올리
지 않는 것이 일종의 묵계처럼 되어 있었다. 그런데 선생님
은 그날 큰딸에 대해 상당히 많은 이야기를 하신 것이다.

"여쭤 봐도 될까 모르겠는데, 따님들 이름이 좀 특이한데
무슨 특별한 뜻이 있나요?"

분위기가 확 풀어진 틈에 다른 교수가 아주 조심스럽게 운
을 떼었다.

"맞아요. 아무리 딸이라도 그렇지요. 이름이 심해, 심이가
뭐예요? 성이 한씨가 아니었으니 망정이지, 큰일 날 뻔했다
니까요."

여교수가 쏘는 소리를 하였다.

"그러는 네 이름은 얼마나 좋아서?"

"저는 돌림자를 넣어 지어서 그래요."

"그래, 나는 네가 언제나 솔직해서 좋더라. 학부 때부터
카랑카랑하게 말대꾸도 잘하고, 공부도 잘 하고."

"선생님, 왜 그러세요. 민망하게."

"심해深海가 무슨 뜻인고 하면, 깊을 심, 바다 해. 지중해의 깊은 바다를 상징하는 거야. 지중해의 수심이 평균 약 1500 미터라고 들었다. 그 다음에 심이深伊는 깊을 심, 이태리 할 때 쓰는 이, 이태리의 바다, 즉 지중해를 말하는 거지."

그 말을 듣자 좌중은 갑자기 조용해졌다. 찬물을 끼얹는 듯한 전율이 흘렀다. 생각보다 깊게 선생님은 지중해에 집착하고 있었다. 지중해, 메디테라네Méditerrané, 라 메르la mer, 바다, 라 메르la mère, 어머니! 나는 가만히 중얼거려 보았다. 그러자 갑자기 선생님이 열 살 땐가 아버지를 따라 만주로 가시던 때의 이야기가 떠올랐다. 신을 구할 수 없어서 아버지가 여자들이 신는 코고무신을 구해다 주셨다는 것, 그런데 어린 나이에도 남자가 어찌 여자 신을 신느냐며 버티자 아들 발에 얼음이라도 들까 봐 걱정하시는 아버지가 호통을 치셨다는 것, 그러자 코고무신의 코를 이빨로 물어 뜯어내고 신으셨다고 통쾌하게 이야기하시던 모습이 떠올랐다. 그러고 보니 선생님은 어머니에 대해 이야기를 하신 적이 없었다. 선생님의 어머니가 어찌되었는지는 알 수 없지만, 어머니 없는 딸을 데리고 귀국하시던 선생님의 모습이 어머니 없는 아들을 데리고 만주로, 일본으로 떠돌던 그 아버지의 모습과 겹쳐졌다. 선생님이 지중해를 마음에 품은 것은 일본에 계실 때, 아니 큰딸의 이름을 짓기 전부터니까 아마도 청년 시절이었을 것이다.

　지중해! 과연 지중해는 도대체 선생님께 무엇이었던가? 유년 시절에 상실한 어머니, 잃어버린 전처, 아니면 만신창이로 다시 찾은 조국이었나. 아둔한 나는 이 글을 쓰는 지금도 지중해의 의미를 어렴풋이 알 것도 같고 모를 듯도 하다. 해방 전의 일본에서의 생활은 그야말로 나라 잃은 '유랑민'의 처지였으나 해방된 후의 생활은 '이방인'이었다고, 독립된 나라의 국민이 되고 보니 그처럼 불타던 민족적 감정이 한낱 노스탤지어로 바뀌고 말았다고 한탄하신 글을 찾아보았기 때문이다. 하필이면 일본에서 불문학을 공부하였냐는 질문에 대해 선생님은 여건이 허락하지 않아서 프랑스에 갈 수 없었고, 창작을 하는 것이 진정한 문학인 줄 알고 있으나 남이 창작해 놓은 글을 읽으면서라도 절대적인 자유를 향유하고 싶어서 문학을 한다고 솔직히 말하셨다. 자연이 인

간에게 부여한 흠 없는 자유, 그래서 불가능한 자유, 역사가 왜곡시키고 상처 입힌 이 흠 없는 자유를 만회하려고 문학을 하는 것이지, 문학이 값비싼 취미거나 오락의 장난이 아니라고.

동경에서 교포 학생들을 수년간 가르치기도 했던 선생님은 민족혼의 상실을 가슴 깊이 아프게 느꼈다. 일본말과 한국말로 쓰인 두 종류의 명함을 가지고 다니면서 교포들 모인 곳에서는 한국말 명함을 내밀고, 일본 사람들이 모인 데서는 일본인 행세를 하는 교포 지도자들에게 염증을 느꼈다. 하지만 그들을 일방적으로 매도할 수 없는 교포의 처지가 가슴 아파서 더욱 더 향수의 비애를 곱씹었던 것 같다. 자녀들을 민단의 학교를 보내기로 약속을 하고서도 먹고 살 만한 형편이면 교포들 몰래 일본인 학교를 보내야만 했던 현실이, 그 누구를 비난할 수 없는 처지가 아픔이었던 것 같다. 음지에 사는 식물처럼 연약한 교포들의 처지가 지중해에 쏟아지는 태양을 그리워하게 했을지도 모른다. 어두운 현실을 벗어나 바닷가 태양이 비치는 곳으로 가기 위해 살인이라도 불사한다는, 까뮈가 쓴 『오해』의 주인공처럼, 선생님도 현실의 어두움에 눌릴 때마다 태양이 넘실대고 푸른 물이 출렁이는 지중해를 꿈꾸셨던 게 아닐까.

　선생님의 후원에 힘입어 무사히 학위를 마치고, 나는 선생님이 권유해 주신 대로 이광수의 「사랑」이니 홍명희의 「임꺽정」 등을 읽으면서 우리말 표현을 제대로 배우기 위해 소일하고 있었다. 그 즈음 어느 선배가 선생님이 왕년에 소설을 쓰셨다고 귀띔을 해 주었다. 일본에 계실 때 일본인들보다 더 정확한 일본어로 소설을 써서 대단한 칭찬을 받은 적이 있다고 했다. 그런데 어느 날 절친한 일본인 친구가 언어도 정확하고 표현도 기가 막히지만 뭐랄까 일본인들과는 다른 어떤 것이 느껴진다는 조언을 했다. 그 다른 점이 바로 민족성이고 우리의 정서라는 것을 알아차린 선생님은 문학은 역시 모국어로, 된장 냄새나는 우리네 정서 속에서 이루어져야 한다면서 그동안 쓰신 소설을 모두 폐기해 버렸다고 했다. 선생님은 내게 소설을 써보라고 권하면서도 당신이 소설을 썼다는 이야기는 하지 않으셨다. 선생님이 쓰신 소설은 어땠을까. 몹시 궁금했다. 어쩌면 소설가의 꿈을 지중

해 바다 속 깊이 묻어 두신 것이 아닌지.

　운이 좋았는지 학위를 끝내자마자 나는 월간지를 통해서 소설가로 등단을 하게 되었다. 그동안 아무에게도 말하지 않고 틈틈이 써 본 원고를 손질해서 보냈던 것인데 기대를 전혀 하지 않았다면 거짓말이지만 그래도 뜻밖의 기쁨이었다. 부모님보다도 먼저 선생님께 알리고 싶어서 전화를 드렸을 때, 선생님은 축하한다는 짧은 한 마디와 당신의 상태가 전화를 받기 힘들 정도로 고통스러우며 다음 주에 입원하기로 했다는 말씀을 하고 서둘러 수화기를 내려놓으셨다. 일시에 김이 빠지는 느낌이었다. 까다로운 선생님께 내 소설을 보여 드리고 칭찬도 듣고 야단도 들으며 선생님이 기뻐하시는 모습을 보고 싶었다. 아니 선생님이 못 이루신 소설가의 꿈을 대신 이루어 드리고 싶은 것이 더 솔직한 마음이었을 것이다.

　그 동안 지방에 있던 내가 신인상 수상식에 참가하기 위해 서울에 가면서 겸사겸사 병원에 들렀을 때 선생님의 얼굴은 이상스럽게 빛이 났다. 검버섯도 다 스러졌는지 보이지 않고 창백한 얼굴로 형광등 불빛에 앉으신 선생님의 모습은 한 마리 학처럼 단아해 보였다. 며칠 전까지만 해도 증세가 심해서 제자들도 문병을 못 오게 막았다면서 나를 보고 간신히 추스르고 일어나 앉으셨다.

"오히려 얼굴이 더 좋아지셨네요. 너무 희어지셔서 아무래도 하와이에 가서 일광욕을 하셔야 할까 봐요."

나는 일부러 그렇게 능을 쳤다.

"이놈이 또 헛소리를 하는구나. 얘야, 뭐니뭐니해도 건강이 제일이다. 아무쪼록 몸조심하고 가정을 화목하게 잘 지키고 식구들한테 잘 해라. 그리고 너 참 장하다. 여보, 얘가 소설가가 됐어. 얼마나 장한 일이야."

옆에 계시던 사모님이 힘없이 웃으셨다.

"곧 잡지에 글이 실리면 가져다 드릴게요. 보시고 마구 야단쳐 주셔야 해요. 앞으로 정말 잘 가르쳐 주셔야 한다구요."

나는 선생님의 작고 흰 손을 잡으며 말했다. 강의 시간에 가끔 손을 들어 보이시며 이 손으로 어떻게 노동을 해서 먹고 살겠냐며 웃으시던 손이었다.

"글쎄, 약속은 못 하겠다. 아무래도 자신이 없다. 약속이라

는 게 하면 지켜야 하잖니."

"까짓, 감기 아닙니까? 몸이 고단하시면 휴강하시고 쉬셔야지, 이 지경이 되도록 계셨어요?

"요새 애들은 너희 때완 달라. 등록금 냈는데 휴강해 봐라. 난리가 날거다. 그래서 강의 기한의 삼분지 이를 넘기느라고 몸이 안 좋았는데도 계속 무리를 했다. 그동안 하던 일도 정리를 해 놓느라고……, 어서 가 봐라. 좀 누워야겠다."

병실을 나오면서 눈물이 왈칵 솟구쳐서 뒤를 돌아다보지도 못했다.

그리고 며칠 후 선생님이 돌아가셨다는 전화를 받았다. 어쩐 일인지 일가친척도 없고 아들도 없어서 제자들이 돌아가면서 빈소를 지키고 있다며, 그래도 선생님만큼 우리에게 잔소리를 해 준 사람이 있겠냐고 제자들이 눈시울을 적셨다. 막상 돌아가시고 보니 어찌된 일인지 선생님에게는 사모님과 두 딸 그리고 제자들 밖에는 아무도 남아있질 않았다. 선생님께서 걸어오신 인생길이 퍽 외로우셨을 거라는 짐작이 들었다.

선생님이 생전에 예수를 믿는다는 말을 입 밖에 내보신 적이 없는데 장례 예배를 드리게 되었고 장지는 일산의 기독교 공원묘지로 정해졌다고 했다. 아무래도 목사 사위의 영향이거니 했는데, 그게 아니었다. 본인도 그렇게 급히 가실 줄을 몰랐던지 장지가 마련되지 않았다고 했다. 그래서 학교 측에서 제안하는 대로 장례 예배를 보는 대신 장지를 제공받기로 했다고 누군가가 귀띔을 했다. 그 소리를 들으니 세상 모든 일이 선생님의 의지에 거슬리는 것 같아 가슴이 아팠다. 그러나 어쩌면 선생님은 마음 속 깊이 이렇게 되기를 바라셨는지도 모르겠다.

"하늘가는 밝은 길이 내 앞에 있으니, 슬픈 일을 많이 보고 늘 고생하여도, 하늘 영광 밝음이 어둔 그늘 헤치니, 예수 공로 의지하여 항상 빛을 보도다."

순서지에 인쇄되어 있는 대로 찬송을 따라 부르는데 눈물이 체면 없이 흘러내렸다. 다른 제자들도 그동안 선생님께 무심했던 일이며 섭섭하게 해드렸던 여러 가지 일들로 회한

의 눈물을 쏟고 있었다. 나로 말할 것 같으면 내 소설을 보여 드리기도 전에 그렇게 훌쩍 떠나신 선생님에 대해 섭섭한 마음이 앞섰고 가장 좋은 독자를 잃었다는 애석함이 가슴을 때렸다.

선생님은 그렇게 홀연히 가셨다. 고단한 생애의 구비마다 멍들었던 마음을 지중해 바닷물에 풀어놓으시더니 훌쩍 떠나셨다. 다른 사람들도 큰 병이 아니거니 여겼고, 선생님 자신이 좀 수월해지면 찾아오라고 문병을 막았기 때문에 아무도 찾지 않은 채 쓸쓸하게 가셨다. 조국에 안착한 뒤에도 지중해를 늘 품고 다니다가 이제는 어느 곳에 풀어놓고 그렇게 홀연히 가셨는지. 일산 기독교 묘지의 한 귀퉁이, 길가의 풀섶에 초라하게 자리 잡은 선생님의 묘를 보니 더욱 애잔한 마음이 들었다.

그 후에 선생님의 유고집으로 출판된 600여 쪽에 이르는 방대한 『프랑수아 비용』이라는 책이 제자들에게 배달되었다. 하필이면 전공인 플로베르를 놔두고 550년 전의 아웃사이더였던 시인 프랑수아 비용의 연구에 매달리셨을까. 선생님 자신도 이 시대의 아웃사이더이더라는 고독감 속에 사셨을까. 끝내 이루지 못한 소설가라는 꿈의 여백을 교수의 직위로 메울 수는 없었을까? 어려운 중세의 고어를 풀어내시느라 얼마나 많은 시간을 앉은뱅이책상 앞에서 보내셨을까. 머리말을 읽다보니 생전에 선생님의 음성이 생생하게 들리는 듯해서 다시 눈물이 뚝 떨어졌다.

"이십여 년 동안 나는 프랑수아 비용과의 친교라기보다는 수수께끼에 싸인 그의 시와의 고독한 격투를 계속해 왔습니다. 고독한 격투라고 말했습니다만 실제로 나는 지병을 구실로 주위의 친구들과의 만남을 거의 의도적으로 끊어 버리고 그 고독한 격투를 즐기기까지 한 셈이지요. 그것은 분명 정상 생활이라고 할 수 없습니다. 그러나 그것이 결국 비정상적인 생활로까지 나가지 않은 점은 역설적으로 말하여 '비용 시'라는 지주가 나를 떠받쳐 주었기 때문일지도 모릅니다. ……나도 이제는 60의 고개를 훨씬 넘어버리고 말았습니다. 그러니까 나는 이 글과 더불어 나의 생의 마지막 계절이 서서히 끝나간다는 감회를 지울 수가 없

습니다. 십 년 전의 글에서 앞으로의 십 년간도 지금처럼 지나가 버린다면 나의 생은 결국 제자리걸음으로 끝나는 것이 아닌가 하는 생각이 머릿속을 가득 채운다고 쓴 적이 있습니다. 그러나 그렇다고 하여 자신을 한정하고 싶지는 않습니다. 그것은 꿈이 커서가 아니라 자기의 가난한 정신에 주어진 작은 꿈과 몇 푼어치 되지 않는 가능성을 되도록 살리고 싶은 절실한 바람일 뿐입니다. 그 결과가 하나의 되풀이에 지나지 않고 한 장소에서의 제자리걸음에 지나지 않는다고 하더라도 그것으로 족하다고 생각합니다……. 우리 주위에는 크게 발전하고 성장하는 데 시간이 바쁜 빼어난 재사들이 많은 것 같습니다만, 그러한 재주를 부릴 수 없어 시간이 남아도는 어리석은 자도 자기의 성향에 따라 성실히 살 수 있는 자유는 있을 테니까. 나는 그러한 어리석은 자의 성실한 자유를 자신에게 허용하고자 합니다."

눈물로 흐려진 내 눈앞에 지중해의 푸른 물이 가득 펼쳐졌다. 찰랑거리는 투명한 물결 위로 고독한 격투라는 말이 흔들거렸다.

목욕하는 여자

사우나실의 창문턱에 놓여있는 모래시계가 유난히 탐스럽다. 매끈한 광택과 잘록한 허리, 봉긋하게 솟은 젖가슴이나 터질 듯한 엉덩이처럼 미끈하게 흘러내리는 곡선이 마치 잘 다듬어진 여체와 같다. 보석 사우나, 숯 사우나, 맥반석 사우나, 황토 사우나, 게르마늄 사우나, 이름만큼이나 현란한 방마다 벗은 여자들이 가득하다.

핑크색 비닐로 몸통을 둘둘 말고 사우나 모자로 머리를 감싼 여자들이 지그시 눈을 감고 땀을 빼는 중이다. 친구들하고 같이 온 패들은 오천 원짜리 얼음커피를 바가지로 시켜놓고 둘러앉아 수다를 부린다. 벗고 앉은 처지니 만큼 대화의 내용도 거침이 없다. 여자들의 수다에 지난 밤 잠자리의 행적이 불려나오기도 하고, 친구의 일이라는 전제를 달기는 하지만 남자친구인지 애인인지의 이야기도 걸려 나온다.

"어제야말로 내가 목욕을 안 했지. 근데 이 인간이 어쩐 일인지 자꾸만 뽀짝거린단 말이여. 의무 방어전이네 뭣이네 할 때는 언제구, 지가 생각나면 옆으로 와서 뽀짝거려."

"그냥 한번 대주면 되지 뭘 그러냐, 니가 열여덟 큰애기도 아니고, 이 나이에 비싸게 굴 처지도 아니고 말이여."

"끝까지 들어봐라, 잡것아. 그렇다구 내가 부러 싫다고 하겠냐, 한디 딱 올라와서 하는 말이 '목욕했냐?'고 묻더라고. 그래서 오늘 안 했다고 했더니 도로 내려가더라. 그런 인간이 있냐, 민망하게시리."

"그럼 목욕했다고 하지, 하하하. 그런다고 올라탔다가 내려가는 사람은 뭐여, 참. 샤워하고 오라고 기다리든가. 하여튼 남자들은 죄다 왜 그 모양이냐."

"요새 애들 말로 필이 확 꽂혔다가 김이 팍 샜다 이거지."

"그러니까 유비무환, 항상 준비하는 자세로 살아야 된다 그 말이야."

"문자 쓰고 자빠졌네. 아나, 유비무환."

벗고 앉은 자리니 만큼 이야기의 소재도 가릴 것이 없다. 아이들 교육에 관한 경험담도 걸리고 때로는 어느 학교의 아무개 선생이나 아이를 좋은 대학에 보낸 엄마의 눈물겨운 뒷바라지가 말밥에 오르기도 한다.

"아야, 우리 희정이 학교 선생님은 너무 안 됐더라. 선생이면 뭐 하겠냐, 남편이 그 지경인데."

한 여자가 운을 떼자 여자들의 눈이 일제히 그리로 확 쏠린다.

"저번 오월에 인성여고 수학여행을 왜 제주도로 갔다고 하지 않았어?"

"맞아, 우리 애도 갔다왔는데, 왜 무슨 일이 있었대?"

"아니, 애들은 별일 없이 잘 다녀왔는데, 그 담임선생님이 많이 아팠는가 보더라. 그래서 그 다음날, 말하자면 선생님이 조퇴를 하고 비행기를 타고 집에 돌아왔는디, 문제는 그때부터여."

"사고 난 것도 아니고 무신 문제가 있으까? 뜸들이지 말고 빨리 말해봐."

"그 선생님이 집에 돌아와서 아파트 문을 열고 들어왔는데, 글쎄 현관에 낯선 여자 구두가 있더란다. 그래서 뛰어들어가 안방문을 당겨보니 안으로 잠겨 있어. 그래서 문짝을 뚜드리고 난리를 쳤드니만 남편이 뛰어나오고 뒤에서 어떤 여자가 부스스한 차림으로 나오는데 글쎄, 같은 아파트 사는 여자더란다."

"기가 막혀."

"고것들이 간도 크다. 아주 3박 4일을 작정하고 들어앉아 부렀구만."

"몸도 아픈 데다 그 꼴까지 봤응게 선생님이 성하겠어? 실성한 모양처럼 되어 부렀재."

"그래서 이혼했어?"

"이혼은 무슨 놈의 이혼? 누구 좋으라고, 그런 놈은 그저 두고두고 볶아 묵어야제. 쉽게 이혼해 주면 못 쓰는 법이다."

이 사우나에는 헬스장이 붙어있어서 고정 고객들이 많은 편이다. 헬스클럽에 등록하면 사우나를 아주 저렴하게 이용할 수 있다는 장점이 있어서 그런지, 아니면 근력을 키우는 운동을 하고 나서 땀을 빼면서 피부를 가꾸고자 하는 일석이조의 효과를 노려서인지는 정확히 알 수 없다. 아무튼 탈의실의 옷장 위로 똑같은 크기의 목욕 바구니들 수십 개가 조르르 줄이 세워져 있는데, 그 바구니의 주인들이 매일 사우나를 하러 오는 고정 고객인 셈이다. 바구니 안에는 목욕에 필요한 모든 장비가 갖추어져 있다. 규모도 굉장해서 옷장의 번호가 500번대까지 나가는데 한 건물의 3층이 여탕, 4층이 남녀공용의 찜질방, 5층이 남탕으로 이루어져 있었다.

사우나실도 여러 가지여서 '게르마늄', '맥반석', '옥' 사우나는 기본이고 '수정 사우나' 혹은 '보석 사우나'라는 방도 있다. 나는 사우나실 중에서는 보석 사우나를 좋아하고 찜질방은 소금방을 좋아하는 편이다. 콩알 만한 것부터 공기돌 만한 흰 소금 결정체가 수북하게 쌓여있는 방에 누우면 처음에는 따끔거리다가 차차 익숙해진다. 바닷가에서 모래찜질을 하듯이 하얀 소금의 결정체를 배에 잔뜩 올려놓고 누워있으면 바다의 기운이 몸속에 퍼져드는 듯 녹녹하다. 뜨거워도 녹아내리지 않는 흰색의 결정체들은 마치 여름날 밤에 손톱에 봉숭아꽃 물들일 때 꽃잎과 같이 넣고 찧던 백반처럼 생겼다.

보석 사우나에 앉아있으면 어쩌면 세상에 이다지도 아름다운 돌들이 있을까 감탄이 절로 나온다. 알록달록한 색깔과 응축된 세월이 새겨넣은 나무 테 무늬가 있는 자만옥판재, 청옥, 장미수정, 자수정, 무지개수정, 옥자갈, 백금석, 백수정, 우화석을 총동원해서 천정과 벽을 따라 가지각색의 꽃을 수놓았다. 크고 작은 꽃 사이사이에 규칙적인 기하학적 무늬를 곁들여 놓은 보석 방에 앉아 있으면 마치 오스만 트루크 제국의 궁전에 있는 것 같다. 하긴 궁전에도 이렇게 아름다운 돌들로 꾸며진 보석방이 있었을까? 〈대장금〉이라는 드라마가 유행할 때 사람들은 왕이 먹던 갖가지 음식에 감탄했지만 그 정도는 지금 웬만한 한정식 집에 가면 누구나 먹을 수 있으니 그렇게 신기할 것이 없다. 왕은 아이스크림이나 부드러운 케이크, 프랑스 와인, 훈제 연어 같은 것을 먹어봤을까. 기껏해야 자기 땅에서 나는 제철 음식이나 먹고 살았을 것이다.

고혈압, 당뇨, 순환기 장애, 폐경기의 여성에게 좋다는 문

구가 아니라도 쿰쿰한 짚냄새가 배어나는 황토찜질방보다 화려한 곳에 마음이 더 끌리는 것이 아닌 게 아니라 이제 나도 나이가 먹었다는 증거다. 사우나실에서는 그야말로 진풍경이 벌어진다. 완전하게 벗고 만난다는 사실이 사람을 평등하게 만드는지 경계심을 풀게 만드는지 하여튼 벗고 있으면 정신적으로 편안하고 마음까지 풀어진다. 그래서 매일 목욕탕에 오는 여자들은 때를 벗기려는 것이 아니라 놀거나 쉬러 온다고 해야 할 것이다.

하기야 알몸으로 만나다 보니 일단은 볼 장 다 본 사이인데다 사회 계급장도 다 떼고 겉에 걸친 것이 없으니 누가 비싼 옷을 입었는지, 명품 가방을 들었는지 알 길이 없다. 그리고 지금 시간에 사우나에 있다는 것은 일하러 갈 직장이 없는 무능한 여자들이거나 일하러 갈 필요가 없는 돈 있는 여자들이라는 뜻인데, 어쨌든 대낮에 달리 갈 곳이 마땅치 않다는 공통점도 가지고 있다. 가끔 재미있는 음담패설도 서슴지 않고 튀어 나오는 곳이 대낮의 사우나 풍경이다.

"여자 나이가 오십이면 배운 년이나 못 배운 년이나 하는 짓이 똑같고, 육십이면 얼굴이 예쁜 년이나 미운 년이나 똑

같이 쭈그렁이가 되고, 칠십이 되면 남편이 있으나 없으나 상관없고, 팔십이면 돈이 있으나 없으나 똑같대. 왜냐? 돈을 쓰러 나갈 기운이 없으니까."

맞다, 맞아, 손바닥을 치면서 박장대소를 하고 나면 옆 사람이 다른 이야기를 들고 나선다. 사우나실 안에서는 웃음마저도 과장되어 보인다. 남이 웃을 때 무조건 따라 웃어 주거나 아니면 미소라도 띠고 있어야 하는 것이다.

"이십대 남녀는 서로 포개서 자고, 삼십대는 마주보고 자고, 사십대는 천장 보고 자고, 오십대는 등 돌리고 자고, 육십대는 떨어져 잔대. 그러면 칠십대는 어떻게 잘까?"

"그 나이에는 각방을 쓰지."

"그게 아니라 어느 방에서 자는지도 모른단다."

"와, 그 말도 그럴 듯하다. 정말 맞아."

나이가 지긋한 연배의 부인들이 고개를 끄덕이며 손뼉을 치며 감탄사를 발한다.

"십대 여자는 호두래, 벗기기는 어렵고 먹을 것은 별로 없다. 그럼 이십대는 뭐냐? 귤, 벗기기도 쉽고 맛도 있고. 그럼 삼십대는? 수박이래, 칼만 대면 쪼개져. 사십대는? 정답은

토마토, 과일도 아닌 것이 과일인 척 하니까."

웃음소리가 까르르 까르르 숨이 곧 넘어갈 듯하다.

"이번에는 수수께끼입니다. 맞춰 보세요. 혼외정사라는 절의 주지스님 이름은 무엇일까요?"

"그런 절이 있어?"

"바보야, 이건 넌센스 퀴즈라니까. 가만있어봐, 이혼 스님."

"아닙니다. 불륜스님입니다."

여자들이 벗은 몸을 흔들며 박장대소를 했다.

"이번에는 복상사, 포경사 주지 스님을 맞춰보세요."

여러 가지 답들이 오고 갔지만 문제를 낸 사람은 정답이 아니라고 했다.

"복상사에는 절정스님이, 포경사에는 귀두 스님이 계십니다. 마지막으로 아뿔사에는 어떤 스님이 계실까요?"

"나, 저거 어디서 들어봤다. 잠깐만 기다려봐요. 아뿔사에는 조루스님!"

까르륵 숨이 넘어가게 웃는 소리가 사우나실을 넘어갔는지 탕에 있는 사람들이 이쪽을 바라보았다.

"가만 있어라, 쪽지 하나 가져다가 적자. 우리 나이 되면 돌아서면 잊어버리니까. 오늘의 수확이다. 우리 모임에 가서 가르쳐 줘야지."

적겠다는 사람, 손가락을 꼽아가면서 외우는 사람, 그새 잊어버리고 옆 사람에게 다시 물어보는 여러 사람들이 한바탕 땀을 내고 우르르 몰려 나갔다.

"저 아줌마는 아주 제집 안방처럼 들어앉아서 요가를 하고 있네."

들릴락 말락 속살거리는 소리에 눈을 들어 보니 어떤 여자가 사우나실 안에다 아주 자리까지 펴고 앉아서 갖가지 포즈를 잡고 있다. 여자끼리 보기에도 민망한 장면들이 아슬아슬하게 연출되고 나서 아줌마는 가슴골을 따라 흐르는 땀을 손으로 훔쳐내면서 들고 있던 풍만한 엉덩이를 제대로 아래로 향하게 하고 앉는다.

"그게 바로 일석이조네. 사우나하고 운동하고 잉. 그냥 가만히 앉아있으면 지루해서 모래시계를 엎었다 뒤집었다 하는디, 아줌마는 운동을 제대로 해부네요."

"이게 요새 유행하는 핫요가라는 거예요."

"핫요가? 그런 게 있었어?"

"그럼요, 요가가 땀이 별로 안 나잖아요. 고수들은 땀이 나기도 한다는데 어쨌든 초보들은 요가로 땀내기가 힘들죠. 뜨거운 데서 격렬하게 움직이면 땀도 나고 근육도 활발하게 움직여서 좋다네요. 다이어트에 아주 효과적이라던데……."

좀 더 젊어 보이는 여자가 눈을 깜박이며 야무지게 설명을 한다.

"아무리 몸에 좋은지는 몰라도, 앞으로는 저 모습을 안 보고 싶네."

한 여인이 시큰둥하다.

나는 자리에서 일어나 문을 열고 나왔다. 뜨거운 사우나실에서 땀을 흘릴 때, 물방울이 스멀스멀 흘러내리는 느낌은 나쁘지 않았다. 몸 안에 고여 있던 무언가가 밖으로 나오는 것 같았다. 그리고 예의상, 그리고 심장에 충격을 줄일 목적으로 냉수를 한 바가지 퍼서 발부터 씻어내고 온몸에 가볍게 끼얹고 드디어 냉탕으로 들어간다.

시원하게 냉한 기운이 와서 몸을 축소시키는 기분이 정말 좋다. 뜨거운 곳에서 풀어져 있던 몸뚱이가 탄탄하게 조여드는 느낌이다. 때로 물이 아주 차가울 적에는 목구멍이 싸하게 아려오는 경우도 있다. 그러면 감기를 조심해야 한다. 냉탕은 제법 크고 길어서 수영 연습을 할 만하다. 바가지를 엎어놓고 발로 물장구를 치면서 탕을 왕복하는 사람들도 심심치 않게 볼 수 있다. 탕 안에서 높이뛰기를 하는 사람, 발구르기를 하는 사람, 각양각색이다. 사람이 많을 때는 체온으로 덥혀져서 냉탕의 물이 미지근해지기도 한다.

"그런데 저기 횡설수설하는 여자는 누구야?"

"저기? 저 안에 예쁘장한 여자 말이야?

냉탕 안에서 맥반석 사우나에 혼자 앉아있는 여자를 눈짓하며 누군가 말했다. 첨벙거리는 물소리가 일시 멎었다.

"저 여자가 우울증인지 하여간 좀 이상해. 혼자 저렇게 중얼거리면서 웃다가 이야기하다가 그래."

"혼자서? 누구 같이 오는 사람 없이?"

"아니, 친구들이 있기는 있어도. 가끔 혼자서 저러고 있어. 알코올 중독이라고도 하는데 어쨌든 좀 안됐지."

그 여자가 사우나 문을 열고 밖으로 나오자 각자 다시 물

  목욕하는 남자

장구를 치고 제자리뛰기를 시작하면서 냉탕이 다시 분주해졌다. 여자는 군살이 하나도 없는 날씬한 몸매였다. 키도 적당하고 얼굴도 갸름하고 별로 흠잡을 구석이 없었다. 나는 냉탕에서 나와서 녹차탕에 들어가 몸을 담갔다. 두꺼비 입에서 쉴 새 없이 물이 뿜어나오고 어깨에 물을 맞으려는 사람이 일어섰다 앉았다 분주했다. 연한 갈색의 물이 뜨겁지 않고 미지근해서 오래 앉아있을 만했다.

샤워기가 붙은 거울 앞에 벗은 여자들이 촘촘히 들어서서 머리를 감거나 마시다 둔 우유를 몸에 바르거나 인디언처럼 얼굴에 진흙을 바르며 마사지하고 있었다. 요구르트 냄새가 풍기고 강판에 오이를 갈아서 푸르등등하게 붙이고 있는 사람들도 있었다. 아이들 만화영화에 나오는 초록맨이라는 괴물을 연상시키는 모습이다. 갖가지 미용 재료들이 총동원되어 수증기와 함께 아름다운 아수라를 만들고 있었다.

"저 여자 보기에는 멀쩡한데 왜 혼자 중얼거리는데?"

옆에 앉은 사람이 물소리 때문에 목청을 높여 물었다. 냉탕에서 헤엄을 치고 있는 그녀의 귀까지 들릴 염려는 없었지만 그래도 사람을 면전에 보면서 이야기하자니 기분이 약간 언짢았다.

"너무 외로워서 그렇다고 봐야지. 설명하자면 좀 복잡한데, 남편이 지방에서 근무한대."

"외롭다고 다 저렇게 되면 어떻게 하니? 심란하다, 얘."

"그러니까 이게 결국 남의 사생활인데, 내가 잘 아는 사람이 저 여자 친구야. 그래서 내막을 알게 됐어. 여자가 왜 저렇게 됐겠냐? 단순히 주말 부부라고 우울증에 걸린다면 살아날 사람이 몇이나 되게?"

"뻔하지 뭐. 남편이 바람을 피우겠지."

그 대목에서는 모두들 입을 다물었다. 짐작으로는 그런 일들이 얼마나 많이 벌어지는지 수없이 듣고, 알고 있었지만 막상 소문의 당사자를 볼 때마다 심사가 편치는 않았다. 차라리 떠도는 소문으로 그치면 좋으련만 그 실체를 접하게 되면 그 누구도 서로 자유로울 수 없었기 때문이다.

"안됐다. 그래도 애들 있으니까 잘 살아야지, 저렇게 정신을 놓아버리면 어떻게 해?"

"그 처지가 되면 우리라고 저렇게 되지 말란 법은 없다고."

"그래서 다 따지고 보면 세상이 공평한가 보다. 엄마가 맨날 목욕탕서 사는데도 저 집 애들은 공부를 잘해요. 중학생, 고등학생 남매가 아주 착실하다니까. 그래도 남편이 월급은 꼬박 꼬박 보내 준대. 돈도 상당히 잘 버는가 보더라. 다른 거 속썩을 일 없으니까 그거라도 속을 썩어야 인생의 맛을 알거 아냐?"

"하긴, 어떤 년은 자식한테 올인해도 공부를 잘하기는커녕 되레 지엄마 복장터지게 하잖아."

"내 친구는 부부 모임에 개를 안고 왔더라구. 아주 초창기에 신도시에다 제법 큰 평수의 아파트를 장만해서 수지를 좀 맞았거든, 그런데 무리해서 평수는 키웠는데 생활 수준은 안 되는 거지. 자기네는 대출금 상환하랴 아이들 남 하는 대로 따라 시키랴, 죽을 지경이지. 그런데 한동안 애완견 키우는 게 유행이었잖아. 애들 기 안 죽이려고 강아지를 할부로 샀단다. 나는 그 때 강아지도 할부가 되는지 처음 알았다니까."

사우나실 안의 여자들이 까르르 웃었다.

"좋은 세상이네, 강아지도 할부로 사고. 그 까짓 강아지

없으면 어때서 그것까지 할부로 끊고 난리야. 그리고 강아지는 땅에서 커야지, 집 안에서 키우도록 안 돼 있잖아. 아파트에서 개 키우니까 정말 죽겠더라. 지 부모들한테는 안부 전화도 안 하는 것들이 강아지를 안고 다니면서, 옷 사줘, 머리 볶아줘, 별별 짓을 다하지. 세상이 거꾸로 가고 있어."

한 아줌마가 못마땅하다는 듯이 퉁명을 부렸다.

"안 길러봐서 그래요. 그것들이 얼마나 예쁘다고, 꼭 자식 같은데……, 우리 봄이하고 가을이를 보면 너무 이뻐, 말로 다 못해."

곱상한 사십대 여자가 거들고 나섰다.

"댁의 딸이요? 봄, 가을? 이름 참 특이하네."

"강아지 이름이에요."

"꼭 혼자 사는 사람들이 짐승을 끔찍하게 위하더라고. 사람은 사람하고 어울려야 해."

혼자 사는 사람이라는 대목에서 곱상한 아줌마의 눈썹이 치켜질 때 나는 서둘러 사우나실에서 나왔다. 이번에는 냉탕에 갔다가 소금 찜질방으로 갈 차례였다.

공깃돌만큼 큰 결정체로부터 작은 콩알 만한 소금 덩어리들이 눈처럼 쌓여 있었다. 공기가 그렇게 뜨거운데도 소금은 녹지 않는 돌멩이처럼 흰빛을 뿜어내고 있었다. 처음에는 뜨거운 백사장에 맨발을 디딜 때처럼 발바닥이 따끔거렸지만 조금 지나고 보면 오히려 시원한 감이 있었다. 나무 베개를 끌어다 베고 누워서 배 위에 소금으로 산을 쌓는다. 소금 결정체 속에 몸을 묻고 있으면 전신소독이라도 하듯 몸이 개운해지는 느낌이다. 어떤 이들은 그렇게 잠이 들기도 한다.

흘러내리는 땀이 귀 뒤로 목을 타고 스멀거리고 정신도 가물가물 혼미한데 누군가가 반갑게 아는 체를 했다.

"여기 계셨네요."

눈을 들어 보니 아까 혼자 중얼거리던 그 여자였다. 내 곁에 있던 친구와 아는 사이인 것 같았다.

"아, 여기는 내 친군데 얘는 어쩌다 한 번씩 같이 와요. 나보고 등 밀어 달라고 꼭 나만 따라오지."

친구의 너스레가 끝나자 나는 상체를 조금 일으켜 인사를 했다. 땀이 주르르 흘러서 눈썹에 걸렸다가 속으로 흘러들어갔다. 여자는 눕지 않고 벽에 등을 대고 앉아서 다리를 쭉 뻗었다. 갸름한 얼굴만큼이나 목소리도 가녀렸다.

"여기서 자주 만나서 알게 됐어. 나이도 어린데 좀 안됐다."

차가운 얼음 방에서 우리 둘만 있을 때 친구가 말문을 열었다. 마치 에스키모의 이글루처럼 생긴 방에는 진짜 얼음이 아니라 에어컨이 차가운 냉기를 뿜어내고 있었고 뜨겁게 달구어진 몸이 차가운 바람에 팽팽하게 조여지는 기분이 산뜻했다.

"누리 엄마가 저렇게 된 것은 단순하게 남편이 바람을 피워서가 아니야."

친구가 심드렁하게 입을 뗐다.

"그럼 다른 일도 있어? 남편 빼고 나머지는 다 좋다면서?"

나는 눈을 크게 뜨고 친구를 바라보았다.

"아까 들은 선생 이야기와 비슷한데, 남편이 바람을 피운 지는 한 육 년 되었대. 그런데 그 상대가 누구인지 몰랐다는 거야. 아무리 물어봐도 안 가르쳐 주니까. 바람을 피운 것은 인정하면서도 상대를 가르쳐주지도 않고, 앞으로 안 만나겠다는 약속도 하지 않더래. 그런데 우연히 옆 동네에 사는 친구를 만나서 이야기를 나누다 남편의 상대가 바로 그 친구라는 것을 알게 된 거지."

"친구의 남편하고? 그런데 그 여자는 무슨 배짱으로 그 사실을 말했을까? 누리 엄마가 우습게 보였을까? 혹시 혼자 사는 여자래?"

"혼자 살기는? 멀쩡하게 남편도 있고, 애도 있고. 저도 직장에 다녀. 노동청 공무원이래."

"공무원이 바람을 피워도 되나? 그 여자도 간이 크구나."

"그래서 누리 엄마가 제정신이 아니야. 한번은 남편하고 다투다가 그 여자 집으로 담판을 지으러 달려갔단다. 그런데 그 여자가 문을 안 열어 주더래. 그래서 소리를 지르고 시끄럽게 떠들었다지. 결국 문을 열어줬는데 싸움이 붙은 거지. 그런데 누리 엄마가 얻어맞았단다. 그러니 얼마나 분하겠니."

"분하기만 하겠니. 그래도 잘못한 쪽에서 다소곳이 있어야 기분이라도 풀리지. 큰소리 치러 갔다가 매까지 맞고 왔으니……, 경찰에 폭행죄로 신고하지 그랬어?"

나도 모르게 언성이 높아졌다.

"제가 먼저 가서 행패를 부렸는데 어떻게 신고를 해. 그런데 사실은 매 맞은 게 문제가 아니야."

"그럼 무슨 문제가 또 있어?"

"남편이 누리 엄마를 뒤쫓아 왔더래. 그런데 누리 엄마가 매맞는 것을 보고도 가만히 있었단다. 누리 엄마는 매를 맞은 것보다 그 뒤에 가만히 서 있었던 남편 때문에 무지하게 충격을 받은 거야. 남편이라는 작자가 아무 말도 안 하더래. 그 때부터 누리 엄마가 술을 먹기 시작한 거야."

으스스 한기가 들었기 때문에 우리는 얼음방에서 나와서 맥반석 찜질방으로 들어갔다. 거기에는 멍석이 깔려있어서 그런대로 따끈하게 누울 만했다. 목침을 베고 가만히 누워 있는데 누리 엄마라는 여자가 뭉클하게 마음에 걸렸다.

"네가 매일 만난다니 잘 챙겨줘라. 젊은 사람이 안됐다."

친구는 천장을 향하고 있다가 내 쪽으로 돌아누웠다.

"사실, 동생처럼 생각해서 잘 챙겨주고 싶은데 지금은 누리 엄마한테도 문제가 많아."

"그 정도 배신을 당했다면 누군들 문제가 없겠니? 배신자

는 지옥에서도 맨 밑바닥에 있다고 하잖아."

친구는 한숨을 길게 내쉬었다.

"지금은 누리 엄마도 바람을 피워, 맞바람이지. 홧김에 서방질한다고 저도 애인을 하나 만들었대."

"갈수록 태산이네. 이혼해도 위자료도 못 받으려고 무슨 짓이야? 남편이 몰라야지, 큰일이다."

"누리 아빠도 알아. 제 입으로 말했다는데, 뭘."

"미쳤구나, 그게 무슨 자랑이라고 남편한테 말을 하니. 그런데 그 애인이라는 말을 어디까지 이해하면 되니? 막말로 같이 자는 선을 애인이라고 하는지, 같이 밥 먹고 영화 보는 정도인지 모르겠다."

"애들도 아니고 나잇살이나 먹어서 애인이라고 하면 같이 자는 거야. 드라마나 영화에서 보는 일들이 실제로 옆에서 일어나더라고. 정말, 사람은 친구를 잘 만나야겠더라. 누리 엄마가 마음이 허할 때 만난 친구라는 것들이 다 그런 부류거든. 남편도 애인이 따로 있고, 지들도 애인이 따로 있고. 그러면서도 가정은 깨기 싫어해. 누리 엄마 친구 남편은 치과의사도 있고 선생도 있는데 다들 그러구 산단다. 누가 먼저 시작했는지 모르지만 그야말로 콩가루지."

"누리 아빠라는 사람이 그 말을 듣고도 가만히 있더래?"

"자기가 먼저 바람피웠는데, 가만히 있어야지. 누리 엄마가 그 남자하고 잔 것까지 모두 이야기했다는데, 더 이상 무슨 말이 필요해?"

"와, 우리나라 남자들 요새 맘 좋아졌네. 세상이 여러 가지로 참 편리하고 좋아졌다."

참 다행스럽다고 말을 하면서도 무언가 미진한 것이 한구석에 걸렸다. 그래도 배우자가 평생 나만 사랑하기를 바라는 것은 모두의 환상일 터이지만, 그래도 헛된 환상이라도 가질 수 있도록 눈앞에서 깨지는 일은 없었으면 싶었다.

"그러면 아이들 때문에 사는 거야? 하긴 신문 보니까 의외로 남자들이 아이들 때문에 가정을 깨고 싶지 않다고 한다더라. 요샌 여러 가지로 놀라운 일들이 참 많다니까."

"그런데 재훈이 엄마는 오늘 안 보이네? 자기 말로 그러더라. 자기는 필요한 정보는 목욕탕에서 다 얻어 온다구. 학교 모임에선 엄마들이 좋은 정보를 쉬쉬하고 안 가르쳐 준다며? 그런데 목욕탕에서 만나면 다 가르쳐 준다더라."

"응, 재훈이 엄마 자주 와. 그 엄마도 피곤하니까 낮에 들러서 한숨씩 자고 가기도 하고. 여기 저기 아들 실어 나르랴, 학교 자모회 회장하랴, 기숙사에 간식 담당으로 봉사하랴, 참 바쁘게 살아. 하지만 아들이 전교 1, 2등 하는데 누군들 그 정도 안 하겠냐."

친구는 잠시 말을 끊었다. 무언가 다른 이야기를 할 듯하더니 그만 입을 다물었다.

"참, 민수는 공부 잘하고 있지? 곧 시험이니 이제 얼마 안 남았구나."

"백 일 남았다. 솔직히 초조하다. 공부를 식구대로 나눠서 대신해 줄 수도 없고, 밤늦게까지 애쓰는 걸 보면 안쓰럽고. 그렇다고 같이 잠 안자고 옆에 앉아있을 수도 없잖니? 기껏 간식 챙겨주는 것으로 마음만 표시를 하고 있지. 그런데 참 이상하다. 나는 낮잠도 자고 공부도 안 하는데 그냥 피곤해. 이게 고3 학부모병이라는 걸까?"

"네가 테이프를 잘 끊어라. 언어영역, 수리영역, 외국어영역, 탐구영역 그리고 또 하나의 영역이 있다는 거 알아?"

"……?"

"신의 영역. 그 날 시험을 최고의 컨디션에서 잘 봐야 하는 것 말이야. 신의 영역이라고 밖에 달리 설명할 수 없는 부분이 정말 있더라니까."

그리고 며칠 후 운동하러 나갔다가 돌아오는 길에 나는 생맥주집 앞에서 커다란 맥주컵을 앞에 놓고 멍하게 앉아있는 누리 엄마와 마주쳤다. 막 따라놓은 듯 거품이 바글바글 끓어 넘칠 듯했다. 그냥 지나기도, 그렇다고 아는 척할 정도의 사이도 아니라서 나는 잠시 망설였다. 길거리에 혼자 앉아있는 것을 보면 사연이 있기는 한데, 달리 생각하면 남에게 보이고 싶지 않을 터였다.

"저어, 저번에 목욕탕에서 만났던 분이죠?"

생각이 채 정리되지도 않았는데 그만 인사가 먼저 불쑥 나오고 말았다.

"아, 민수 언니하고 같이 왔던 분?"

"네, 민수 엄마는 저와 아주 친한 친구예요. 고등학교, 대학 동창이죠."

"그럼 그쪽을 언니라고 불러도 되겠네요. 민수 언니가 도

움을 많이 줬어요. 내 이야기도 많이 들어주고.”

누리 엄마는 의자를 빼서 앉으라고 권했다.

“운동 갔다 오는 길이라서요.”

나는 묻지도 않은 쓸데없는 말을 하면서 의자에 엉덩이를 걸쳤다. 무엇인가 흥미가 작동했을까, 바람피우는 이야기를 직접 듣고 싶은 천박한 호기심이 나를 충동질했을까. 여름이라서 그런지 밤에 사람들이 더 많이 돌아다니는 것 같았다. 밤에도 마음놓고 돌아다닐 수 있는 우리나라는 분명히 좋은 나라다.

“그런데 이 늦은 시간에 왜 여기 계세요?”

“집에 가서 애들 얼굴 보기가 창피해서요. 사실 애들은 내 생명이거든요. 술 취해 비틀거리는 모습을 보여주기는 정말 싫은데, 자꾸 술을 마시게 돼요. 애들은 지금 공부하든지, 자든지 하겠죠. 나도 자려고 했는데 도저히 잠이 안 오고 가슴이 터질 것 같아서 그냥 나온 거예요.”

무슨 일이 있었냐는 아주 평범한 질문마저도 그 여자를 쓰러뜨릴 것처럼 위태해 보였다.

“민수네 언니가 있었으면 좋겠는데, 그 언니가 전화를 안 받아요. 그 언니도 지금 심각해요."

민수 엄마에게 무슨 일이 있나, 그래서 무슨 말을 하려다
만 것일까. 하지만 나이 탓인지 복잡하고 좋지 않은 소리는
내부에서부터 차단하고자 하는 거부 반응이 일어났다. 거짓
이라도 좋으니 아름다운 이야기, 재미있는 이야기, 그런 것
이 좋아지는 것을 보니 나도 영락없는 속물이었다. 그러나
민수 엄마를 채근해서 안에 있는 이야기를 끄집어내기도 버
거웠고 그 이야기를 듣고 난 다음에 그 사연에 따라 처신해
야 하는 어쩔 수 없는 상황도 싫었다. 모르는 게 약이지, 하
면서도 이기적인 나의 행동에 민수 엄마가 많이 섭섭했겠
다, 자책도 잠시였다.

"지난 주말에 남편이 왔어요. 민수 언니한테 대충 이야기
들으셨죠? 그런데 이 인간이 밤중에 식탁에 앉아서 머리를
감싸고 있는 거예요. 어디 아프냐고 했더니, '너무 보고 싶
다' 이러는 거예요. 내 앞에서 그 년이 너무 보고 싶다니, 그
게 해도 되는 소리예요?"

참 솔직한 부부구나, 했다. 아내는 다른 남자와 잤다는 이
야기도 하고, 남편은 다른 여자가 보고 싶어 죽겠다고 하고.

"그 애는 정말 솔직해. 그게 병이지. 솔직하게, 직접, 부드럽게 말하라는 대화의 법칙이 있기는 하지만 그 애는 너무 솔직한 게 병이고, 아무한테나 제 이야기를 한다는 게 더 큰 고질병이지. 사람들도 누리 엄마를 푼수로 봐. 저 입에서 무슨 말이 나갈지 모르니까 같이 말을 섞을 수가 없어. 눈치가 없다고 해야 하나, 어쨌든 친구가 없어. 아무도 상대를 안 해 주니까 혼자 중얼거리는 거야. 내가 불쌍해서 좀 친절하게 하면 착 들러붙어, 웃기지. 붙으라는 사람은 안 붙고 왜 골칫덩어리가 와서 붙을까. 남편하고 지금 애인 중에서 누구하고 자는 게 더 좋으냐고 물어봤더니, 자기 남편이 더 좋대, 더 잘 한다나."

그 대목에서 우리는 하하 웃었다. 사우나실의 뜨거운 공기가 입으로 들어오는데 공연히 눈물이 나려고 했다. 나는 끝내 친구인 민수 엄마에게 사연을 묻지 않았다. 그냥 목욕하면서 시간을 흘려보내다 보면 어떻게 되겠지. 공중에 떠다니는 말은 어디엔가 머물다가 다시 돌아온다니까, 차라리 물로 씻고 또 씻어서 멀리 떠내려보내는 편이 말을 하는 것보다 더 나을 성싶기도 했다. 민수 엄마야, 누구 안엔들 쏟아내지 못한 말이 없으랴, 그냥 그렇게 품고 출렁거리다가 하수도로 흘려보내면 그뿐인 것을.